歸去來兮辭并序

余家貧，耕植不足以自給。幼稚盈室，缾無儲粟，生生所資，未見其術。親故多勸余為長吏，脫然有懷，求之靡途。會有四方之事，諸侯以惠愛為德，家叔以余貧苦，遂見用於小邑。於時風波未靜，心憚遠役，彭澤去家百里，公田之利足以為酒，故便求之。及少日，眷然有歸歟之情。何則？質性自然，非矯厲所得。飢凍雖切，違己交病。嘗從人事，皆口腹自役。於是悵然慷慨，深愧平生之志。猶望一稔，當歛裳宵逝。尋程氏妹喪於武昌，情在駿奔，自免去職。仲秋至冬，在官八十餘日，因事順心，命篇曰歸去來兮。乙巳歲十一月也。

歸去來兮，田園將蕪胡不歸。既自以心為形役，奚惆悵而獨悲。悟已往之不諫，知來者之可追。實迷途其未遠，覺今是而昨非。舟遙遙以輕颺，風飄飄而吹衣。問征夫以前路，恨晨光之熹微。乃瞻衡宇，載欣載奔。僮僕歡迎，稚子候門。三逕就荒，松菊猶存。攜幼入室，有酒盈尊。引壺觴以自酌，眄庭柯以怡顏。倚南窗以寄傲，審容

生活·读书·新知 三联书店

杨振雩 著

陶渊明

Copyright © 2025 by SDX Joint Publishing Company.
All Rights Reserved.

本作品版权由生活·读书·新知三联书店所有。
未经许可，不得翻印。

图书在版编目（CIP）数据

陶渊明 / 杨振雩著 . -- 北京：生活·读书·新知三联书店，2025.3.（2025.6重印）-- ISBN 978-7-108-07922-0
Ⅰ . I247.5
中国国家版本馆 CIP 数据核字第 2024MD8287 号

责任编辑　黄新萍
环衬题写　廖厚君
装帧设计　康　健
责任校对　张国荣　曹忠苓
责任印制　卢　岳
出版发行　生活·讀書·新知三联书店
　　　　　（北京市东城区美术馆东街22号　100010）
网　　址　www.sdxjpc.com
经　　销　新华书店
印　　刷　河北品睿印刷有限公司
版　　次　2025年3月北京第1版
　　　　　2025年6月北京第2次印刷
开　　本　880毫米×1230毫米　1/32　印张 11.25
字　　数　242千字
印　　数　4,001－6,000册
定　　价　75.00元
（印装查询：01064002715；邮购查询：01084010542）

导言

何劳弦上声

一

《南史·隐逸传》载，陶渊明做彭泽县令时，不带家小，送一名力夫给儿子，以助其薪水之劳，并嘱咐说"此亦人子也，可善遇之"。

本书以此为线索，拉开了序幕。暮年的"人子"被设定为一位叙述者，从历史的烟尘中，以先生门生的身份走到台前，怀着无限崇敬之情，追述先师的生平事迹。事实上，作者无非是希望他能帮自己说清想说的话。

本书未敢步陶学研究之后尘，而是尝试在文学和历史的结合点上，找到一种适当的叙事方式，来还原作者心目中的陶渊明形象，便有了这部历史小说《陶渊明》。

"人子"起初是一名砍柴担水的力夫，他以自己的善良和勤劳，逐渐融进了先生孤寂的生活中，而成为追随先生一生的门生，既是先生躬耕岁月的参与者，又是一名忠实无违的见证人。

毕竟"人子"是刘宋时期的南朝人，他所操语言尽管符合当时的口语习惯，但缘于受恩师熏洗日久，加上千年之隔，听来仍不免有些书卷味，个别之处文白相杂。然而，不唯无妨故事的阅读和理解，尚可营造一些古意，增强代入感。只是其年逾古稀，稍嫌絮叨，这又何尝不是一种时光的味道？

本书从六个方面——出处、田居、交游、饮酒、桃源和生死——讲述陶渊明的一生。在此，不妨剪辑几个画面以飨读者：

"人子"前往彭泽县衙送寒衣时，曾目睹先生耻见督邮、不肯为五斗米折腰的全过程，现场充满张力，间不容发。"人子"震惊得瞠目结舌，全身颤抖，说不出是因为激动，还是惧怕。当时有幸窥见这一画面的，尚有一条从门前经过的老牛，它好奇地扭头朝里一瞥，发出一声低沉的哞叫，便快步向田间走去，似乎急于离开这是非之地。

"人子"也是最早发现先生从彭泽挂印归来的人。当时，他作为一名童仆站在衡门下，正悠闲地朝彭蠡湖张望，惊喜地发现一片缓缓驶近的白帆。他看到先生站在船头，手搭凉棚朝上京方向翘首观望，"舟遥遥以轻飏，风飘飘而吹衣"。继而，他看见一群褐色的鸿雁在村子的上空盘旋，绕屋三匝，画着同心圆，似是向先生的归来三致其意。其嘤嘤鸣叫，又像是在吟诵《归去来兮辞》。

此时，先生的那把七弦琴，因机缘具足，开始出镜了。

"平畴交远风，良苗亦怀新。"田园像是一架绿色的充满抒情意味的巨型七弦琴，偃卧大地，任由自然之风轻抚，抒发着欢愉自由的心曲。"久在樊笼里，复得返自然。"不论是官场，还是职场，人们一走向田园，就会乐不思返，失去的是名缰利锁，赢得的是整个天地。

其实，七弦琴的真正出场，始于先生家的那场惊心动魄的大火。大火焚毁了庐屋和原本不多的家用,以及诸多的书籍。唯独这把七弦琴,以断一根弦的微小代价得以生还,犹如凤凰之浴火重生。纵观先生一生,虽饱受凌辱和饥寒,但尚可苟全性命于乱世,与古琴的遭际,何其相似乃尔。

之后,先生从火灾的废墟中艰难地走出来,便有了由上京迁往栗里的移居,说是"闻多素心人"。此时,先生这把残缺的七弦琴,虽未加修缮,但已不再束之高阁了,因为它找到了知音。每逢朋酒之会,先生便悠然抚琴抒怀。的确,古琴历来与知音相伴相随。钟子期死后,伯牙破琴绝弦,终身不复鼓琴。"奇文共欣赏,疑义相与析",位于热气蒸腾的温泉附近的栗里南村,聚集了一个罕见的文人群体,显然,先生乃其核心,谓之诗坛的盟主可也。

友人颜延之评价先生说:"在众不失其寡,处言逾见其默。"其实,先生终究是一个孤独主义者。

"结庐在人境,而无车马喧",先生曾暗自发问,盖一座草庐在尘世之间,却听不到车马的喧嚣。且问有无这种可能呢?他自答道,有的,"心远地自偏"。若能内去心知,外忘事故,希心高远,住地也就自然偏远了。也就是说,只要精神内守,保持宁静,就足以将尘世的喧嚣屏蔽在外。

先生于东篱之下采菊,不意之间,南山悠然显现。他捕捉到了瞬间微妙的感受,那是一种真意示现。稍加注意,"采菊东篱下,悠然见南山"是极其排他性的。除菊花与南山之外,连自我都可以不必存在,所进入的是一种无我无人之境。

有疑渊明之诗,篇篇有酒者。尽管有些夸张,但至少在他一半的诗文中,酒神均现其身形。不过,饮酒从来皆非饮酒本身。一切酒语皆情语也。渊明之诗抒发了对故园之恋，对亲人之情，对友朋之思，及对宇宙万物的泛爱。同时，一切酒语皆隐语也。阮籍连醉六十天，以躲避司马昭结亲招揽。而先生的饮酒诗，也不过是"寄酒为迹"，逃离"密网"与"宏罗"的裁制。一篇《述酒》，几乎就是一则不得其解的谜语，隐喻了一场惊天的杀机。

康王谷的河流，像一张巨大的七弦琴，架设在幽静的山谷，日夜流淌，发出淙淙的声响，宛如上天借助浮岚暖翠之手轻轻弹拨。而当先生溯流而上时，夹岸的桃花纷纷开且落，拂了一身还满。先生天性善于倾听，在那个神秘的暗夜笼罩的河边，他分明听出了一首只应天上有的韶乐，也看到了一个美妙绝伦的华胥氏之国。难怪人们在阅读《桃花源记并诗》时，品味到的不仅是浓郁的诗意，还有美妙的华彩乐章。

关于生死的思考，是和命运分不开的。命运即运生的过程，死亡则是命运的结局。二者因果相续，自古圣贤皆不能独免，无可逃脱。这种生命哲学，是魏晋文人精神的主旨之一，也是渊明先生诗文中至关重要的命题。

也许，斜川淌下的，不仅仅是逝水流波，更是一连串时光的匆匆步履，是生命参照的一个极为严酷的坐标系。逝者如斯乎，不舍昼夜。是的，生命也是一条生生不息的河流，转瞬即逝，周而复始，永无穷竭。作为生命的个体，短暂得曾不能以一瞬。既已生而为人，该如何度过此生？这是个问题。

如果用先生的话来形容生之欢，即是"北窗下卧"，是一种极简的无成本的快乐；那么"纵浪大化"，则比较适合表达先生对死亡的态度了，那完全是一种得自在的超然境界。在生和死之间，有一段不算短暂的时光，便是生命的全过程，则需秉持"尽人事，听天命"的心态而为之。

一生欢寡而愁殷，何不秉烛游，且尽杯中物？然而，最好的解脱之道，也许就是委运任化，不喜也不惧，除此，便不宜有更多的疑虑了。

那年冬月的南朝，下了一场大雪。大雪在匡庐和彭蠡之间广阔的原野上，尽情地铺张扬厉。渊明先生在病榻上静静地看着窗外，"倾耳无希声，在目皓已洁"。他有些倦怠，但也分外安详，不久便永久地合上了眼帘，带着对这个世界十分复杂的情感，告别了饥寒不堪的生涯。也许是上天怜惜他，不忍心让他受太多的苦。在《形影神》中，先生早就替自己也替他人预设了一个必然的结局：除了亲识不时的追怀之外，谁还会觉着世上少了一个人呢？

史称，渊明蓄有素琴一张，乃云"但识琴中趣，何劳弦上声"。《淮南子》曰："无音者，声之大宗也。"又说："萧条者，形之君；而寂寞者，音之主也。"

然而，谁说先生弃世已久？不，先生死而不亡。他分明就是那把拙朴无华的无弦琴，仰卧在大地的怀抱里，花光松影时来轻拂，清风明月时来弹拨，琴声穿过久远的岁月，旋律清晰而动人，永不枯竭地澡雪人们的心灵。

自序

己卯岁十一月二十五日，适值千禧。迟明，跫跫然，仆历南康古城，由南岸直下彭蠡，绝溪涧，越洲渚，登曾城。曾城者，落星墩也。

其时，鸢飞戾于天，匡山耸其北，长流萦其南。湖床一坦如砥，碧草翼翼，若平畴千里。唯曾城山"傍无依接，独秀中皋"（陶潜《游斜川》），卓然桀立，块然独处，不忮不求，乃昭明所谓"横素波而傍流，干青云而直上"者也。凌斯绝顶，唯见天地悠悠，不知古今去来，顿生遗世独立之慨。

遥想陶公其人，离群拔类不犹"傍无依接，独秀中皋"乎哉？熙熙然若其操行，谓之自况可也。先生之出处、语默乃至生死，可视从此语中出也。其不能为五斗米折腰向乡里小人；其"拥孤襟以毕岁，谢良价于朝市"，皆原其意也。

是以颜延之题目其"物尚孤生，人固介立"；萧统月旦其"颖脱不群，任真自得"；苏轼品藻之"挂冠不待年，亦岂为五斗"；朱熹评骘之"高志远识，不能俯仰时俗"。信哉斯言！

我爱陶彭泽，慕之积日久矣。诵陶公之诗，览陶公所览之书；谒陶公之迹，体陶公之性。其光风霁月，宽乐冲和，俾我如春风中坐。余生也晚，尚想其德，恨不同时。

先生托体山阿实久，归来则夜未有央，无由亲炙其教。故慕之不足，且形诸楮墨，冒为之立传。人生若寄，憔悴有时。仆惕日惜时，争此寸阴。桃李春风，夜雨秋灯，阅十年之久，方始告蒇。

厉夜生子，遽而求火。起自动念，洎乎成书，恐或乖谬，有亏大雅君子之德，仆未尝一日不战战兢兢，如履薄冰云尔。

有谓读渊明诗文者，驰竞之情遣，鄙吝之意祛，贪夫可以廉，懦夫可以立。良有以也。

癸卯年七月二十八日谨识于浔阳

目录

导言　何劳弦上声 …………… 一

自　序 …………… 七

引　子 …………… 一一

第一章　出处 …………… 一九

第二章　田居 …………… 六六

第三章　交游 …………… 一三六

第四章　饮酒 …………… 一九七

第五章　桃源 …………… 二三一

第六章　生死 …………… 二七八

尾　声 …………… 三四六

后　记 …………… 三五〇

陶渊明生平简谱 …………… 三五二

主要参考书目 …………… 三五六

引子

季候已至白露，四野也已初显寒意了。

山村夜色宜人，天空的星宿似乎永无倦意，熠熠闪光，场圃上凉爽舒适，但我等也不必一味贪凉，是否该考虑，从明晚起就移席室内呢？

鄙人的书斋，虽然简朴，但要说容纳诸位的莅临，也该是绰绰有余的了。想必诸位知道，鄙人的陋室何以冠之为"心远斋"吧？

不错，这位贤侄所言极是，是出自靖节先生的"心远地自偏"，取其心静则境静之雅意。

方才有贤侄垂问，讲讲靖节先生如何？看到在座诸君期许的目光，鄙人也就恭敬不如从命了。

其实，老朽早怀此意。而今，距先生仙逝已然三十余年，今我不述，更待何时？后生们凭什么来了解这位贤哲呢？但是，此事多半得由汝等提出才妥，所谓"不愤不启，不悱不发"，是不是？

诸位业已知晓，老朽追随先生达二十多年之久，来讲述先生的生平事迹，也算是适宜之人了。虽说不胜惶恐，倒也自以为是义不容辞的责任。

只是夜色渐深，只能开个头，往后再听我慢慢叙来。

在正式开讲前，容我讲一下日间所得一鳞半爪之感想，姑且酝酿一点气氛，稍作铺垫吧。

这不，重阳节就要来临，老朽忽然起意要去先生的墓地走走，看看山野的菊花是否盛开。恍然间，先生故去三十五年了，已永宁于后土。其墓地何在，除去家人，怕是少有人知其详址。

这也难怪，先生属纩之时嘱托甚严，殁后不封不树。也就是说，不堆土为高坟，不树碑以刻文。因而丧事极其简约，仅仅好过裸葬而已。蓦地看去，邈邈然一片苍莽间，不知先生所在何处。

这给后人的考据，无疑会带来一定的难度。或许这也正是先生所想望的：生前好学潜默，安于陋巷；死后安于寂寥，甘于遗忘。

先生的墓址，老朽是再清楚不过了——在栗里陶氏茔冢，那里叫松树山。先生就长眠于墓园的东北一隅，掩映在几棵高大的松树之下。此地看上去像一个不小的村落，丘垄高低错落，互为低昂。只差没有炊烟，也没有鸡鸣狗吠，偶有野狐出没。鸟雀和蝴蝶在蓬间飞舞，一如先生所习惯的那样，四处安静极了。

我想说的，并非仅仅告知其墓址所在，便于凭吊。老朽固有此意，也自觉有此道义，总不能让后人茫然不知，只会抓头皮吧。但主要还是因为，那里是老朽多年来感情寄托之所在。

除去春秋两祭，老朽自己还有要去那里的诸多理由。很多的事情无以言说，或者是欲说还休，我还是习惯于找先生诉说。去先生那里，别的可以没有，但不可无酒。想到先生在世时常常无酒可饮，这也是作为弟子最引以为憾和自责之处。尽管怎么补都补不回来，但毕竟会让我好受一些。

有时，老朽在墓地映有薄薄日光的松荫下，一坐就是老半天。置身于起伏不平的山冈、苍翠葱郁的植被之间，呼吸着带有松香味的空气，有一种被包裹着的安详和惬意感。游目四野，令人昏昏欲睡。时间仿佛静止了，昨天和明天不过是重复。驰想着总有一天我也会埋葬在此地，与先生相守于地面之不足，再相会于地下，朝夕相伴，心里便有一种说不出来的亲密和快慰之感。

不觉间，老朽较先师也多活了九年。同代之人，皆为异物，如今只剩下老朽苟延残喘，不死为贼，真是羞愧难当。不期应了那句话，人其尽死，而我独存乎！剩下的岁月，老朽想在探究先生的行谊上，度此上天赋予的残生。

先生曾称坟茔为"本宅"，意味着比人间的住宅更为初始。人原本就是从泥土中来的，再回到泥土中去，回到本源，是故"本宅"又可称为"老家"。

而世间的宅第，不过是寄居的逆旅，一个暂住而非久留之地，终究是要离去的。试问，有谁能恋栈不去，可以永久地拥有呢？

不知先生是否也荷锄除草去了，路旁的叶片上露水这么浓重，怕要沾湿了他的衣衫。先生可得留意，小心被沿路的芭茅割伤。

想必诸位也料想到了，野菊花已然开放，只是尚未全盛。这里那里，一簇簇，一丛丛，或挺立，或匍匐，满坑满谷，葳蕤繁祉，长出先生平素所喜爱的姿态和势头来。

老朽惯于站在长松之下，领受清风阵阵吹过，盛夏尤为可人。想来这点也得自先生的熏陶，先生特爱谡谡松风，入山每闻其响，如听妙乐，必欣然而喜，久久伫立，若有所思，不忍离去。

若是随身携带了酒壶，他宁愿将它挂在松树的某个枝丫上。林间的光柱或许正好照在它上头，似乎是想让松树也分享一番美酒的甘醇，或是让醪酒沾染一些松香的气息吧。

正当我漫不经心地浏览四周时，竟惊讶地发现，就在先生墓前东南侧，有一株并不起眼的桑树，蓦然间已长成大树。

早先，我是嫌弃过它的，它不够入流，难登大雅之堂，有碍君子高趣，很想连根拔起扔掉。一迟疑，也就搁下了。不过往后我几乎忽略了它的存在。不承想，转眼间它已主干粗壮，枝叶扶苏，树冠博大，撑起一地的绿荫，巍巍然颇有些气象。

轻抚树干，想来先生德音未远，而墓木已拱，老朽不由得黯然伤怀。

这株无人栽植的桑树，或许是鸟类衔来的果实，或许是随风播撒的种子，总之，它有可能是一株闯荡江湖的旅桑。至今，怕有十余年的树龄吧。先生曾写道："种桑长江边，三年望当采。"

每年春天，都可以采摘嫩绿的桑叶，就可以养蚕织布、添置寒衣了。

唉，可惜先生箪食瓢饮，短褐穿结，拮据一生，如今全然用不着了。

先生一生爱菊，喜松。假如每位贤者都有一种对应的植物的话，老朽倒以为，先生所对应的更像是桑树。

桑树根系发达，喜阳光，抗旱耐寒。桑叶是喂养桑蚕的主要食料，桑木可制家具农具，桑皮可以造纸，桑葚可以酿酒，云云。

尤其突出的是，桑树具有其他树种所罕有的韧性，所以冠以"柔桑"之名。

小时候，鄙人嘴馋，采摘桑葚时，为图便利，曾尝试过多次折断某根桑枝，没有一次不是半途而废的。纵使里面的骨梗断了，外面的筋皮仍死死地连缀着，无论如何都折断不了。这倒也好，去够高处或远处的桑葚时，即使站在一根细小而柔软如藤条的枝丫上，也不担心它会断裂。

先生何尝不是如此，具有常人难以企及的韧性，他能随遇而安，随物任运，饱受人世间各种磨难，而不气馁，不被折断，坚韧地走到人生的终点。

据说，桑树寿长，一般可达数百年，个别可达数千年。先生虽然年命有限，但他留下的宝藏就像一株永不凋零的桑树，可以供后人尽情采撷，取之不尽，用之不竭。

以上，便是老朽一点粗浅的感想，不妨说出来同各位分享，见笑了。

前面，老朽提及，自己追随先生二十余年，这绝非仰大以自高，靠强以自雄。因此，若蒙诸位兄台俯允，我想扼要地说明一下，对我的身世也算是一个交代，以便于往后的叙述。村里的长者或许略知一二，后生就未必了。

尽管鄙人乃一介布衣，但有幸与先生发生交叉，或许还可以这样说，幸而北面师事于先生，则生命宛如点石成金，获得了极大的提升。

而今，通过老朽一个草根的视角，来讲述先生的平生，也不失为一个对先生加深了解的好途径。

话说先生赴任彭泽县令时，乃只身前往，并未携带家累，而是将妻儿老小一应留在家中，并送给长子陶俨一名苦力。不错，鄙人正是这名幸运的力夫。

我常想，我来先生家，或许不仅限于砍柴担水，应该还课予别的什么使命了吧。

当时，先生已过不惑，四十一岁，长子陶俨十四，鄙人十五。鄙人虽届志学之年，无奈家境贫寒，只读了三年私塾，便辍学了。十岁开始牧牛，到先生府上干活时，我已成长为一名膂力饱满的劳力了。

那天，我从南山，也就是庐山砍柴回来，在先生家窗外，把劈柴一一码好，整整齐齐，像一堵矮墙。我从腰间解下葛巾，擦了擦汗，在身上掸了掸，大步流星从场圃走过，想去厨房望一眼水缸，看是否需要挑上两桶水。

就在此时，我闻到了一股浓郁的香气，在空气中弥漫，是桂花香。这才注意到，悄然间场前的两棵桂花树，影影绰绰，已开出了一些细碎的粟米大小的黄花来，馥郁芬芳，香极了。

八月，恰是桂花盛开的节气，中秋也快到了。算来，先生去彭泽县已有旬日了，想必那边的桂子也已开放了吧。

这时，陶俨在屋里喊我，仁哥，请过来一下！我应了一声，转身朝大门走去，一股桂香也随我回旋而来。

正待我俩几乎同步相向跨过门槛时，各自都收住了脚。相视笑了一下，隔着门槛，一里一外地站定。

仁哥，这是刚收到的家父的书信，上面提到你了，你也看一下吧。

我接过一张递来的手札，先生用蝇头小楷写道："汝旦夕之费，自给为难，今遣此力，助汝薪水之劳。此亦人子也，可善遇之。"

翻译成日常用语是，你平素的开支，难以为继，为父现给你派去这名力夫，助你免除担柴挑水的辛劳。但你该明白的是，他也是人家的孩子，务请善待之为妥。

此时，桂花的香气又一次袭来，透彻肺腑，身心为之俱澈。

至今，老朽尚不明白，陶俨为何将此颇具私密性的家书给我看。是一个十四岁的孩子尚未形成保密意识，还是仅仅因为信中提及我？是否还有别意？给我看信，反正绝非先生的意思。

其实，先生离家的次日，我就来府上做工了。显然，这封信，并非告知陶俨我的到来，而是侧重于后面的用意，是想告诫儿子，要善待他人之子。

陶俨是长子，出生时，先生高兴之余，曾给予莫大的厚望，替他取字为"求思"，希企他能赶上孔子之孙——子思。

先生还幽默地说："厉夜生子，遽而求火。"典出庄子，意思是丑人夜半生子，速速取来烛火察看，情意匆忙，生怕孩子像自己一样，头上生有癞疮。

顺便说一句，先生用典出自庄子者甚夥，其思想最主要的源头之一，怕也来自庄子。所以鄙人总以为，先生的灵府里，必然住着一个俏皮而不死的庄子。

回到刚才的话题。先生的运笔的确漂亮,这也是公认的。其流传于坊间的书法,有些是真迹,大多则是赝品。这是后话。

当时,我并未有心欣赏先生的字迹,而是被文字背后的情感震撼,乃至瞬间融化。顿时,我涕泗横流,五内俱热。

陶仁我何德何能,竟能蒙受先生如此偏爱?鄙人家境窘迫,身无一物,生性又愚钝,找不到得以厚遇的任何理由。

老子说:"天地不仁,以万物为刍狗;圣人不仁,以百姓为刍狗。"天地和圣人,非不仁也,既无心于亭毒,也无意于虔刘。只是恩无所私,万物也好,百姓也好,均视同刍狗,无有厚此薄彼、人我分别之心,众生平等,是所谓泛爱万物,天地一体。

无独有偶,孔子之"己欲立而立人,己欲达而达人",与其同构而异质,亦有博施广济、慈救无偏的大爱情怀。

也许先生这样做,并非出自任何条条框框,而纯然出诸自然。

很多时候,理解先生,宜于删繁就简,无须多么艰深的道理,仅仅出自天然纯真,足矣。

陶俨是我的孩子,我关爱他;陶仁也是人家的孩子,理应得到善待。将心比心,设身处地,如此而已。

做到这点,难吗?挺难!在处处认门阀、讲门第的有晋一代,先生临人而有父母之心,也实属不易!

据说稍晚于先生的谢灵运,不仅拥有大量奴子,而且对奴子态度恶劣,还经常擅杀童仆,他也因此被免官。

先生其时毕竟是惠风百里的县令,其曾祖陶侃,乃晋世宰辅,却能待人子如己子,何其不易!

第一章

出处

一

诸位兄台今晚来得好早,也到得较齐,果真都愿意来听老朽絮叨吗?见汝等都含笑点头,鄙人真有些喜出望外,同时也不免受宠若惊。

老朽乃一介草民,哪有少许趣味可言?完全是拜靖节先生的人格魅力之所赐。但愿我能不负众望,使各位均有所获,不至空手而归。

午间的那场雨,可谓一场豪雨,真大啊!当然也是一场颇知时节的好雨,正是农人们盼望已久的及时雨。地里的庄稼都眼巴巴地张开嘴,等着承接上天降下的甘霖,都快渴死了吧。

一场秋雨一场寒,今晚将聚会转移到室内,也就恰逢其时了。只是寒舍简陋,诸位多有委屈,还望多多见谅。

客套话也不必多说,我等开始转入正题了。

义熙元年乙巳,重阳节前夕,约莫也是这么个光景,陶俨来喊我,说师母翟夫人有话跟我说。

师母和蔼地说,仁子,重阳快到了,你去先生的公署跑一趟,送点酒去吧。

我应声答道,好啊,师母。

先生在外为官不足一月,我正好去见识一下衙门是什么样子的。可话一出口,就有点犯愁了,彭泽县我还不曾去过呢,只晓得该县在柴桑之东,彭蠡彼岸。

师母看出我的疑虑,就说,不用着急,我已找好便船,你只管坐船就是了。

顿了下,她又叮嘱道,水路迢迢,你需小心一些,不可贪玩哟。

翌日一早,陶俨便提着一坛酒,从里间出来,经过厅堂时,"铿——"的一声,撞着了先生那把不常弹拨的七弦琴。那声音还在屋梁间缭绕时,师母轻轻地责备了一声,毛手毛脚!

船不大,包括船工,也就三五个人。没想到的是,上京村边这条从庐山流下来的溪涧,竟可直通彭泽。

起初,船借助水势,顺流而下。船工神气活现地让两桨交叉着,悬搁在水面上方,袖手歇息,只是在需要矫正方位时,才偶尔蜻蜓点水似的点一点水。

回望上京,仿佛还能看到陶俨微胖的身子,沿着溪涧的坡级笨拙地上行,一边漫不经心地玩耍着石子,并不急着回屋。师母翟氏站在衡屋前喊着,催他早点还家,声音有些缥缈。

先生三十丧偶,陈氏离他而去。他诗中有载:"始室丧其偏。"长子陶俨才三岁,尚在怀抱,颇需续弦照顾,此时先生哀伤渐淡，三十二岁便续娶了翟氏。

翟氏乃出自著名的隐士世家——翟氏家族。史载，有翟汤，汤子庄，庄子矫，矫子法、赐。翟汤三代子孙，以"耕而后食"的方式，均隐于庐山。

结缡以来，翟氏能安于勤苦，与先生志趣相同，所谓"夫耕于前，妻锄于后"。这在先生日后归耕的岁月里，尤见深情。她为先生诞下了四个儿子，视长子陶俨为己出。这是后话。

眼下，上京的人家开始生火煮饭了。袅袅炊烟次第升起，升入不高的晴空，便被气流所搅散，被蓝色的山岚所同化、吸收，化为乌有，而新的青烟又源源不断地补充上去。

上京位于庐山南麓的玉京山下，村落并不大，掩映在茂林修竹之间。村西头，一条湍急的溪流从庐山上冲下来，日夜不停地流淌，汩汩地汇入两里开外的彭蠡湖中。

几乎每家每户都拥有自己的船只，闲时打鱼捞虾，忙时用于收割滨湖一带的庄稼。村童只要踮起脚尖两手够得上桨柄的，就能熟练地驾驭船只。

抬眼望去，溪流两岸都是黄澄澄的稻谷，在初阳的映照下，呈现出铜黄色。山村的稻田属于冷浆田，收割要迟于别处。

其实，先生家的田产只有几处，历历可数，就像他的居所那样，并没有那么多。他在诗文里也都提及过，比如"西畴"即"西田"，"东林隈"有"下潠田"，等等。一地有两种乃至多种称谓，并不少见，不过是根据行文所需，或是为了避免重复罢了。后人看上去，满以为先生家田地众多，居住多窟，其实不然。

溪水流经下游，渐趋开阔，水流也渐缓，似乎意识到马上要汇入大湖了，变得谦卑起来。

沿途这一带就叫"斜川"。

此时，溪边经过的突兀高地，名为"东皋"。

这是先生携友饮酒赋诗之处，也是先生多次独游的地方，小山顶上有一个凹槽，极像一个侧卧的人形，传说是先生醉卧之处，区别于栗里附近的那块醉石，遂称之为"大醉石"。

关于斜川，是一个极有意思的话题，不该一笔带过，之后我将另觅余暇再述，兹不一一。

"咣——咣——咣——"此时，传来三声洪亮的钟声，像爆破似的，在深沉而美妙的颤音中渐渐消失。循声望去，声在缥缈的翠微深处。

一挂瀑布在群山中飞流直下，飞涛走雪，喷珠唾玉。初看上去，像是从山背透出来的一丝光亮，不由得想到先生的句子："山有小口，仿佛若有光。"那个远看似一条线的瀑布，像一道直上直下窄长的天门。

山间的某处有座寺庙，那怆然的钟声便是从那里传来的。它非同寻常的穿透力，像是某种召唤，让人愿意朝着大山走去，展开某种不可思议的探寻之旅。

当时鄙人不明就里，钟声如此恳切，不知到底在召唤着谁。后来才联想到，它或许在召唤一个身心疲累的游子，一位日思夜想返回田园、远离尘嚣的诗人。

船一经驶入彭蠡湖中的落星湾，便左转，朝东边驶去。船工才真正落下双桨，一板一眼地划起来。

湖湾风平浪静，很多船只停泊在岸边。有高大的商船，有木排，而更多的是渔舟。

水中有块高地，传说是天上的一颗星星坠入湖中，所以又叫"落星墩"，因而，"星子"便成为这一方水土的名称。想来，此地是与星斗之美连成一块的，地名倒也令人产生遐想，得到无以名状的愉悦。

驶出湖湾，进入大河，真是天高水远。干涸的湖床上，湖草一路铺展开去，直抵对岸绵延的青山。河面上跳动着无穷无尽的金波，船桨在慢条斯理地划动着。

长时间置身水路，往往让人失去方向感，不知身在何处。不过鄙人尚保持着唯一的清醒点，就在给先生送去的那坛酒上。就算是把自己弄丢了，也不能把它给搞砸了。

不言而喻，诸位知道，酒对于先生意味着什么。肌肤里的血液，口鼻里的气息，生命里的火焰，文字里的诗意，总之是他的生命。师母之所以让我山一程、水一程地去先生那里，其意怕也在此吧。

担心风波难测，十五岁的我干脆搂住了酒坛，神情专注、目光迷离地盯视前方或左右的水面，生怕有谁破水而出，夺之而去。

船朝东北方向，斜跨湖面，驶近对岸，太阳已经下山了。从东面看去，庐山呈现出不一样的姿态，像一艘大船正在缓缓驶来，底下荡漾着粼粼的波光。

靠岸后，再驶入一条不宽的内流河，相比于上京的那条溪涧，要平缓得多，只是七拐八弯，小船在河道上逶迤而行。

向晚时分，在一个叫柳德昭的地方泊岸，这里就是彭泽县官署所在地。算来，距上京确有百里之遥。尽管隔山阻水，可是,要是相比于往后先生的归去,却一点都不遥远,只在一个转念之间便可跨越了。

鄙人不厌其烦地罗列这些,的确有些烦琐,之所以这样,是因为我之所见,也正是先生所见。实话说,对于先生在周边的行迹,鄙人一点都不想错过。

诸位若是有兴趣的话,不妨择日随老朽一道,沿着先生的足迹走上一遍,我想一定颇有意味。

其实,这回鄙人并没有见到先生。

还好,没费多少口舌,司阍就让我进了县衙。一名衙役告诉我,先生晚上要办理一宗讼案,由他来代为安顿。随后,他接过鄙人带来的那坛酒,他将负责转交先生。次日一早,我就得返程。

此夜无月,衙役带我匆匆逛了街道和市肆。

说是匆匆走过,也不全对。在经过一条张挂红灯的街巷时,衙役两眼一直骨碌碌地转动,压根就没闲过。他还有心地跟那位斜倚门外的妖艳女子搭讪了几句,嬉皮笑脸的。

那女子描眉画甲,操一口北地语音,身材高大,一看便知是随北方难民潮而来的。红灯闪着诡异的光亮。那女子挥动手绢,挤眉弄眼的,扯了一下衙役的衣袖。衙役像中蛊似的,眼见着就要顺势往门里走。似乎又回过神来,他停在那里回望我,是一种征询的目光,好像在问,怎么样?

接着,那女子便笑盈盈地拉住我的手,往里牵,像牵一只小羊羔那样,毫不费力。我感到了她长长的指甲掐进了手心,但没有痛觉,一种轻柔的甜蜜感弥漫全身。加上粉黛所散发的暖融融甜丝丝的气息,顿时,四肢一阵酥软,"噗噗噗",心都要蹦出来了。

我心怀恐慌,不自知地往后拽着,也不知怕什么。说实话,我还是第一次与异性有肌肤之亲呢。

许是在灯下看得分明一些,她见我尚是一个毛头小子,也就松手了。衙役悻悻地,只好心有不甘地退了回来。

随后,趁还能看得清马路时,衙役又带我去城郊游览了赏月台。

一间亭子,立于山丘之巅。虽说极其普通,但衙役告诉我,先生得闲便来此徜徉;有月的夜晚,便独自驻留较长时间。

诸位兄台知道,先生写月不算多,有"带月荷锄归",有"叩枻新秋月",还有就是《饮酒》序文中写道:"顾影独尽,忽焉复醉。"里面写到的影子,不知是月下独酌呢,还是"荆薪代明烛"时的痛饮,语焉不详,此处暂且存疑。

尽管如此,但并不等于月亮在先生的生活中不重要。他的许多漫漫长夜,饥寒难忍,耿耿难眠,多半是月亮照临下度过的。他只写下饥寒,不写月亮,是不想为饥寒镀上一层亮色,哪怕是一层冷冷的亮色。

时候不早,诸位兄台,该回家歇息了。村里如此静谧,怕只听得见老朽絮聒之声啦。我一闭嘴,势必回到溪流如万本松涛般的低鸣中,这才是永恒的不会枯竭的声音,也是我偻在睡梦中唯一可忍受的持续不断的声音。

二

方才，有贤侄提议，请我从靖节先生的出处讲起，这很好！

出处去就，牵涉先生人生的关键和大节，几乎他所有的问题都由此展开，并最后归结于此，也是构成先生最具特质的个性所在。

关于先生这方面的经历，鄙人大多聆自先生自道。一言以蔽之，先生的出处，就是"五官三休"。

太元十六年癸巳六月，广东始兴、赣南南康和赣中庐陵一带，暴发大水，深达五丈。而到了七月，赣北大地却出现了罕见的旱灾。头年秋冬间，已经发生过大旱。接连的旱情，几乎颗粒无收，百姓饥馑相望。

该年，长子陶俨出生了。还有老母需要赡养。亲老、子幼、家贫，困苦交相逼煎。一家人肚子常常饿得"咕咕"直响，先生在家待不住了，不得不另谋出路。

在《饮酒·十九》里，先生写道："畴昔苦长饥，投耒去学仕。"于是，接近而立之年，他放下耒耜去江州府担任祭酒。这个至多相当于"从事"一级的小官，乃掌管文教类事务之职。

魏晋之际，高门豪族大多早仕，而渊明世代缨簪，却在二十九岁始仕，其审时出处，可谓不同于寻常也远矣。

也许是近于而立，渐趋成熟，触事敏感，多有所耻，以至于"不堪吏职"，继而自行解职还家。

"迟迟出林翮，未夕复来归。"（《咏贫士·其一》）他将自己比作一只迟迟出林的飞鸟，天色未晚就早早地还巢。

先生第一次解职归来时，鄙人还是一名懵懂无知的三岁孩童。他从村头经过时，或许我正流着鼻涕，捏着两团泥巴，站在那里傻傻地盯着他看。

没人说得清，先生到底干了多久？两三个月，还是十天半月？我想，这取决于先生对耻辱忍受的耐力。总之，他急遽地结束了筮仕的日子。

其实，在青少年时代，先生也颇怀大志——"奉上天之成命，师圣人之遗书。发忠孝于君亲，生信义于乡间"（《感士不遇赋并序》）。意为遵奉上天既定之命，师从圣人所留遗著，忠于君王孝双亲，于乡里之间再把信义兴。

他同样希冀出自幽谷，迁于乔木，对前程有过美好的憧憬："少时壮且厉，抚剑独行游。谁言行游近？张掖至幽州。"（《拟古》）少年壮怀激烈，持剑独自出游，谁说外出并不遥远？从张掖又转往幽州。

他怀有覆育苍生、亭毒群品之志；也渴望成为伯夷叔齐那样的大贤，饿死也要固守节操；也向慕荆轲那样的侠客，仗剑赴义，愿为知己者死……

可是，他初试啼声，所行不远，所飞不高，就出师不利，铩羽而归。

事后先生回顾初度解褐时，并未将出仕之因往志向上靠，而说是苦于长饥，不得已而为之。

他人生的最高目标，原本是开物成务，济人利俗，转而降格以求，变成了最低要求，仅仅是为了满足口腹之欲。可见，必有其不为人知的变故，否则何至于将寄予厚望、满怀热心的出仕，看作是一个笑话，断然加以否定。

"是时向立年，志意多所耻"（《饮酒·十九》），先生因何"不堪吏职"而多有所耻，究竟发生了什么，已不可稽考了。但太阳底下无新鲜事，官场上那点龌龊事，是不难想象得到的。

时任江州刺史王凝之，是书圣王羲之的次子，为五斗米道徒。

此时，大学者范宁为豫章太守，大设庠序，远近而至者千余人，资给费用，全赖范宁从私人俸禄中拿出，录用四姓子弟作为学生，课读五经。先生的《饮酒·二十》中，有"区区诸老翁，为事诚殷勤"句，可见，范宁即是他所敬重的硕儒。

其抱残守缺，以章句训诂本有功于六经。而王凝之却上言弹劾，范宁因此获罪。王凝之与范宁所奉之道不同，而借故奏罢，颇为先生所不取。

鄙人出于好奇，曾对王羲之的诸子作过比较，王凝之似乎是最为平庸不堪之人。其书法远不及七子王子敬；其洒脱率性，也大不及五子王子猷。

王子猷雪夜访戴的故事，想必诸位耳熟能详。在那个梦幻般的雪夜，王子猷忽然想念老友戴安道。船行一夜方至戴府，却不入内，随即返回山阴。人问何故，王子猷竟说："吾本乘兴而行，兴尽而返，何必见戴！"何其洒落！

甚至，王凝之也没有其夫人谢道韫有才情，她所著诗文流传于世。

问题还不止于辞官不做，关键是这次出仕，极大地败坏了先生的胃口，以至于次年三十岁时，州府征他任主簿，他坚辞不就。主簿，常参机要，总领府事，权势颇重，可他宁愿躬耕自资。

始自而立，迄于隆安二年戊戌，几达五年，先生躬耕田园。虽至于羸疾，病病恹恹，倒也自得其乐。

太元二十一年丙申，先生三十二岁。这年五月发大水。

九月，东晋朝廷发生了一件令人震惊的大事。

孝武帝嗜酒成性，常流连于内殿六宫。望之不似人君，就之而不见所畏。

当时地位仅次于皇后的张贵人，年近三十，难免色衰爱弛。武帝开玩笑地跟她说，依你的年龄而论，也该废弃了，我更喜欢年轻貌美一些的，你以为如何呢？

张贵人忍住了愤怒。不过，也没忍多久，机会就来了。一天，趁着武帝醉酒时，张贵人指使婢女，用被褥蒙住武帝的头面，将他活活闷死了。

孝武帝无谓的暴毙，太子司马德宗得以继位，是为晋安帝。安帝年幼愚昧，太傅司马道子和仆射王国宝参管朝政。安帝之舅王恭趁机入朝。双方暗伏杀机，一触即发。

次年四月，王恭上表罪责王国宝，于京口兴兵予以讨伐，荆州刺史殷仲堪响应。司马道子恐惧，诿罪于王国宝，诏令其自杀。派遣使者至王恭处深谢前愆，王恭才肯罢兵。

七月，王恭、殷仲堪、桓玄联手麾军京师。九月，司马道子讨伐王恭。十一月，殷仲堪、桓玄退守寻阳，推举桓玄为盟主。

这年冬，靖节先生加入桓玄幕府为官，三十四岁。

隆安三年己亥,十一月,孙恩借着民心骚动,从海岛率党徒起事,大举向内地入侵。浙东八郡之人,一时响应。旬日之间,聚众数十万人。孙恩声讨司马道子父子罪责。朝廷下诏命刘牢之、刘裕予以进击,孙恩退入海岛。

隆安三年,先生三十五,随桓玄赴江陵公干。

次年二月,桓玄为都督荆、司、雍等州诸军事,荆、江二州刺史。

这年孙恩率军复起。

该年春,先生奉桓玄之命,出使京都建康,上疏请讨孙恩。公事办毕后,先生由便道回家省亲。出游日久,归家心切。

"行行循归路,计日望旧居。一欣侍温颜,再喜见友于。"(《庚子岁五月中从都还阻风于规林》)

沿着回家的路走啊走,望着想象中的旧居,算着还有多久可以到家。内心充满着欣喜,一喜可以侍奉老母,再喜能见到兄弟。

摇着桨橹,穿行于曲折的水道,太阳在指划之间就沉落到西山。江山难道不峻美如画?只是归子思乡心切,惦念着前路,根本无心浏览。

可老天偏不从愿,船行至规林时,却遭遇了风阻。南风一点也不体谅游子的心意,一个劲地吹刮。呼啸的狂风没半刻停息,奔腾的波浪震天价响。只好收起船桨,困守于这偏僻的湖边。

"久游恋所生,如何淹在兹?"

久游他乡,难免会眷念故园。他对淹留不去提出了严厉的质疑,好像是自己可以左右得了的。

其实,先生所指,不仅是这次因风所阻的返乡,恐怕还是想长久地归隐,而又一时难以从愿。他对自己迁延不归,却又身不由己,而心生郁闷。

高深的草丛一望无际,盛夏的林木徒自繁茂,谁说客舟尚且遥远?离家百多里已近在眼前。远眺庐山历历在目,而我却在此空自嗟叹,可望而不可即。

庐山实乃南国隐士之山。有匡俗先生,乃夏禹苗裔——东野王之子,汉时封为鄡阳男,印曰"庐君"。匡俗兄弟七人,皆好道术,遁世隐时,潜居于彭蠡之山,世称为"庐山"。

"静念园林好,人间良可辞。"

一想起故园的种种好处,便什么都可以放下,人世间的俗务均可辞去。

尽管桓玄屡屡上表请求讨伐孙恩,却并未得到恩准。朝廷对桓玄深怀戒备,任命刘牢之镇压起义军,孙恩又退入海岛。

这年年尾,先生自江陵返回柴桑旧居上京度岁。

隆安五年辛丑,六月,孙恩浮海至丹徒,兵甲十余万,楼船千余艘,直逼建康,朝廷震骇,派刘裕自海盐入援。刘裕率千余人奔击,孙恩大败而还。七月,刘裕又重创孙恩,孙恩由是而衰,向南逃亡。

同年,先生第五子,也是最后一个儿子陶佟出生。

七月,先生销假从柴桑还江陵。大概桓玄幕府有急诏,须速速归还,先生不得不放下襁褓中的婴儿,赶忙启程。日夜征行,不敢有一丝懈怠。"怀役不遑寐,中宵尚孤征。"(《辛丑岁

七月赴假还江陵夜行涂口》)

　　船行至涂口,该地在江州府上游九十里许,在武昌之南,大江之滨。他匆匆同友人会面,拱手揖别,又离岸向江中驶去。频频摇动的船桨,击碎了新秋的明月。

　　傍晚的凉风,倏忽吹拂起来,夜色竟是如此清澈空明。明净的天宇辽阔无垠,江平如砥,波光浩渺,水天一色,清风推送着孤舟独自前行。

　　此情此景,不由得触发了先生浓浓的故园之情——

　　曾于此闲居三十载,曾于此断绝尘寰事,曾于此诗书投素好,也曾于此林园赏雅趣。啊,只有纵心之所如,全然没有了那些俗世的应酬。可是,我为何要舍彼取此,去到遥远的西荆,牵挂着公事不能安眠,以至夜已将半,还在独自兼程呢?

　　先生的诗文中,故园从来不是单纯的故园,而是作为与尘世相对的另一极而存在。提及一方,另一方便隐含其中:鄙夷官场的喧嚣,而有田园的宁静;厌憎上流的虚伪,而有农人的淳真。

　　其实,先生早已明了自己的命运。他慨叹,吟唱商歌以求仕进,原本就不是我等之事。他只向往像沮、溺那样并力耕耘,扔下这顶官帽重返故里。厚禄青紫根本就不值得为之萦怀系心;衡门蓬舍可以修身养性,或许能成就自己的好名声呢。

　　诸位兄台,鄙人有必要解释一下"商歌"。典故出自春秋时期,宁戚欲求官于齐桓公,困穷无以自达,于是加入商旅来到齐国,暮宿于城郭门外,在车下喂牛。望见齐桓公经过,就敲打牛角,唱起了商歌:"南山矸,白石烂,生不遭尧与舜禅,短布单衣适至骭。从昏饭牛薄夜半,长夜漫漫何时旦?"

歌谣大意是,南山的石头啊,太阳一照光洁灿烂。但恨生不逢尧舜,粗衣短褐,裤长才及小腿间。黄昏喂牛至夜半,长夜漫漫,何时是尽头。

齐桓公听后,叹道,奇怪啊,唱歌的人怕不是一般之人!于是,让后面的车把他捎上了。

靖节先生却明确表态,宁戚以商歌干禄求荣,他是难以启齿的,更不屑于去做,宁愿不要。

说到商歌,想必先生会想到家中的那把七弦琴吧。先生不常弹,要弹则只愿弹给友人听,或用以自娱。

这年冬,先生生命中发生了一件大事,足以改变其人生走向,那就是生母孟氏的辞世。他遵从守制,辞官奔丧回到了柴桑家中。

先生从村口走过时,鄙人正在一棵乌桕树上掏鸟窝。十一岁的孩子,尚不明白生死的真正内涵,不理解先生何以步履匆匆,脸上挂满忧戚,身上只带了个布包和一把油纸伞。

先生非常哀伤,元兴元年居丧在家时,他作《晋故征西大将军长史孟府君传》:"渊明先亲,君之第四女也;凯风寒泉之思,实钟厥心。"先生的母亲是外祖父的第四个女儿。给外祖父留下行状,也是为了纪念他的慈母。

不瞒诸位说,鄙人对命运历来深信不疑。

也许是命运有意安排,让人遭逢某件坏事时,不经意间规避了另一个灾难。它不会一股脑儿让你全摊上:既不会让谁好到底,也不会让谁糟糕到无可救药。往往是祸福相依,你中有我,我中有你。

元兴元年壬寅,先生丧居柴桑时,沿江一带展开了一场混战和大肆的杀戮。

这年正月,庚午朔日,朝廷开始征讨桓玄。桓玄闻之,抗表传檄,举兵东下,进入京都,总百揆事,专擅朝廷。

十一月,卞范之起草禅位的诏书,逼迫晋安帝照之书写。安帝背着手,站在窗前,沉吟不语。良久,还是派遣太保王谧献出玺绶禅位。

十二月,桓玄即位,国号"楚",改元永始。封晋安帝为平固王,迁至寻阳。

桓玄字敬道,一名灵宝,大司马桓温的幼子。他形貌瑰奇,风神疏朗,博综艺术,善著文章。常常以其才地自负,雄豪自处,众人都畏惮他。

桓玄在隆安年间叱咤风云,靖节先生恰于此时出仕,所依之人,舍桓玄而外更无他人。何况先生的外祖父孟嘉,曾是桓温属下,深得其赏识。从某种程度说,先生与桓玄之间,似有通家之好。

先生出任桓玄幕府,是对他匡主宁民、重振朝纲抱有幻想。其时桓玄篡政的迹象尚未彰明。至于后来桓玄如一匹脱缰的野马,放纵无度,不可收拾,则是先生所未曾料到的。好在先生因母丁忧,躬耕于柴桑,较早地离开了桓玄,避开其进京篡位,免除了陷入无比尴尬的境地。

有人否认先生出仕桓玄幕府,有为长者讳的意思。而老朽以为,全然无此必要。还有的认为,先生仕桓玄,乃"弱年薄宦,不洁去就之迹",则更无道理。

所谓"不洁去就之迹",是说在政治上落下了污点,这是站在刘宋王朝正统观念来看的。往后先生出仕刘裕,就更纯洁一些吗?刘裕不过是一位成功的王者,因而掌握了历史的话语权。"洁"与"不洁",不过是胜利者书写的判语。

三

元兴三年甲辰,正月,刘裕随徐、兖二州刺史桓修入朝,暗中与何无忌擘画兴复晋室。

二月,刘裕、刘毅、何无忌等发起义兵,刘裕被推为盟主。三月,攻入建康,桓玄军崩溃;桓玄浮江南逃,胁迫安帝西上至江陵。刘敬宣归投刘裕。桓玄司徒王谧推举刘裕行镇军将军。刘裕军攻克湓口,进据寻阳。以刘敬宣为江州刺史。

五月,桓玄复东下,刘裕与桓玄两军激战桑落洲。桓玄逃回江陵时被杀。

自春而始,战事频仍。

五月,靖节先生作《荣木并序》诗,诗曰:"先师遗训,余岂之坠?四十无闻,斯不足畏。脂我名车,策我名骥,千里虽遥,孰敢不至!"

意为先师孔子留下的教训,我怎能捐弃呢?夫子曾说,四十还未建立功名,就不值得敬畏了。赶快给我的名车上满油,朝我的好马挥动鞭子。千里征途虽然遥远,不到终点怎敢止步?

荣木,为木槿,灌木,夏季开花,此花晨放夕败,"晨耀其华,夕已丧之"。先生由此想到生命如此短促,恍如过客,来去匆匆,因而怅然若失,充满焦虑,继而惕日惜时,急思奋起。

刘裕起事,被时人视为义举,先生想必也赞同这种看法。此时,刘裕招贤纳士。许是想抓住人生建功立业最后的契机,六月先生便欣然接受了辟举,赶赴京口,做刘裕镇军军府参军。

参军,始置于汉末。晋代,诸王及将军幕府,皆设参军。参军位虽不显,但可参机要,多有升迁机会。

先生曾在桓玄幕府为官,刘裕也是知晓的,但这似乎并未影响对他的征辟,这样既能显示刘裕的宽容大度和求贤若渴,也表明大司马陶侃方面势力的加盟,对刘裕来说,也是增重之举。

当然,就先生而言,出任刘裕军府,也不是没有顾虑的。才一上任,先生就反躬自省:此番出仕,实乃有违自己的天性啊。

当时,刘裕镇军京口。石头城北缘大江,南抵秦淮口,乃虎踞龙盘之地。

先生赴刘裕镇军府,途经曲阿。以他的敏锐,似乎觉察到什么:桓玄,由反昏庸无道的司马道子起兵,结果倒行逆施,经营其个人野心。眼前这位,就一定会好些吗?难保不步其后尘。前行的路上,他变得踟蹰起来。

每至人生紧要处,先生都习惯性地来一次回望,他想理清一路过来的步履,再决定下一步该怎么走。这在《始作镇军参军经曲阿作》中就表露出来了。

——年轻时,我寄情于人事之外,倾心于琴与书之中。那时，就算披着粗布旧衣，心情依然愉悦，即使饥乏困顿，也总是晏然自若。

后来，时运突然降临，我扔下手杖，让人替我收拾行装，暂别田园。我抓住机会，登车揽辔，踏上了一条通途大路。驾着一叶孤舟，朝着遥远的目的地纵情驰骋。可是，绵绵的归思一路伴行，萦绕在我心间，挥之不去。

我所行之路不谓不远，跋山涉水，千里迢迢。看倦了川途景致的变换，心心念念的，却只在山泽边的故居。

"望云惭高鸟，临水愧游鱼"，仰望白云，我羞惭于高翔的飞鸟；俯看流水，我愧怍于自由的游鱼。身受羁縻，远不及彼等悠然自在啊。

然而，如果"真想"一直都在我心里，身形遭受点拘束，又算得了什么呢？唉！聊且顺应自然的化迁吧，有朝一日，我终究还会像汉朝的班固那样，回到心仪的故园来。既然那个真想就在性分之内，就应反其性情而复其初。

义熙元年乙巳，刘毅、何无忌等平复江陵，得晋安帝。三月，何无忌奉晋安帝东还建康。

刘毅曾为刘敬宣宁朔参军，时人以英雄豪杰称许他。刘敬宣则对之不屑，说，难道此君也可称为人中豪杰不成？此君的特性是外似宽厚，内怀忌恨，自狂而好胜于人，一有机会，便会逾越上级。

及至刘敬宣被任命为江州刺史，则颇遭刘毅攻讦：刘敬宣既无功绩，何以授任？刘裕起初并未采纳。刘毅紧咬不放，接着，又派人游说刘裕：刘敬宣没有参与兴义军、举义旗，不宜任职江州刺史。

刘敬宣心内不安，于是，自表解职。

刘敬宣的解职，对靖节先生的触动颇大。

初看，似刘敬宣与刘毅之争而败北，深层原因呢，还因刘敬宣不是与刘裕一同起事的嫡系。即便他是刘裕原上司刘牢之的儿子，又在战场上投靠刘裕，替他解过围，也不过落得此等结局。何况靖节先生曾为桓玄的旧部呢！

一时间来，刘裕急于诛锄异己，彻底剪除桓玄余党。

先生对刘裕也曾抱有幻想，不料，幻想有多大，破灭就有多快。不足一年，先生就辞去镇军参军，离开刘裕，调任刘敬宣建威将军军府参军。

乙巳岁三月，先生衔命前往建康。

这年，先生四十一岁，于行役的旅途中，他写下了《乙巳岁三月为建威参军使都经钱溪》，内中有诸多的感慨。

——久未踏上这块土地了，早晚见到的，是山河无改，品物如旧，一切都跟往昔一样，还是老样子。就像不变的朝政，依然如故。仍是危机四伏，兵荒马乱。

想当初，人们均将击灭篡政的桓玄视为正义之举，纷纷拥立刘裕为盟主，结果呢，"事事悉如昔"，甚至每况愈下。

小雨洗净了高高的树林，清风托举鸟儿在云间出没。一想到万物都各得自在，和风吹送畅通无阻，何其快哉！而我自己呢？尚在勤勉从事这样的差役，何苦来哉！

"一形似有制，素襟不可易"，我个人形体似是经受某种牵制，所幸我素来的襟怀还未曾改变。田园是我朝思暮想的地方，怎可长久地忍受这样的分别？

时光飞逝如壑舟，霜柏之姿，是我内心不变的取向，岂能有丝毫的游离？

三四月间，刘敬宣改授宣城内史，先生无所归止，无处可去。不过，也好，他顺理成章地回到了上京老家。

记得那天，鄙人从山上砍柴回来，坐在村口歇息。溪涧两侧的杜鹃开得灼灼其华，而子规在树丛间一个劲地啼叫，没完没了。

上京距离星子城邑不足五里，经常有兵马从村前过境。近些时候，北方灾民频频逃难至此。人来人往，见多了也就习以为常了。

然而，这回似有不同，鄙人好像有着神秘的预感。果真，我看见先生身着长衫，从远处一步步走近来，微风吹送下，下摆不时地飘拂而起。他将随身物品装在布袋里，分搭在前后。夕阳在他身后投下了长长的身影。

经过我的柴担时，他放慢了脚步，摸了摸我的头，笑问道，陶仁，这柴是你砍的吗？

我点了点头。

先生又说，你现在也成为劳力了，一个扎实的后生子，真不错啊！这是先生第一次夸赞我。

鄙人后来才反应过来，那子规啼唤的，竟酷似"不如归！不如归！"。

刘裕是那样对待刘敬宣的，而先生到底是桓玄的旧人，又会如何对待他呢？不能不审慎处之。加上他秉性孤介，与物多忤，在此板荡之秋，争战之时，往往动辄得咎。何况刘裕一介武夫，心胸狭窄，与之相处，久而久之，必生祸患。福莫大于无祸，利莫美于不丧。的确，不如归，不如归。

其实，先生这次回家，归意已笃。他改任建威将军刘敬宣的参军，无如说是一种过渡。而去彭泽任县令，不过是去寻求一个归来的托词，好找台阶下来。

就像一个孩子想哭时，得找个触发点，尽管理由不一定充足，但至少得有一个。否则就变成无理取闹，是会挨揍的。

啊，今晚讲得够长了，诸位回去歇息吧。

哦，且慢，我等不妨在门口稍作逗留，来感受一番季候的变换。

诸位发现没有，天上的星星逐渐变得稀疏起来，三三两两，不似夏夜那样繁星满天。北斗七星，也不知不觉转移到西天了，但斗口仍指向不变的北方。

随着上回的那场大雨，酷暑已然离去，很快就要越过短暂的秋天，似乎直接进入冬季了。

明夜，诸位记得穿暖和一些，我等将探讨先生出仕的最后一个环节。

就此别过，各位慢走。

四

方才有同人建议，可将先生最后一次归来，展开详谈。鄙人恰有此意，毕竟这次归来不同寻常，也是老朽最为熟稔的。

其时鄙人已到先生府上帮佣了，可以说是介入先生的生活了。

如果说以前先生的诸般往事，是间接收集到的话，那么，往后的种种，确属鄙人的直接参与或亲见了。

之前，我曾介绍过同先生的缘起，这里还想再作点补充，以形成一个完整的印象。

先生临赴任彭泽令时，欲在同村物色一名力夫，以助其儿子免除薪水之劳。他都不用多想，就穿过大半个村落来到村尾，找到敝家所在的茅屋。

其时，晨光初照在门前低矮的树丛上。家父正端着一碗芋艿当早餐，蹲在墙根晒日头，一边用筷子熟练地剔除芋艿皮，扔给鸡吃，一边夹着芋艿往口里送，然后大口地嚼着，咽了下去。山里的芋艿多粉，吞咽时不便说话，否则会呛着。一旁的人都在默默地埋头吃着。

先生在家父面前立定后，稍稍平息了一下呼吸，将宽敞的袖口朝上抖了抖，伸出一双手来互握着，带着一种谦和的尊严，没装作偶尔路过的样子，而是开门见山地跟家父说明来意，想从他儿子中雇请一名帮工来家做事。

家父有些诧异地抬起头来，看着恂恂然有儒者之风的先生，笑着说，这有何难？先生尽管挑吧！他用筷子头指着身边一字排开吃芋艿的四个儿子。

先生笑着指了指鄙人，说，我想请陶仁，您看行否？

家父乜了我一眼，家中的二小子，刚刚登力，干活是个好把式，曾打算让我跟他学木工。他多少犹豫了一下，说，行啊，先生开口就是啦。

在家父眼里，我不过是去人家打个长工。他没想到的是，我将受到"人子"的对待。当然，既已被称为人之子，也包含了对家父也将以人相待，而非仅仅是一个卑贱而寒碜的雇农。

我想，村子这么多人，先生之所以选用我，也许是因为村口那次的邂逅。他看上我能砍柴担水，这就够了。不过，他或许没看出我想读点书的心思。

吾村大多为陶姓，仅有少量的杂姓。想必诸位兄台也知晓，陶姓溯源有两支，一是出自唐尧，一是出自虞舜。尧帝最初封在陶丘，后迁徙至唐县，称为陶唐氏，子孙有以陶为姓者，也有以唐为姓的。而虞舜的后代在周朝做"陶正"，掌管制陶业，子孙遂以官为姓，也姓陶。

先生为唐尧之后，这一点确定无疑，在他的《命子》诗里，可以得到佐证："悠悠我祖，爰自陶唐。"

而鄙人的祖先，则有可能是陶正的后裔。

诸位知道，八王之乱，导致永嘉之乱，永嘉之乱后，各胡族统治者分别参与西晋统治者之间的内乱，各自较量不休，形成混乱格局。

两晋之际，八王之乱和永嘉之乱之后，四海鼎沸，豪杰共起，中原丧乱，死殁无算。居民出现大分化，有死守旧居的，有播迁江左的，也有真正根深蒂固的士族，宁愿留守北方，甘冒风险。

司马睿间关渡江，开启了东晋南朝于江左立业的局势，是为晋元帝。

随着永嘉南渡，流民大批飘蓬江表。有分散行动的，也有大族率领的；只有零星的流民渡过长江，而大股的则滞留于江北。

一部分过江的流民最初投奔东吴，而三吴大饥，流民死者不计其数，纷纷撤回原地。

江西良田亩亩，但荒芜日久，稍加火耕水耨，不费工时，却为功甚著。诸多流民便如过江之鲫，涌入江西。从江陵直到建康，沿江三千余里，有不少城市，而流民却数以万计地分布于江州。

鄙人的祖父，就是从豫州虞地转徙来江州的。

《禹贡》载：禹分天下为九州，黄河之南曰豫州，虞地属豫州。周封殷之后人微子于宋，号宋国，虞地又属宋国。

正当祖父生计未立、无籍可稽之时，庐山之南玉京山下的上京陶里收留了乃祖。均为同姓，也不作陶唐与陶正之细分，天下陶姓一家人嘛。这样，好歹安顿下来了。

鄙人年幼之时，常听家父回顾故乡虞地的往事。在他眼里，那是个无比美好、赛过江南、令人无限留恋的地方。

我约莫七八岁时，于清明前夕，家父一朝醒来，满脸的惊厥，说自己做了一个奇怪的梦。梦见曾祖父墓地上，出现一个硕大的空洞，里面注满了白亮亮的清水。他忧心忡忡，大半天后，看上去还有些惶惑不宁的样子。有道是，祖不安，后不祥。

许是放心不下，他执意要回老家一趟。可战事正紧，烽火连天，路上肯定是凶多吉少。然而，任谁也阻拦不住他。

可惜，家父并未听进去。他放下正在劈着的木料和斧子，坐下来闷声抽烟。或许那个怪异之梦不过是个借口，许是抑制不住怀乡之情吧。家父筹集盘缠，裹上糇粮。而且执意要带着长兄和我，一同前往老家探访。

可怜的姆妈也是万般无奈，连连叹息，只能于出门前一个劲地叮嘱这，叮嘱那。直到走远了，还能看见她在村口的樟树下抹泪，不停地挥手。

路上日夜兼程，风餐露宿，足足走了九天。我看到北方迥异于南方的物候风貌、建筑制式，一坦平洋的广大平原，以及河床高于屋顶宛如天河的浑浊大河。虽谈不上异域风情，但也不无新异之感。

亏得家父壮实，在蓬转客途之余，还颇有兴致地说这说那，介绍了老家的一些民俗风情。譬如，人死之后，厝棺于野，三载后葬；又如，家中遇有贵客，于正餐之前，煮一碗面作为辅食，以示看重，再穷的人家，也都会在碗底卧上一只半生不熟的鸡腿，但是，你需知趣，不能吃它，等到下一位贵客来到时，再重复使用，它是一道看菜，就像一个道具，重在传递一种淳朴情谊。

中原广漠的平原上，一条大河从西边逶迤而来，滚滚东逝，流向无尽的天边。河流两侧的原野上星散的一些聚落，十室九空。无人居住的土屋，像墓碑一般凝重而沉默。迁走的人家还算是有些活路的，还有一些实在走不动的，也只能滞留原籍，沦为弃民。大片的田地荒芜，长满蒿草。

北方的兵旅，身着胡装，在村落和旷野间不时穿插着行军，戎马倥偬，不知所往何之，所奉何命。有过一两回，刚听见"嘚嘚"的马蹄疾驰而来，父子三人瞬间就被骁勇的骑兵所冲散，包裹在尘埃里。我等在原地如三只笨拙的陀螺，不抽自转，不辨西东。好在处于荒原之中，失散的时间相对短暂。待尘埃落定，我等重又能看清彼此，爬起来拍拍尘土，会合如旧。

路上，不时可见役卒和逃难者的尸首相枕藉，有的委弃在沟壑边，被浓密的苍蝇蚊蚋所覆盖。有人经过时，便"嗡"的一声飞起来，遮天蔽日，一股恶臭冲过来，将人熏倒。真是一派千里无鸡鸣、白骨露于野的惨相。

家父带着我等来到他称之为祖屋的老房子前。对开的大门半开着，显然被人以强力撞开过，门闩歪斜地耷拉着。家父小心地推开大门，大门发出"吱呀"一声怪叫，毕竟是年久失修的老宅子。一股冷气扑面而来，让人本能地后退一步。我眼梢中还瞥见一只毛色金黄的东西，闪电般从前厅斜刺里掠过。不多时，它又在一个墙角闪现。大概是一只黄鼠狼。

室内狼藉一片。可想而知，原本就乏善可陈，加之屡屡遭劫，自然是家徒四壁。只有那股四处飘荡着的呛人霉味，更像是这栋房子永久的主人。老屋椽毁瓦破，怕是不能留宿了，晚上最好还是借宿在哪个遗民家中为妥。

随后，我等像是没娘的孩子，在村子里四处游荡。算来只余下二三户，彼等向来都是村里最可怜的人家，根本没有余裕来待客。可见过面后，热络得不行，争着挽留我等吃饭。

趁着天黑之前还有点余暇，家父带着兄弟俩去祖茔祭奠。说是祭奠，怕也是徒有其名，不具酒肴和香纸，仅仅是人到兼心到而已。坟山成了乱坟岗，长满了杂草和藤蔓。又忘了借刀来砍斫，衣服都刳毛了几处。长兄还不小心绊了一跤，手掌全是泥土。

曾祖父的坟墓上，开满了白色而细碎的荠菜花；一边的地里，还野生了一些油菜，也开出了黄灿灿的花朵，为墓地平添了几分生趣。

家父仔细察看坟包。果然，一株荆棘的根部，赫然出现一个斜斜的洞穴，几乎被我等同时发现，三人惊讶得合不拢嘴。家父并没有声张，而是默然无语，仿佛被一块石头击中似的，愣怔了一下。

记得当时鄙人不寒而栗，汗毛根根竖起，恍若梦中。太谲异了。家父的梦与之如出一辙，分毫不爽，哪有这等奇事？

鄙人再一次怯怯地探看洞穴，如临深渊，似乎那汪汪的水窦在微微泛波，不停地朝外冒着森森寒气，或许有股淡淡的轻烟从中升腾而起，也未可知。

随后，父子三人谁也没说一句话，默默地将土坷垃填补进洞穴。似乎那是堤坝上的一个管涌，需要来一番争分夺秒的抢修，弄了好久才算封堵了洞口。正待离去之时，家父不放心地回头看了一眼，朝那个可疑的地方，用脚重重地踩了几下。洞穴要么是老鼠所掘，要么为黄鼠狼所穿。

家父这个奇特的梦，是否为曾祖父所托呢？曾祖父准是发现自己的"宅子"漏雨了，无法营生，觉得有必要修缮一番，所以不远千里托梦。尽管我等从未与这位老人谋面，但家父毕竟是曾祖父一手带大的，感情非同一般。

祭祀了其余的先祖后，天色已暗。我等迅速折回村里，心里有了负担，并多少有些沉重。弄不清这是否事关凶吉祸福，是何征兆，有什么在等着我等？

晚上，在一户事先约好的遗民家吃饭，交流了眼下彼此糟糕的境况,不免唏嘘感叹,为尚能幸存于世而庆幸不已。

饭前,一人先吃一碗面打底,碗底果真横卧一只鸡腿。为家父的话得到了印证,我面露悦色。显然,我等也被礼遇为贵宾了。

许是路上太过清苦,又许是鸡腿太过诱人,长兄竟将家父前几日讲的风俗抛到九霄云外。他抓起鸡腿就吃,啃了又啃,须臾不离口,有滋有味,却怎么也咬不烂。趁着家父与主人交谈,尚未觉察到这边动静时,我在桌下踩了兄长一脚。他抬起头,不解地看着我。我向他又使眼色,又打手势。他这才明白过来自己做了什么,脸上腾地臊得通红。但为时已晚了,鸡腿已被咬得瘢痕累累,不忍卒睹。毕竟八九岁的孩子,牙齿还是挺锋锐的。若不及时阻止,就算是半生半熟,也不见得能留下点什么。

往后,每当我等忆及这趟中原之行时,鄙人总是很不留情地揭短,拿这事开兄长的玩笑。兄长只是憨厚地笑笑,好像他也挺纳闷,是啊,自己怎么就忘了,那鸡腿仅仅是个看菜,绝对不能吃呢。

家父婉谢了主人的好意,坚持要回到祖居的老屋来住。长兄揩了一下嘴角上的油沫星子,提议另觅一幢农家空屋暂歇为好。家父却愤然作色说,哪有千里迢迢地赶回老家,不在自家住宿之理?我用手碰了一下长兄,示意他就依了家父吧。好在我等沿途所用被褥也完全够用,此时的北方也不见得更冷一些。

跟来时那样,我等三人同床共席,合盖一床被褥,天黑不久就躺下了。村里寂寥极了,连鸡鸣狗吠都听不见。

鄙人一时睡不着,在父兄轮番的鼾声中,默然地注视着曾罩过一家老小的高高的屋顶。透过屋顶上方的破瓦,可以清楚地看见天空中的点点星子,在凛冽的寒风中洒着清辉。

在老家拢共待了三天不到,走访了附近村落的几位亲戚。又到垄上边走边看,家父一一予以指陈,告诉我等,哪是咱家的树木,哪是咱家的田地,地力厚薄又分别如何,以及产粮多少的大致情况。

家父还告诉我等,咱家原本有一头耕牛,在第一批大军压境时,就莫名地失踪了。也不知是哪路部队干的,或许彼等需要运送粮草,顺手就将牛给牵走了;也许是干脆将它屠宰了,犒劳了军旅饥寒的肚皮。

这且不说,两户遗民告知我等,过两天,传闻有大量的兵旅将打此地过境,会征用或干脆说是占据咱村的房屋,驻防于此。至于部队需次止多久,何时开拔离境,一概不得而知。

我等三人回到老屋商略。家父看着屋顶上的破瓦,上方是蓝色的天空,间或有白云驶过。他皱了皱鼻头,最后说,咱不如早日还家吧。

我还想,下回再来,不知还能否见到眼前的破屋呢?这样想时,就生起一丝恋情,巴不得多迁延一些时间。

翌日就启程了。于旅次之间,鄙人起先暗自哂笑,家父仅凭一个梦,致使我等行千里,风餐露宿,未免也太得不偿失了吧,真有些匪夷所思。

随后,我一路都在咀嚼旷日持久的亡国之痛,这毕竟是桩异常严肃的大事,意味着流离失所,家破人亡。因事体过于沉重,鄙人年幼无知,心力不济,不能承受之重,反倒于百思不得其解之中，承认自己没有勇气或资格思考此类大事，索性也就放下来了，还不如闭目在道旁打个盹。除了对胡人的一腔仇恨，还能做什么？是啊，肉食者谋之，又何间焉？

家父生于中原，如今中原早已沦丧，田荒室露，衣食不周，家父成了不折不扣的遗民。区分于留守北方的遗民，他不过是流落他乡的遗民罢了，而鄙人就是十足的遗民后裔了。

闲言少叙，还是赶紧转入主角吧。

义熙元年乙巳，八月末梢，先生补为彭泽县令，这年四十一岁。

吾村之人皆有所知，先生家境贫寒，可能仅仅好过鄙人家，不过也强不到哪去啦。耕植的作物，不足以自给。虽有五男儿，大的仅有十三岁，小的不过四岁，满屋的孩子，都张着一张嗷嗷待哺的嘴巴，连接着一个好动的身体和一副易消化的肠胃。先生不擅稼穑，虽人丁兴旺，但劳力甚是不足。

有一餐是一餐，米缸里常常没有储存的粟米，说难听一点，仅能量粟而舂，数米而炊。养活家小，极成问题，又找不到什么好法子。亲戚朋友都好心地劝先生为官，他便脱然为之心动，始起出山之念。

一次，先生对亲朋袒露了自己的心扉：我倒是想去做个小官，就像当年孔子的学生子游出任武城宰那样，以弦歌作为教民之具，或许可以积攒一点钱粮，也好于归家赋闲之时维持生计，不知是否可行？

孟子曾说："仕非为贫也，而有时乎为贫。"依儒家而论，出仕本应为治国平天下计，不是为着解决一己之贫穷。不过，孟子退一步又说，有时也会因为贫穷而出来做官。可见，为生计考虑，也不是什么丢脸的事。

出去为官，也仅仅是一个设想，施行起来并不容易，先生不知该去找谁。

当此多事之秋，刘裕方大举义旗，起兵勤王，讨伐桓玄，扫除余党。经由先生之叔父太常陶夔的推荐，刘裕（或者刘敬宣）这位诸侯大臣，虑及先生曾朝夕侍奉于虎帐之下，为幕府参军，勤勉从事，孜孜汲汲，便答应给他一个出任县令的机会。

当时风波未静，战事尚未休歇，先生有点担心任地过远。往昔任参军时，常苦于行役，而今他只想离家近点。

彭泽县距家仅有百里之遥，他说"公田之利，足以为酒，故便求之"，意谓作为俸禄的公田，所收获的稻谷，足以用来酿酒，找到一个能饮酒的地方也就够了，过此，夫复何求？因而通过叔父就谋求了此职。

先生将曩昔的理想早已撇下，而降志以求，为官不过是为了稻粱之谋，口腹之欲罢了。消解了任何称得上崇高的东西，不再有致君尧舜上、再使民风淳的念想了。事实上，在此动荡之秋，个人的力量何其渺小，能不弃于沟壑，就算是万幸了。

有一个极有意思的说法，先生将自己名下的公田，打算全都让人种秫，并说，我只要常得醉于饮酒，就心满意足了！

秫，是黏性的糯谷，出酒率高。

可是，妻子翟氏坚决不从，请求至少要拿出一部分来种粳。她有些气恼地说，栽种的稻谷全都用来酿酒了，一大家子人，还要不要吃饭？

粳，是黏性较少的粳稻，适合日常餐食。

结果先生笑笑，让步了，他将一顷田一分为二，五十亩种糯谷，五十亩种粳稻。

此说颇富趣味性，但不足为信，不过是将先生好酒的一面，不切实际地夸大，以至于不近人情，诸位兄台只当是马耳东风罢了。人而无情，何以为人？先生固然好酒，但何至于此，连妻儿老小生计都不顾？他人之子，尚怀恻隐，欲善待之，何况是自己的子息呢。

不怕诸位笑话，鄙人以前年少气盛，好与人面争。世人每以此讥诮先生好酒超过妻儿时，鄙人必挺身而出，为之打抱不平，为之愤懑不已。如今，仍有人会将此事当作花絮来笑谈，老朽也只是笑笑而已。不但不见气，反而感到亲切，起码说明还有人在谈论先生吧。

五

乙巳岁十月，小阳春天，风轻日暖。鄙人第二次奉师母之命，前往彭泽县衙。这次是送寒衣，当然，少不了还有一坛醪酒。

有了上回的经历，这次就心里有数，算是驾轻就熟了，我自驾小船而去。前面说了，上京几乎家家都有船，先生家也不例外。

这次，我就不跟各位唠叨沿途见闻了。风平浪静之时，我便使劲地荡起双桨，耳畔只有牛筋绳在桨架上摩擦的吱嘎声，以及船桨吃水的"噗噗"声。逢着顺风时，我便扯起帆布，只管将船桨放在船尾,当舵来用,任由小船欹侧着向前疾驰。

湖鸥上下翻飞,使得旅程不显得那么单调和遥远了。

老实说,山里人惯于沉默,一个人在山林或田地做事时,多半是埋头苦干、默不吱声的,他能和谁说话呢?顶多是同牛这种算是通点人性的畜生说说话。

我家祖祖辈辈务农,像榆木疙瘩那么实在,绝无半点花哨的东西。只关心柴米油盐酱醋茶,除此而外,均视若无睹,更谈不上能欣赏自然之美。一般而言,旷野就是粮食,庐山就是柴火,彭蠡不过是鱼虾。人皆知有用之用,而莫知无用之用。

有幸接触了先生之后,亲聆令音,才知晓除了吃饭睡觉,还有更有意思的事情。美虽然无实用之处,却有不可言传的价值。

奇怪的是,到了垂暮之年,诸多于当时显得十分重要的事情,竟都忘怀了。恰恰是那些花朝月夕之美,甚至鸡零狗碎的无用之事,却时常浮现于眼前,给人以温暖,让人感觉到美好,足以慰藉我晚年的孤独。

记得先生曾跟吾辈讲什么是"天地有大美而不言"。先生解释说,天地覆载万物,有宏大之美,虽无言语,但也会自然地呈现其美。什么是"绘事后素"?先生说,绘画之事,得先以素粉敷底,而后才施以五彩,犹如人须先有美的质地,然后加以适当的礼饰,才会锦上添花。

先生又讲解"文质彬彬,然后君子",也差不多是一样的道理。文采和本质相得益彰,就能成就君子之美。特别是先生给吾辈讲述"吾与点也"的故事,那沂水春风动人的一幕,令人迷恋,尤使我记忆深刻。

闲话扯多了，趁早回到本题来吧。

向晚时分，鄙人才到彭泽县城小码头，系好船缆上岸，来到廨署。

先生见到我，自是喜出望外，仁子，你怎么来啦？得知我是只身划船来的，更加惊奇。又说，那你可就太累啦！

经先生这么一说，方觉两臂抬不起来，又麻又胀，似是身体的累赘。

先生叫人炒了两个菜端来，说，来来来，咱叔侄喝他几杯，好解解乏。

实话说，鄙人还是头一次有模有样地坐上桌喝酒呢。当然，以前也不是没喝过，多半是趁家父喝醉之时，浑水摸鱼偷喝一两口。

两杯下肚，血脉顿时活泛起来，一种傍晚特有的舒适的困顿朝我频频来袭。先生脸上微微泛红，他摸了摸我的头说，仁子，跟陶俨相处是否还适应啊？

我点点头说，师母和陶俨待我可好呢，请先生放心！随后，他又嘱咐，你还在长身体，干活得悠着点儿，别累着了。

饭后，先生带我游逛喧嚷的街市。

路过头回走过的街巷时，鄙人忍不住好奇地朝悬挂红灯的门扉窥了两眼，那里依然有妖艳的女子频抛媚眼。许是看到先生脸上的庄重，女人轻浮的神色僵住，倏地转身回去了。

之后，便从小路步月而行，来到赏月台。想必先生已来过多次，而我是第二次来。

其时，月亮正升起来，挂在东边的天空，又圆又亮，衬以微云点缀，不胜其美。这才想到，今日十四，明朝就是望月了。

月亮之下，黑色的大地上，凡是有边缘或凸起的地方，都镶上了一缘银辉。白天我行舟的小河，泛着粼粼的波光。月光在波心间微微荡漾，碎而复圆，圆而复碎，像是一个天真的孩童，不厌其烦地捣鼓着老把戏。

小河似是从东边那座黑黝黝的大山迂回而来。经过县城时，浸染着灯红酒绿和脂粉气息，似乎变成了另一条河，氤氲着暧昧的气息。正像俗语所言，在山泉水清，出山泉水浊。不过，到底还是同一条河，它蜿蜒曲折，终归是会流向彭蠡湖的。

仁子，那座山叫修山，先生指着远处绵亘的那片深黑色的阴影告诉我，眼前的这条河，就是从那里流过来的。

修山，当地人称之为"武山"。先生曾携友游憩于此。后来我查阅志书，载曰："修山夺天险而高标突兀，抗庐峰而特立不群。气雄而势耸，翠积而寒光。峻壑深岩，风云蓄泄。此地为游居之所走望，真隐之所栖息。"

正当我琢磨着，若从修山砍一担柴回来，走到县城，该有多长的路程时，先生轻声地打断了我，仁子，快往上看！

我急忙抬头，仰面广垠的夜空。

其时，一群鸿雁飞过，排成一个"人"字。领头的大雁"嗷"地鸣叫一声，紧随其后的雁阵也跟着"嘤嘤"相应，一唱一和，皆中节律。就这样，辉映着银色的月光，鸿雁一路翩翩南飞，大约是要飞到彭蠡湖某个清浅的水域过冬。

诸位兄台，不知汝等注意到没有，先生诗文里，亦有多处写到飞鸟，这些鸟都厌倦了飞行，宁愿还巢。个中颇有深意，请诸位和鄙人一道深加领悟吧。若有机会，我还想与各位单独探讨一番。

次日清晨,拟将返程。按先生所示,鄙人前往先生下榻的官邸,来取两件物品带回上京。

其时,先生坐在晨风清洌的窗前,见我进来,便放下手中的书本,一根手指夹在书页间。未曾言语,只是面带笑颜,以目示之:物件早已备好,放在几案上。是前番送来的一只酒坛,不过是空的。还有一些梨子和板栗,是他四岁的幼儿通子爱吃的。先生舐犊情深,一望而知。

先生起身相送,叮嘱我,途中切勿耽搁,千万多加小心。

就在鄙人方将出门之际,发生了一件匪夷所思,但影响深远的事情。

其时,先生属下的一名老吏,行色匆匆,从廊庑间经过,一路小跑过来,弄得气喘吁吁的。站在半开着的门口,拍了拍胸口,平复一下呼吸。迟疑片刻后,差不多是排闼而入,禀报道,先生,江州郡督邮已至本县。

督邮巡察,多半是随机性的,不告而至,这不奇怪。

先生看了看这位有点冒失的属吏,面无表情,不置一词,似乎责备他过于大惊小怪。

老吏站立半晌,出于职责之感,俯首再请,先生,应束带见之。

先生蹴然作色,先是在房中踱了两步,继而低眉蹙额,喟然叹道,我岂能为五斗米,向乡下小人弯腰屈膝呢!

老吏遭雷击一般,面如土灰,两腿哆嗦,退后半步,不敢与先生对视。总之,他惊呆了。瞬间,这位好心的老吏又醒悟过来，想补救点什么，比如猛扑过去，捂住先生的嘴巴。可是，一切都为时已晚，一言既出，驷马难追。

先生的此语，往后人称"不为五斗米折腰"，虽只是轻声道出，却如怫然一声怒吼，堪比黄钟大吕，裂石穿云，山鸣谷应。

是的，不降志辱身，这是先生的精神底线。

此时，弘法于庐山东林寺的慧远大师，以《沙门不敬王者论》，正峨峨乎立于魏晋佛法之巅，与先生遥相呼应。慧远依照佛教教义，主张众生平等，即便尊如君王，沙门悉皆不行跪拜之礼。

督邮，汉已有之，负责监察属县，乃功曹中最大的官吏。郡守每于立秋之日，派遣督邮巡察属县，以成严霜之诛。

前汉，督邮多不过五部，少仅二三部，后来则多至数十人。这些名为督查、实牟私利之徒，索求无度，凶顽饕餮、深文周纳之人竽充其间。贤人达士多耻与之为伍。

其时，先生羞见督邮的惊人之语，着实令鄙人动心骇听。震撼之余，鄙人也暗自为先生捏一把汗，总害怕彼等不会轻饶先生。

鄙人颇觉场面尴尬，去也不是，留也不是，转而朝门外看去。天空湛蓝，高得出奇，一轮初阳正照在门槛上。一位老农扛着耒耜，牵着一头老牛悠闲地从门口走过。那牛朝里看了一眼，转过头去，"哞"地叫了一声，挥动尾巴走开了，好像不想停留半步。

不知为何，我的耳际忽然回荡起寺院里的钟声，那是我曾在上京听到的归宗寺的钟声。此时久远的钟声在我听来，分明是一种召唤，一种安抚，归来吧游子，快归到祖宗生息的这块土地上来吧。

传说王羲之离任江州刺史时，将山南所建别墅赠给了西域僧人达摩多罗为寺，取佛语"万法归一，万流归宗"之意，称为归宗寺，是庐山第一座寺院。

鄙人隐隐感到，先生有些破釜沉舟的意思，他归计已定，必不久留于此地。但也并非如传说所云，"即日解绶去职，赋《归去来兮辞》"。

大概过不多久，乙巳岁十一月吧，程氏妹在武昌去世。先生随即自免去职，解带归来。从仲秋到入冬，在官八十多天。先生为此写下《归去来兮辞并序》这一佳构。

为何同为去职，别人或许以为是运逢迍邅，而先生竟然感到如此顺心？皆因个人的心志各异。于先生而言，去职似从牢笼里挣脱出来，身心舒泰无比。

与幕府相比，州县属吏似乎让他更不堪忍受。越近底层，浊气、戾气和俗气越重，越接近丛林里的禽兽，弱肉强食，毫无节制。

先生去官的原因，其自述为因妹之丧，更多的人则以为是耻见督邮。以鄙人观察而言，均为借口。一名小小的督邮，岂足以决定先生的去就耶？

其根本原因，一如《归去来兮辞》所言，"质性自然，非矫厉所得；饥冻虽切，违己交病。尝从人事，皆口腹自役"。

先生所用"矫厉"二字，让人想起庄子笔下的"混沌"。人皆有七窍，用以视听、饮食、呼吸，唯独"混沌"却无。有人或许出于善意，为之开窍，日凿一窍，七日而"混沌"死。

是故，庄子云，凫胫虽短，续之则忧；鹤胫虽长，断之则悲。又云，性不可易，命不可变，时不可止，道不可壅。

天下万物，秉气受形，各得常分。就如蓬曲麻直，首圆足方。水则冬凝而夏释，鱼则春聚而秋散。各足于性，均出自天然，并非借助于外物。岂能以规矩钩绳强加之于他，使之残生损性而丧失常态呢？

先生说，我本真率，无法改变；先前曾在官场酬酢周旋，那都是为了填饱肚子而役使自己，饥寒虽然也令我感觉痛切，但过于违背自己的意愿，则更使我身心交病。

先生萧散夷旷，车马之荣、轩冕之贵，于他如浮云。就任于小邑，朝夕遑遑于簿书钱谷，宜乎其视之如敝屣。高举远蹈，不受世纷，原本就是其夙心所在，无奈找不到一个触发点。

而迫使他束带见督邮，乃使他血脉腾地贲张而出。但在此多事之秋，还不宜声张，不能说走就走，得见机而作。此时，程氏妹之死，哀伤之余，也让他找到了一个合适的由头，终于，他可以抽身远遁了。

鄙人以为，先生不想轻易去职，授人以柄，寻求适当机会抽离，岂非明哲之举？

"归去来兮，田园将芜胡不归！既自以心为形役，奚惆怅而独悲！悟已往之不谏，知来者之可追。实迷途其未远，觉今是而昨非。"

归去啊，田园快要荒芜了，为何还不归去？既然拿心灵供形体作无谓的驱使，是所心甘，又何必惆怅而独自伤悲呢？觉醒到以往的错谬，那么将来尚有改正的机会；迷途确实还不算远，醒悟到今是昨非，也就不会太晚。

"云无心以出岫，鸟倦飞而知还。"

我本无意于仕途，就像云朵飘然飞出山洞，并非着意而为；鸟既是飞倦了，就该懂得趁早回来。既然厌倦了官场，就该适可而止。

庄子有言："鹪鹩巢于深林，不过一枝；偃鼠饮河，不过满腹。归休乎君，予无所用天下为。"

这段话讲的是许由。他对前来让位天下的尧帝回绝说，小鸟在深林筑巢，所求不过一枝；鼹鼠去河里饮水，所需不过满腹。你快请回吧，我要天下有何用呢？

归来的前夜，先生也许去和望月亭作别。或许彻夜未眠，必定想了很多，很多。可以肯定的是，他赶了个大早。这一点，鄙人在见到先生的那一刻，便有所觉察，先生既无比欢欣，又带着早起者的困倦。

离开彭泽县衙，先生刺船而去，由县城而城郊，由小河而大河。穿过熹微的晨光，飘飘的水风拂面，也吹拂着他的衣衫；波浪激起的水滴，四溅飞起，洒上船舷，洒落到脸上，清冽而湿润，让人直打激灵，兴奋不迭。

显然，小船找到了属于自己的水流，如鱼之得水，因而异常轻巧舒畅。

先生一遍又一遍地询问船夫，船行何处？到家还有多少里路？其实，他早已心里有数，只是通过反复的问询，来确认一个事实：终于归来了。如今不是梦，归来终成真。

先生为官仅八十多天，却宛若出走了半生，回来时仍是一位少年，仍拥有不变的赤子情怀。

约莫先生能看见家里简陋的屋宇时，鄙人也差不多同时看见了一叶白帆缓缓驶来。随后，就看到了船头上站着的先生。亏得我眼尖，无疑我是最先发现先生到来的人呢。

甫一确定来者何人，鄙人就跑去告诉了师母。师母像一只谨慎的母鹿，每临事体，首先想到的是孩子，要确定彼等在哪里，是否安全。自然了，我负责将彼等一一喊来。

先生的小船顺着窈窕的溪涧，溯流而上，斗折蛇行。他昂首站立船头，渐行渐近。

年幼的儿子们站在家门口，翘首以待；翟氏也从厨房出来，双手在围裙上擦拭，抿了抿鬓发，拥立于孩子身边，脸上洋溢着略含羞赧的笑意。不过，我还看到翟氏显出少有的激动，如篱笆边上的菊花，在风中簌簌颤动。

鄙人和陶俨几乎不约而同地跑下岸去，待到船停稳抛锚，小心地把先生扶下船来；随后，那四个小家伙，小狗似的摇头摆尾，也跟着一溜烟跑下来。不用说，四岁的通子跌跌撞撞地落在了末后。

船夫俯身搬运着行李，将其放置岸边。

看到这点简单的行李，鄙人内心涌起一股酸楚之情。同时倒想起一桩事来：先生自免去职，竟不待公田谷熟。当初师母和先生为着这一顷田该种什么谷子，似乎还有过一番争执呢。如今还未及收割，说走且走，轻易放弃了。

先生弯下腰去，将通子抱起来，亲了一下。随即从长衫里掏出一把板栗，给他抓了几粒，余者再让其他几个孩子去拿。老二陶俟一出手，便抢走了一大半。

先生抱着幼儿，步履轻盈地进入室内。醪酒早已盛满了酒樽，散发出诱人的醇香。

时近中午，翟氏端来几个小菜，冒着腾腾的热气。她递给先生一双筷子，顺手接过孩子。先生抖了抖长袖，舒了一口气，取出酒杯，便自斟自饮起来。此时的先生看上去，还没有过多地去想，将来有什么在等着自己。

"三径就荒，松菊犹存。"

窗外，院中的小路虽渐趋荒芜，但是，所种的松树依然傲霜挺立；所栽的菊花，冒着寒风，也次第盛放了。一切都还在，不错！先生不禁解颜，浮出了满意的笑容。

先生的笑容宛如斜阳般凄美，显得异常憔悴，有点绵软乏力，是飞鸟归巢后的那种倦意。这种倦态不像是某次具体的疲惫，而是整个人生叠加起来的疲累和困顿。不过，随着先生的归来，这种倦怠逐渐转换成一种完全松弛后的安详与平和。

其时，鄙人知趣地走出房子。已有三三两两的村民聚集过来，瞪大眼睛瞧热闹。大多表示关切，个别人也在哂笑，甚至訾议。

事情总是这样的，当你得志时，彼等会不厌其烦地麻烦你；失意时，彼等会比外人更快地抛弃你。这就是吾等某些可爱的乡党。

恰当此时，鄙人听见了一阵悦耳的"嘤嘤"声，一递一声，就像那回在彭泽听到的那样熟悉。我以手覆额，仰望长天，一行大雁正扇动翅膀往南飞。

眼见得其踪影渐行渐远，缩成粒粒小点，差不多从视野中消失时，不料，雁阵竟又折将回来，渐近渐大，翅膀以它不变的节律在频频扇动。就这样，彼等就像一群蹁跹的舞者，在上空飞了一圈又一圈，画着同心圆。绕行了三匝后，似乎心到意到了，再款款离去。或许，彼等在反复察看地上的一个目标，可否用作过冬的栖息地，又或许是向靖节先生的归来三致其意。

此情此景，让鄙人联想到《春秋》所记载的一个奇特的自然景观："六鹢退飞过宋都。"有六只水鸟向后退着飞行，经过宋国的都城。《左传》给出的解释是："六鹢退飞过宋都，风也。"可见其风速之大，风形成的阻力，几乎抵消了前行的动力。

六鹢尽管是退飞，但毕竟飞过了宋都嘛。可见其看似退飞，仍在前行，可谓以退为进矣。

鄙人曾预测，先生此次归来之后，怕要经始山川，绝无再仕之意了。不是没有机会，而是绝意于仕途了。哀莫大于心死。

从此以后，料想先生将息交绝游，过他朝思暮想、不难预想的耕读生活。

——倚着南窗，以寄托高傲的情怀。蜗居陋室，却让人过得心安理得。

天天去往园圃转悠，趣味无穷；虽有门扉，却常关闭。

喜听亲友充满感情的话语，弹琴读书，乐以消忧。

忽听见，农人高声提醒，春天节令已至，就想到该去西边的田畴耕作了。有时套上装有布幔的牛车,有时驾着一叶扁舟。时而进入深邃的山谷,时而经过崎岖的山峦。

其时,眼能所见的是,树木葱茏生机蓬勃;耳能所闻的是,泉水涓涓流淌不息。

逢上好天气,会独自前去查看地情,欣赏作物的长势。将手杖插在地上,去除草培苗。

当然,有时雅兴勃发,也会登上东皋放声长啸;临近清流吟诗作赋。

……

彭泽辞官,是先生出处的大关节,也是他生命中最精彩的华章。知其无可奈何而安之若命,唯有德者能之。见可而进,知难而退,古之道也。鄙人得到最大的启示是,有时坚持固然可贵,放下则不失为明智。

先生清醒地意识到,人生的意义,在建功立业之外,还存在着另一种可能,那就是收视反听,原始反终。物物而不物于物,方可游心于恬淡之域,涵泳于自然之中,伸展自如地活着,弗求于外,弗假于人,反己而得。则此生足矣!

这里的"自然",不纯然是客观存在的物质属性,也被赋予了某些精神品格。"自然",意味着去除了人为的原生状态,不受外力约束的放松状态,以及毫不做作没有伪饰的率真状态。

先生毕生崇尚自然。自然也是先生生活和艺术创作的最高准绳。

对于先生最后一次的拂衣归耕,鄙人打算就此结束。可惜鄙人力所不逮,讲得还不够引人入胜,还望诸位原宥。

若想对先生有更深的了知,鄙人首推《归去来兮辞》一文,多读多诵,烂熟于心,则其义自见。老朽每次诵读,都会自然而然地浮现出初侍先生时的一幕幕情景来。

其中,一种旷情逸致,流宕漾洄于文中,若是反复吟咏,辄神超行越。百世之下,讽咏其文,融融然沉渣俗垢与之俱化。无怪乎有人评说,晋无文章,唯陶渊明《归去来兮辞》一篇而已。

鄙人还以为,先生胸怀淡远,妙处尚在文字之外。《归去来兮辞》,沛然从肺腑中流出,简直是曾点沂水春风的一段注脚,谓之超越秦汉,上接《风》《骚》,完全当之无愧。不知诸位兄台是否认可。

多年来,或者说一生中,鄙人熟读先生诗文,不曾一日废止。崇尚其不为轩冕肆志、不为穷约趋俗之人格。先生诗文,读之可以洗濯心灵,澡雪精神。一日不读,便觉浊气来袭,鄙吝之心复生,令人厌憎。

好了,关于先生的出处去就,就暂告一段落。往后的诸多议题,难免还多有关涉。

诸位若有兴趣的话,不妨到先生的旧居及周边反复观摩、玩索。不瞒诸位,老朽常常会这样,寻寻觅觅,流连忘返,若有所失,若有所得。许是人老易于怀旧吧。别人常以为,我在此遗失了什么。是的,是遗失了岁月;准确地说,是遗失了拥有穆穆良师的美好岁月。我想做到的是,从岁月淘洗的金沙中能俯拾其一二。

还有，就是去仔细审视这条蜿蜒曲折的溪涧，别看它不怎么起眼，它像一根脐带似的连接着浩浩彭蠡，作为走向外界的一条可信的通道；又像是一根系在风筝下方的丝线，无论你飞得多高，它都不离不弃连着你，成为你倦飞知返时的一条可靠的退路。

遥想一番"舟遥遥以轻飏，风飘飘而吹衣"吧，那该是怎样的旷达和洒脱，怎样的一种欢呼雀跃的境况。将每一个目之所视的场景，都换作先生的视角，你会感到，都有着非比寻常的新发现。

第二章

田居

依照往例,每次需将议题事先拟好,这回省却诸位兄台费心,索性由鄙人提出好了。顺着时序,我等不妨来探讨一番先生的田居生涯吧。

其实,先生未曾以为自己是在隐居,更谈不上以此而自高。

孔子说,用之则行,舍之则藏。又说,狂者进取,狷者有所不为。所谓进退存亡不失其正,这只有圣人才能做得到。

庄子曾指斥,不知处阴以休影,处静以息迹,愚亦甚矣!是说不懂得待在阴处来摆脱影子,不于安静状态以消弭行迹,未免太愚蠢了。

古时所谓的君子,得时则进,失时则退。隐士并不是伏匿形体而不见人,闭塞言论而不发声,也不是潜藏智慧而不发露,乃因时机大相悖谬,不得已而为之。时逢有道,则播德弘化,大行天下;时遭谬妄,则随世污隆,全身远害。以深藏缄默来等待时机,这才是保真全性,不以物累形的不二法门。

先生的隐逸承袭了古代隐士的遗风,和伯夷叔齐西山食薇一样,同属于狷者之徒。

一

谈及田居岁月之前，我等还需回顾一下先生的身世。鄙人一直认为，决定隐居，除了心性外，还缘于心性所以养成的诸多因素。我等不妨借此对先生家世的生命河流，来一番沿波讨源。

诸位应熟知先生的《命子》诗，他叙述了家族的悠久历史，盛赞祖上勋德荣光。

从尧帝陶唐氏始，历夏商至战国衰周，再经有汉而至于中晋，直至本朝，陶氏家族像一条滚滚奔涌的生命长河，一棵枝繁叶茂的生命之树，瓜瓞绵绵，生生不息。

就如先生所说的："浑浑长源，蔚蔚洪柯，群川载导，众条载罗。"意思是，滔滔之水源远流长，巨干之木郁郁葱葱。众多的河流导自源头，纷披的枝条发于主干。

撇下远祖不说，先生可考的直系祖先，也足可观，堪称承胤久远，累世不衰。论其门第，赫奕一时，毫不逊色于时望。

曾祖父陶侃，其父为三国东吴扬武将军陶丹，鄱阳人，后迁入寻阳。西晋灭吴，陶氏家族便一落千丈，沦为贱民。陶侃早年生活酷贫。有这样一则逸事，颇见其境况。

陶侃早年失怙，为县衙小吏，与母亲湛氏相依为命。同郡的范逵素来知名，被推举为孝廉，路经陶侃家时，便来投宿。

于时，冰雪一连下有数日，陶侃家室如悬磬，空空如也，四处冷飕飕的。仓促间无以待客，而范逵马匹和仆从众多。湛氏对正在犯愁的陶侃说，你只管去外面应酬客人，余下的事我来想法子。

湛氏解开发髻,乌发似檐间积雪,委落在地。她毫不怜惜地将长发剪下来,分成两股,卖后换来酒肴。然后,又将屋柱砍下来,劈成柴火。扯下床上的草席,莝成马料。一番连贯的操作,堪称天衣无缝,滴水不漏。

入夜掌灯,湛氏便奉上了精美的饭菜。范逵吃得香甜,乐饮尽欢,即便是仆人也都过其所望。范逵叹服陶侃的口才,对陶家的款待很是过意不去。

次日,范逵揖手作别,陶侃一路恭送,达百里之遥。范逵问,陶君想去郡里为官吗?陶侃说,想啊,但困于缺少贵人引荐。范逵说,明白,你该回去了。陶侃仍紧随不舍。范逵就说,你且回去,到了洛阳,当为君多多美言。陶侃这才心怀期望,一步一回头地还家。

范逵拜访庐江太守张夔,称美陶侃。张夔遂起用陶侃为郡督邮,兼任枞阳令。继而迁为郡主簿。

正值大雪纷飞、天寒地冻之时,张夔妻子生病,得去数百里外请医,各位主事者面呈难色。陶侃说,理当以侍奉父母之心来侍奉君侯,小君犹如自己的母亲一样,哪有父母有病而不尽心侍候之理?于是,他远行延医。众人都叹服他的义行。

之后,陶侃去洛阳谒见士林领袖张华。可是张华因他是远道之人,不想见他。陶侃以他不变的韧性和一贯的谦卑,多次前往拜见。而且每去神色如常,全无介意。张华同他交谈,感到惊异,转而产生好感。

太兴初年,陶侃进号"平南将军",不久加封都督交州军事。及王敦举兵造反时，朝廷任命陶侃以本官兼任江州刺史，不久转为都督、湘州刺史。王敦被平叛后，陶侃升为都督荆、雍、益、梁州诸军事，兼任护南蛮校尉、征西大将军、荆州刺史。

军界的晋升，几乎成了他转换阶层的唯一途径。

有关陶侃的逸事，鄙人曾多次聆听先生满怀敬意和自豪的追述。

曾于无事之时，陶侃每天早晨将一百块砖运到室外，晚上又运回室内。有人问他何以如此，他说，我正致力于恢复中原，过于悠闲，恐怕到时不能承受大事。

陶侃禀性聪敏，勤于吏职，恭而近礼，爱好人伦。他曾说，大禹圣人，珍惜寸阴，至于众人，当珍惜分阴，怎么能够闲散荒废、醉生梦死呢？生无益于时，死无闻于后，这是自暴自弃啊。

身边的参佐人员，有因清谈、赌博而至于废事的，陶侃缴获其酒器、赌具，投入江中，对涉事者加以鞭挞，说，樗蒲，不过是放猪娃的游戏罢了。老庄乃浮华之论，并非先王的根本准则，不可奉行啊。君子理应端正他的衣冠，整顿他的威仪，哪有放浪形骸以博取声望而自诩为宏达之人的？

虽为行伍之人，但陶侃不失精细。造船时，木屑和竹头，都不舍得扔掉，让人给收聚起来。元旦朝会，积雪放晴，官署前又湿又滑，陶侃让人拿来木屑铺地。等到桓温攻打蜀郡，所储藏的竹头又用来削成竹钉造船。

后来，"拜大将军，剑履上殿，入朝不趋，赞拜不名"。陶侃上表固辞，臣非贪荣于畴昔，而虚让于今日。

当时，王、谢、温、庾等北方高门士族南渡，与顾、张、朱、陆等南方本土高门士族，居于门阀的轴心。甚至可以说，居政而有实权者，仅限于侨姓士族，吴姓士族不过是陪衬而已。

门阀士族势力平行于皇权，甚至超越于皇权，皇权政治演化为门阀政治。皇权与士族共治天下，维持着平衡和秩序。

晋人流品极其森严，寒士想立门户为士大夫，实属不易。非玄非儒，而纯以武功居官的家族，罕有被视为士族的。自然，作为南方寒素而纯以军功晋升的陶侃，也始终得不到门阀士族的真正接纳和尊重。

苏峻据守石头城作乱，明穆皇后之兄庾亮难辞其咎。石头之乱平定之后，庾亮担心遭陶侃讨伐，想采纳温峤计策，拜谢陶侃，却怕见陶侃。温峤就说，溪狗我所悉，卿但见之，必无忧也。陶侃乃彭蠡一带人，该地为溪蛮聚居之处，所以，温峤在背后蔑称之为"溪狗"，甚为不敬。

陶侃当上八州都督，占据长江上游，握有重兵，家有媵妾数十人，家童千余人，珍奇宝货富于天下。坊间也有传闻，陶侃曾怀篡权之异志。对此靖节先生一笑置之，并不想多加辩护。

陶侃位高权重，于东晋惴惴不安的朝廷，具有举足轻重的分量，遭人嫉恨和猜忌，也是实所难免的。

咸和七年六月，陶侃病笃，上表逊位，说，臣年垂八十，位极人臣，启手启足，当复何恨！但以陛下春秋尚富，余寇不诛，山陵未返，所以愤忾兼怀，不能以已。其临死之时，心心念念的仍是光复中原。

陶侃享年七十六岁。历任使持节、侍中、太尉、都督荆江雍梁交广益宁八州诸军事、荆江二州刺史、长沙郡公,死后被追赠大司马。

尚书梅陶曾评价说,陶公机神明鉴似魏武,忠顺勤劳似孔明,陆抗诸人不能及也。

陶侃去世后,家族声望锐减。其军事地位迅速被庾亮取代。其后人或遭废黜,或遭杀戮,由此陶氏不显于晋。以致袁宏作《东征赋》时,都不屑于提及陶侃,可见陶氏日见式微。

到后来,陶家败落至极,竟至于大水冲毁龙王庙,一家人不认一家人。

义熙元年,靖节先生四十一岁。这年春上,先生从建威参军任上归来,赋闲在家。"长沙公"陶延寿因公事途经寻阳,先生与之相见,才知是同族。

"长沙公"原是陶侃的封号,父爵子袭,陶侃五世孙陶延寿承袭了爵号。先生是陶侃四世孙,较延寿还长一辈。

陶延寿离开寻阳时,先生以诗相赠,题为《赠长沙公并序》。序曰:"昭穆既远,以为路人",先生感慨,"长沙公"对我来说是家门,同出于先祖大司马陶侃,只是两三代的疏离,彼此就成了陌路之人。

靖节先生的祖父叫陶茂,是一位惠和千里的武昌太守。并未留下多少可供谈论的事迹。

父亲名陶逸,先生在《命子》中写他"於皇仁考,淡焉虚止。寄迹风云,冥兹愠喜"。是说他的先父淡泊名利,性情融通。寄迹于风云之际,喜怒从不形于色。据推断,很可能未曾出仕，隐居于家。也有说，曾任安城太守，可信度并不高。

先生早年丧父。鄙人虽未见过其父，但曾询问过家父。其印象大略是这样的，先生之家严，的确喜怒不形于色，不苟言笑。知世不可为，屏居乡野，息影不交外物，唯以披阅典籍为务，于郁郁不得志中悄然故去。

一路叙来，老朽只想探讨一番先生的家族大致脉络。有晋一代，身份极为关键，几乎代表着社会关系的一切。或隐或显，或语或默，均与此息息相关。然而，稽其门第，充其量，先生只能算是南方士族中的寒素士人。

先生因其文学和操行，成为社会名流，是陶氏家族衰落后的第一位名士。然而，与当世主流社会的名流，隔膜颇为巨大。二者本非同道之人，未必为主流社会所认可。以至我等在谈及魏晋风流时，都难以界定先生是否可以算作名士。

固然，先生有不肯随俗入流的一面，也有从根本上遭世俗排斥的一面，所谓"世既弃我，我也弃世"。先生理应属于名士，但也只能算是一个极为边缘化的名士。

二

鄙人曾思之再三，何者促使先生走上归田之路？

作为靠军功起家的贵族后裔，先生自是无力挽救家族急剧衰落的颓势，高门望族不得其门而入。既然上升之路被阻断了，那么遂初归田，或许是一个差强人意的选择。

而有几位亲人，在先生的生命中扮演过非常重要的角色，对先生踏上归田之路，影响颇巨，我等也不应忽略之。

前面鄙人曾说过，先生于母亲见背后，曾写有《晋故征西大将军长史孟府君传》一文，既为外祖父立传，留下史料，也用以追怀慈母。先生八岁就丧父，其德操和文才，显然更多地受到母亲及外家的诸多熏陶。

先生的先母，是孟嘉排行第四的女儿。而孟嘉娶了大司马陶侃的第十个女儿为妻，先生的外婆也是他的祖姑母。这之间的关系有点绕，得费一点周章方能理清。

先生常于饮酒之间，带着少有的亲切和敬重的语气，跟诸子和门生讲述其外祖父的故事。另外，诸位兄台亦可参照《世说新语》所载逸闻，来加深对这位可敬的风流名士的了解。

孟嘉的曾祖父孟宗，以孝行而受到称道，任吴国司马。祖父孟揖，曾做过庐陵太守。孟嘉少年丧父，和两个弟弟同住，一道侍奉着母亲。

孟嘉淡泊沉静，度量超俗，年少时同辈都尊重他。

太尉庾亮征聘孟嘉为庐陵从事。一次，他下郡回来，庾亮问他地方风俗如何。孟嘉回答说，我不知道啊，待我回到传舍后，去问手下的小吏。庾亮拿起麈尾掩口而笑。过后，庾亮对弟弟庾翼说，孟嘉原本是位盛德之人。

鄙人初看时，以为孟嘉有点漫不经心，出于为长者讳，先生似不宜记述。后来才明了，此乃魏晋名流"无所用心"的时尚——居官无官官之事。不但不被庾亮所责难，反而因其超脱和坦诚被大加赞赏。

孟嘉辞别庾亮出来，便将自己庐陵从事的名义除去，步行回家。老母在堂,"兄弟共相欢乐,怡怡如也"。

当时,庾亮崇修学校,高选儒官,很看重孟嘉的名望与才能,十几天后,孟嘉又被改任为劝学从事。

太傅褚裒,简贵沉默,善于识人。他时任豫章太守,来晋见庾亮。正月初一,庾亮大会州府人士,大多为时彦才俊。孟嘉一如往常地低调,座位离主座较远。褚裒问庾亮,江州有位孟嘉,现在何处?庾亮便说,就在席上,请自己找找吧。褚裒一一看去,指着孟嘉对庾亮说,莫非此君?庾亮笑了起来,既喜褚裒能发现孟嘉,也惊异于孟嘉为褚裒所识。因此更加器重孟嘉。

孟嘉被举荐为秀才,又做安西将军庾翼军府的功曹,再做江州别驾、巴丘令,以及征西大将军桓温的参军。他性情平和而端庄,桓温很是看重。

九月九日,桓温游览龙山,部下幕僚都到齐了。下属官吏均着军服。忽然一阵乱风吹过,孟嘉的帽子被吹落在地。桓温示意左右和宾客莫要声张,但看孟嘉如何反应。可孟嘉一点感觉都没有,不久就去如厕,桓温才让人捡起来还给他。廷尉孙盛,时任咨议参军,也在座。桓温让人拿来纸笔,命孙盛作文嘲笑孟嘉。文章写成后呈给桓温,桓温看后将它放在孟嘉坐处。孟嘉回来看到文字,请求作答,竟了无所思,文辞超迈,四座为之惊叹。

鄙人总以为,陶氏家族靠军功发家,本身似无文学根脉。先生之文脉,显然得自外祖父一方的熏炙,应无可置疑。

孟嘉奉差遣至京师,被委任为尚书删定郎,他不肯受职。晋穆帝知道他的大名,定于东堂会见他。孟嘉推说脚有毛病,不能行跪拜之礼。皇帝又下诏,派人搀扶他入内。

他曾任刺史谢永的别驾。谢永是会稽人,不幸去世。他前去吊丧,途经永兴。高阳人许询颇有俊才,辞官不仕,常纵心独游,客居于永兴。许询乘船漫游时,恰逢孟嘉经过。许询感叹道,都邑中优秀人士我全都认识,唯独不识中州孟嘉,莫非此人?他为何来此?遂派人去打听。孟嘉对来人说,本想去拜访许先生,得先尽属下之义前去吊丧,回程时再来拜望。不久回来,在永兴逗留两宿,和许询交谈融洽,就如老友一般。

我等也可借此看出,靖节先生于亲人和朋友之间,分外看重情谊,也并非没有来由。

孟嘉回到荆州,转为从事中郎,又升为长史。在衙门中,他很随意放松,靠着公正谦和而立身行己,往来一无闲杂宾侣。每当神情自得之时,便令人驾车径上龙山,自斟自饮,断暗方归。桓温曾问孟嘉,酒有什么好处,而您却如此嗜好?孟嘉笑道,明公只是没有得到酒中之趣罢了。桓温又问他,听歌伎唱歌,弦乐不如竹管,竹管又不如人声,是何道理?孟嘉回答,因为逐渐接近自然。

显然,先生的酒趣,也得自外祖父的真传;其爱重自然,又未尝不是承接了外祖父的衣钵。

可惜,孟嘉因疾故去,享年才五十一岁。他的早逝,令先生深感惋惜。先生如是赞述其外祖父:"始自总发,至于知命,行不苟合,言无夸矜,未尝有喜愠之容。好酣饮,逾多不乱,至于任怀得意,融然远寄,傍若无人。"

意为从童年起到五十岁,他行为不苟且附和。言语不夸大自是,未曾喜怒形于色。喜欢酣饮,即使过量也不会失态,竟至于放任胸怀,自抒心意,畅然寄心于世外,好似旁若无人。

先生撰成此传,可谓满怀敬意,一丝不苟,生怕辱没了祖先的大雅美德,所以他"战战兢兢,若履深薄云尔"。

先生对先母十分爱敬,若非思之切,情之深,不可能有如此悫诚的文字。尤其是那句"凯风寒泉之思,实钟厥心",常在鄙人心中萦绕,回味,挥之不去,于我心有戚戚焉。

应该认为,曾祖父陶侃和外祖父孟嘉,二人是先生生命中最重要的两位亲人,这不会有半点疑问。如果说,先生的曾祖父、祖父给予他的,多为事功和仁民爱物的哺育,那么外祖父和父亲给予他的,则更多是追随自然、淡迫名利方面的熏陶。

鄙人曾对该传记反复品味,每每有所收获。孟嘉身上和先生多有相似之处,是比在陶侃那里,有着更多的先生的影子。

特别是先生少有高趣,博学善属文,颖脱不群,任真自得,甚至性乐酒德,均与孟嘉如出一辙,可谓奕叶相承。传记外祖父,宛若状写自我。孟嘉这个形象无疑融进了先生自己的性情和人格。两者二而一,一而二。

其实,还应提及另一位可敬的先祖,就是外祖父孟嘉二位弟弟中的一位,叫孟陋。虽一生未仕,但享有极高声望。

桓温曾感叹,连会稽王司马昱要起用他,他都称疾不至,自己也就免开口了。孟陋在书信中向桓温致意:"亿兆之人,无官者十居其九,岂皆高士哉?我病疾,不堪恭相王之命,非敢为高也。"

这段话译成浅显的白话是,芸芸众生,未得为官者,十人之中就有九人,难道都可称为高士?我不过是因为患病,不能胜任相王的辟命而已,哪敢有高蹈之举。

孟陋的用语,与往后将要谈及的,先生婉拒檀道济辟命时的措辞,几乎如出一辙。

孟陋不但以孝悌称世,其隐德更为著称,他谦以自牧,不仅逃位,而且逃名。

看来,靖节先生不以隐居自高,其源有自。

述及晋朝的隐士,史家总爱把先生的名字同他的一位颇有意思的叔父相前后。没准叔父的特立独行,对先生的示范尤为直接。

叔父名陶淡,字处静,陶侃的孙子。父亲陶夏,是陶侃爵位的继承人,因杀害与其争夺爵位的弟弟陶斌,而被庾亮废黜。陶淡幼年失怙。

陶淡爱好导养之术,摄生养性,相信神仙之道可求而得之。十五六岁时,便服食绝谷,不思婚娶。虽家累千金,僮客百数,他终日端拱而坐,一点也不营问家事。好读周易,擅于卜筮。

先生的这位叔父,在长沙临湘山中结庐而居,养白鹿以自随。听说亲友要来看望,他立马涉涧渡水,绝尘而去。州举秀才,陶淡便背上行囊转逃到罗县岿山中,终身不返,莫知所终。

鄙人总是隐隐感到,先生所撰《桃花源记并诗》中的"武陵人"身上,有着陶淡神秘的影子。先生似是顺着叔父更行更远的行踪,来展开线索的。

武陵,是晋时的郡名,郡治在常德西境。而陶淡远离尘嚣,余生便游走于深山老林之中,有可能进入一片世外桃源般的乐土,快乐无忧地了此残生。

鄙人还想提及先生的一位亲友,就是他的从弟,即堂弟敬远。他比先生小十六岁,死时仅三十一岁。

两人的父亲是兄弟,母亲是姐妹(孟嘉以二女嫁给陶侃之子陶茂的两个儿子,一生渊明,一生敬远),这种血缘关系使他俩情胜手足,加之两人幼年同时丧父,共居一室,长大之后,志趣契合,相濡以沫。

在《祭从弟敬远文》中,先生对从弟的溘然早逝恻怆万分,对从弟的行状作了饱含深情的追述。

敬远有节操,又有气概。幼年即知孝顺尊亲,自然天成就懂得友爱。他少思寡欲,不固执,也不孤僻。后己先人,临财思惠。不计较得失,不附和世俗。

敬远喜交朋友,爱好文章和琴棋书画。尤其对遥远的神仙境界,倾慕不已。不食米谷以脱凡胎,委弃世务以了尘缘,隐居深林以近仙界。晨采仙药,暮修素琴。

遥想昔日,朝夕相伴,该有多少欢乐,多少友爱。冬天没有棉衣,夏天缺少饮食,仍然"相将以道,想开以颜"。

尤其可贵的是,从弟对先生的深度理解,远非他人所能及。先生曾出外为官,不得不缠绵于人事之中,流浪不定,却没有成就,害怕辜负了夙愿,趁早回家。从弟知道他的心意,常与他携手同隐,将世俗的非议弃之不顾。

每当秋收之时,两人并肩前行,两船齐头并进。在彭蠡泽的大河边,听着日夜流淌的河水,一待就是数日,两人欢快地饮酒和交谈。

夜间,静月高悬于澄净的天宇,遍洒清凉的辉光。随着秋天的到来,夏日难耐的暑气悄然离去,四野开始变得凉爽宜人。

难熬的酷暑倒是消解了,接下来,便是背秋涉冬,一年的时光也将转瞬即逝。彼等持杯咏叹——大自然永远留存,而人生却是十分的短暂和脆弱。

先生和从弟敬远,乃肝胆之交,相互间既有砥砺同行,也有潜移暗化。

前番,鄙人曾说过,先生的继室翟氏,出自寻阳隐居世家,可谓赫赫有名。

鄙人还记得,上京旧居失火的那个秋天,我曾护送师母翟氏归宁。通子八岁多点,他走不动或不愿走时,我就背着他。我已满十八岁了,背个娃不成问题。翟氏挽着个布包,不紧不慢地走在后面。

从上京往东行,穿过一条大峡谷口,叫白鹤涧,是庐山的第二大峡谷。然后,经过一段曲折漫长的山道。有时他要下地走,是想摘野果吃。

栗子熟了,他让我采下一个个刺球,扔在地上用脚死劲揉搓、碾踏,直到栗子忍耐不住,自己弹跳出来,然后剥开吃。这样,行进自然缓慢,我倒更愿意负重而行。

不久,进入一个相对封闭的天地,在村口一棵枝干盘曲的古樟下,稍事歇息。此地像一只巨大的圆盆,中间低,四周高。平坦的盆地中央,是一片金黄的稻田,山风习习吹来,谷穗如水一般荡开了涟漪。村子的左后方是嵯峨的五老峰,正北是峻拔的凌霄峰。若站在山腰,彭蠡湖就能一览无余,湖光帆影尽收眼底。

村落掩映在山麓的茂林修竹中。时近午时,炊烟从屋顶上袅袅升起,偶有犬吠声传来。看上去墟烟远树,田畴如画。

该地就叫翟家垄。翟氏在汉朝为一方藩伯,晋时翟汤从上蔡迁往庐山隐居,后裔也皆成名隐。翟氏家族富有神秘色彩,似是天选的隐者,令人肃然起敬。

翟家垄是个不大的村落,村民乃翟汤后人。

鄙人看得出来,翟氏见到故土的那一刻,既欢欣,又忧郁。喜的是,她回到多时未归的娘家了;忧的是,一场回禄之灾,几乎使其倾家荡产。而通子呢,还在一粒一粒地剥食余下的栗子。

如今,翟氏早已追随先生而去,作古多年了。然而,她将娘家隐士世家的背景带过来,对先生的无形影响,也足以称大。

鄙人每思及翟氏,便联想到先生曾于《与子俨等疏》一文中提及的"莱妇",就是老莱子的妻子。

春秋时,楚国人老莱子避乱,隐耕于蒙山之阳。楚王听说他贤良,亲往聘请。老莱子有感于诸侯求贤若渴之恳切,表示应允,意欲出山为官。

他妻子,虽说连一个正式的名字也没有,但却是一个深明事理的女人,她劝说道,能够馈赠你酒肉的,也能抽打你以鞭槌;可以授予你官禄的,也可加你以斧钺。现今,先生要是食用人家的酒肉,接受人家的官禄,意味着受人牵制、丧失自由啊,你估摸过能免除祸患吗?

于是,老莱子幡然悔悟,夫妻俩一起逃隐江南,过着"夫耕于前,妇馌于后"的日子。

翟氏之于先生,可谓夫负妻戴。

先生解甲归田,鄙人不曾见过翟氏面有难色。倒是先生内心对妻儿时时充满愧疚。试想,没有翟氏这样一个识体并迁就他的妻子,先生的田居岁月能维持多久呢?怕是一天都难。

三

其实,先生田居之志,早就萌发了。只是尘缘一时难以割舍,因而出现藕断丝连、屡仕屡隐的状况。

隆安四年,三十六岁的先生,入桓玄幕府任职。次年冬,母丧归家,自此退职。此后几年便居丧于上京老家。

元兴元年,先生三十八岁。桓玄攻陷建康,称为太尉,总揽朝政。国事无望,先生一心躬耕自资。庐山东林寺慧远法师结白莲社,邀请先生入社,先生敬谢不应。

这年仲夏,江州郭主簿前来探望丁忧中的先生,双方互有诗歌酬答。此时,先生家中尚有一点余资,生活起居无碍,陶然于天伦之乐,得以暂忘于世俗功名。可是,那些古圣先贤的事迹,仍不免会牵动自己的情怀。

先生以一种淡泊闲适的笔调,写出了夏日的向上生长之乐。

——堂前茂密的小树林里,盛夏贮备了满满的清阴。南风应时而来,回飘掀开了我的衣襟。

停止交际,且游好于闲业,时卧时起,看书弹琴。园圃中的时蔬取用不尽,旧岁的谷物储存至今。操持自身的用度毕竟有限,过其所需岂是自己的本意?

春谷用作美酒,酒熟了则自斟自饮。幼小的孩儿在身边嬉戏,牙牙学语不成音调。这样的事儿真够快乐,聊且忘怀了那功名利禄。只是遥望那悠悠的白云,仍会勾起我深深的怀古之情。

之后,于当年秋天,作为回访,先生去到寻阳城里拜会了友人郭主簿。公余,郭主簿邀请先生于湓浦边上的酒楼畅饮一番。面对滚滚的江水,少不了要吟诗作赋。这回先生的和诗,格调与秋天的旷远和消散相吻合,转而卓奇豪放。

——春天雨水调匀,秋季清凉素朴。露珠凝聚,空中不见一丝烟云,高天旷远,天空无比清澈。南山耸立着秀逸的峰峦,远望皆奇绝无比。

芬芳的菊花在林中粲然盛放,青翠的松柏在峭壁介然挺立。怀抱贞秀的姿容,卓然矗立为霜下之俊杰。

检点素志难以施展,徒然辜负了良辰美景。举杯想起幽居的高士,千载之下仍持守尔等的节操。

秋来物瘁,林光黯然,唯此孤芳足以生全林之光耀;众树凋零,繁华落尽,唯此青苍堪可冠岩壁之卓绝。两相比对,是何等的悬殊!

既然自检平素,有怀莫展,此时的先生感情更倾向于田园,似乎全然没有了仕进的愿望。远瞻陵岑之奇绝,近怀松菊之贞秀,触目会心,只想着守住古圣传下来的不刊准则。

两首诗,写景静,言情深,自述其素位之乐,不以贫贱有慕于外,不以富贵有动于中,真不愧于幽人之作。

元兴二年，先生已届三十九。他很清醒地看到，自己往后的路该怎么走，日子怎么过。

这年春上一天的大清早，牛车已备好，先生登车启途，心思早已飞到了田间地头。

鸟鸣啾啾，喜迎着新开的节令；泠泠的清风，送来沁人心脾的余寒。他忽生灵感，在心里立即吟诵出这样的诗句来："鸟哢欢新节，泠风送余善。"（《癸卯岁始春怀古田舍》）

乍暖还寒时节，凉风已不再侵肤、刺骨，反倒是一种令人舒适的爽快。将春寒视如"余善"，是先生轻松愉悦心情的折射。是的，相较于政治的黑暗和高寒，一点春寒又算得了什么，不啻为善意的爱抚。

先生驾车来到村南，眼前一片沃壤，良田亩亩，四处呈现出勃勃生机和活力，不由得升起一股老农对土地与生俱来般的眷恋。这褐色的土地，意味着粮食，意味着丰衣足食，也意味着远离政治黑暗的田园闲适。

先前他曾听说过南村的土地肥沃，没想到果真如此。这里就是插下一根筷子，也会长出一片竹林来。当年是何原因耽搁，竟然没有顾得上前来耕翻呢？他甚至有些惋惜，错过了多少收获的喜悦。不过，也不晚，相比于黑暗的官场，什么时候都不算晚。

先生想道，现今既然像颜回一样的贫困，那么春耕时节又岂能贪图安逸呢？

举目所见，寒草覆盖着荒疏的小径，因人迹罕至而远离烦嚣。方才明白，远古那位植杖而耘的老者，何以悠然自耕，不再返回俗世。

说来，这种田居生活，实在是有悖于常人的"通识"——所谓君子之仕，行其义；所谓君臣之义不可废，不仕无义；云云。推而极之，世士所说的通识，也不过是贪荣禄，事豪侈，高谈名义罢了。田居有何不好？可以全身远祸。难道修身养性之道就显得肤浅，而不具深意吗？

先生在心里暗自吟哦："先师有遗训，忧道不忧贫。瞻望邈难逮，转欲志长勤。"（《癸卯岁始春怀古田舍》）

先师孔子曾留下遗训，君子忧道不忧贫。只忧虑德行是否完备，决不会担忧生活的贫困。抬头仰望，觉得这个目标过于高远，非所能企。我犹有饥馁之累，只好转而打算致力于躬耕劳作，以养活自己。倘若连自己都活不下去，又遑论其余？

鄙人以为，先生所云饥饿，只是一个委婉的说辞。只怕是正言若反，实则谓道不可行，聊为农人以没世。其寄托原不在农，借此以保吾真也。

不过，仍不妨碍先生对自己的耕作岁月，展开一番美妙的憧憬。

——手执犁锄，欢愉地按时耕种，和颜悦色地劝慰农人勤勉从事。

平旷的土地上，吹来了远方的和风，茁壮的麦苗也仿佛怀抱着新的希冀。

虽然一年的收成难以匡算，但眼前耕稼的过程，就足以带来很多的快乐。

种田人有时还能休息一会儿，独享安闲，好在没有过路人来探询渡口之类的打搅。

太阳落山相伴着收工，有说有笑，归家后便拿出酒醴来招待近邻。

长吟诗句将柴门掩闭,姑且做个躬耕垄亩的农人吧。

"平畴交远风,良苗亦怀新",鄙人尤其喜爱此语,经常玩索其意。那是挺广阔的一个画面,有天地,有太阳,有田野,有清风,有农人,有良苗。有星星和月亮,还有时间的无声流逝。有宇宙的阴阳相接,周流成和。有勃勃的生机,有清新的气息。唯独没有官场的污秽,世俗的浊气。

这两句诗,信以为佳,深得慕陶者所激赏。有评者说,非古之偶耕植杖者,不能道此语;非世之老农,不能识此语之妙。的确如此。

这次田野之游归来后,先生在内心将污浊的官场,与清纯可爱的田园作了鲜明的对照,使他从零星的感觉上升到理性的认识,从此,便坚定了离世优行的决心。急于将这一成熟的思考确定下来,便写下了《癸卯岁始春怀古田舍》。

往后,先生虽然也曾再度出仕,但时间极短,可以看作是一个过渡期,一个与仕途决绝的过程。他似乎在一脚迈出家门时,还不忘回头对田园说,等着我,我去去就来。他需要有所了断,处理一些事务,好干净彻底地返回到田园中来。

不一而足。同年先生还写下了《劝农》诗。与其说是劝农,还不如说是劝己,进一步说服自己,坚定自己,好义无反顾地守望田园。

先生说,遥远而又遥远的上古,自有生民之初,人们傲然自足,抱朴含真。可是,后来萌发了智巧,供给和储备就难以为继了。

是的，智巧一萌生，百姓之心始坏。心不坏则欲不广，智者不作则愚者不效也，所以败坏风俗莫过于智巧。是故杜民智巧，唯在劝农。

此时，谁来赡养民人？实赖聪明的贤人。贤人是谁呢？就是那位名为"后稷"的人。他怎样赡养民人的？他教会人们播种百谷。大舜曾亲自参与耕种，大禹也曾从事稼穑。久远的《周书》载有八政，首先提到的便是民食，是所谓"民以食为天"。

每当春天来临，生机盎然之音，布满广袤的原野，闻之令人感奋不已。卉木繁荣，和风清穆。众多的男男女女，趁此良辰你追我赶，踏青游玩。采桑的妇女半夜起床，农夫干脆夜宿田间，为的是什么？不误农时嘛。

农时极易错过，温暖润泽的节令也不会久留。春秋之时，冀缺和妻子前耕后种；长沮与桀溺结耦而耕。看看这些古代的贤达之人，尚且于垄亩间勤苦劳作，何况我等芸芸众生，怎能曳裾拱手不务稼穑呢？

"民生在勤，勤则不匮。"贪图安逸享乐，年终岁暮将何以冀盼？没有足够的粮食储备，难免要啼饥号寒。对照那些勤劳的伙伴，能不羞愧难当吗？

孔夫子耽于道德，鄙薄樊须问农之言；董仲舒爱好琴书，整整三年不履田园。假如能超尘脱俗，踏着彼等的足迹成为圣贤，我当然不敢不敛衽以敬、对其道德之美敬赞有加啰。可是我能仿效彼等吗？还不如心平气和地甘守田园，老老实实地做个农人。

四

先生从彭泽辞归,是他最后一次辞归。从此以后,便弃官从好,解体世纷,定迹深栖。

一直以来,困扰先生的"心为形役"之苦,终于得到缓释和消解,心身和谐,表里澄澈,平和而又愉悦。

"少无适俗韵,性本爱丘山。误落尘网中,一去三十年。羁鸟恋旧林,池鱼思故渊。开荒南野际,守拙归园田。方宅十余亩,草屋八九间。榆柳荫后檐,桃李罗堂前。暖暖远人村,依依墟里烟。狗吠深巷中,鸡鸣桑树颠。户庭无尘杂,虚室有余闲。久在樊笼里,复得返自然。"

先生抑制不住喜悦之情,于辞官的次年写下了《归园田居》这组诗。语言明白如话。

庄子说:"泽雉十步一啄,百步一饮,不蕲畜乎樊中。"栖息于水泽的野鸡,走十步才能啄到一口食,行百步才可饮到一口水。尽管谋生不易,可它并不祈求被豢养在笼子里。整天关在笼子里丧失自由,纵然能吃饱喝足,自然也都毫不情愿。

先生刚回到田园,一切都显得那么亲切和谐,看什么都十分舒畅。

接着,先生又说,野外少有应酬俗务,偏远的村巷罕见车马往来。白天虚掩着荆门,空无的庭院悠然安逸,弃绝了尘世俗念。过的是一种不求闻达,也不受打搅的孤寂生活。

只有不多的乡邻散居于村落,不时拨开草丛相互走动。即使相见,也不谈世事,只交流桑麻的长势。桑麻一天天长高,开垦的土地一天天增多。没有别的忧惧,所担心的不过是,霜霰不期而至,庄稼凋零,一朝成草莽。

身居陋巷,隔绝车马,先生内心却获得了少有的安宁。

现在,先生完全像一个普通的农人,谁都看不出他祖上有何荣耀,也看不出他曾为县令。先生没拿他的血统和履历作为资本,换取点什么,好像根本就没这回事。

同时,先生颇有情趣,稍带自嘲地写下了种豆的体验。

"种豆南山下,草盛豆苗稀。晨兴理荒秽,带月荷锄归。道狭草木长,夕露沾我衣。衣沾不足惜,但使愿无违。"

播种不一定就有收获,往往会"草盛豆苗稀",需早出晚归,披星戴月,但道狭露多,沾湿衣裳也在所难免。的确,田园不尽然只有恬适,也有它不尽的辛劳。但是,与其受世俗之苦、为官之苦,宁受此苦!

孔子有言:"富而可求也,虽执鞭之士,吾亦为之;如不可求,从吾所好。"是啊,富贵如果能求而得之,就算是执鞭赶马这样的鄙事,我也愿意干;如果求之不得,还是去做我愿做的事吧。

先生作于同一年的《归鸟》描绘了自己的近况:"翼翼归鸟,戢羽寒条。游不旷林,宿则森标。晨风清兴,好音时交。矰缴奚施?已卷安劳。"

仿佛他在体态松弛地说,自在飞翔的归鸟,敛起翅膀站在寒冷的枝条上。遨游只选择在旷远的树林,栖息只拣高标的树梢。晨风清泠地刮起,动听的鸣声不时互致问候。我已退隐林泉,箭镞又向何处施放?看大人先生奈我其何?奉劝汝等,就免劳了吧。

鄙人猜测，先生之愿，所求无多，无非是守护一份归隐的情怀，使之不受糟践。只不过是，当他完全退回到自我，退回到田园，于此滔滔乱世最后的容身之地，能安身立命，不受侵扰，让一颗漂泊不定的心有所依托，或者彻底安顿下来。于此，付出一点身形的疲惫，又何足道哉？

先生的田园，既是物质的家园，也是其精神家园，二者融于一体，难以分辨。

记得有天傍晚，陶俨来喊我去先生书斋。先生说，陶仁，明天去山里游玩，你就别出工了，一道去吧。

我自然高兴啊。先生从没把我当外人。想来，先生已好久不曾去山里或水畔游玩了，其实，他是很钟情于林野之间娱乐的。

翌晨，先生带着子侄之辈出发了，他将长衫换成了短褐，在前面拄杖而行，精神矍铄。鄙人帮先生背了只布包，走在陶俨身边。

布包有点分量，不时传出器皿轻微的摩擦声。不用猜，我知道是什么了。隔着布面悄悄地摸了下，果真是一只酒壶，还有杯子什么的。我不由得和陶俨相视一笑。

陶俨尽管有点慵懒，但在很多方面，我俩的配合还是挺默契的。每当先生在外喝多了，好久未归，翟氏便差我和陶俨前去，一左一右搀扶着先生回家。在我俩手里，不管路有多远多难行，夜有多黑多长，先生都不曾跌倒过。不像村夫野老常醉倒路边，一躺就是老半天，整宿地醉眠，在朝阳下醒来。

走过一段平缓的路,便进入林莽之间了。虽说是秋天,山道无人砍斫,被后出的灌木、芭茅挤占不少,变得隐隐约约,似有若无。光线也开始变得灰暗。我赶紧上前开路,一边挥起柴刀左右砍伐,一边扶着先生避开枝条的反弹,小心快速通过。

经过一个山洼,上到一个稍高的台地,这里背负五老峰,山峰像是探身于后,几欲攫人;南眺彭蠡湖,白帆点点,宛若眼前。没想到此地竟是一个被废弃的村子,榱颓柱蠹,瓦飘甓毁,屋顶宛如被啃食剩下的一架鱼骨。屋后坟冢累累。不知何时有过人烟,所去何方。先生徘徊其间,默不作声。

倒闭的瓦砾间,偶有长蛇悄然滑过。一只七星灶台,灶口积有厚厚的烟炱,旁边星散着破碎的瓷片。一口古井,虽说晦暗无光,井口勒出的道道沟痕,却还历历可见。屋周围栽种的桑树和竹子,只剩下断残的朽枝。

正在此时,听见一声咳嗽。不瞒诸位,鄙人吓了一跳。莫非幽灵从丘垄之间爬出来不成?随后,但见一位山民挑着一担柴火,从丛林里走出来。在一个空旷的地方,他歇了下来,坐在用作扁担的葱镐上,从腰间解开布巾,往头上揩汗。

先生和蔼地询问,老弟,这里的人都去哪里了?樵夫挥起布巾,掸了掸裤脚上缠结的草叶说,都死光了,一个都没剩下。没看见灶头都倒掉了?"倒灶头"是土语,意思是绝户了,村妇野夫常用来咒骂仇人。先生沉吟良久。

汉末以来,狼烟四起,灾病相继,动荡不安的人世间,该有多少村落沦为荒村野冢。

先生在诗中发出"一世异朝市,此语真不虚。人生似幻化,终当归空无"的感喟，多半就是他当时所想。

不久，樵夫起身咳了一声，面色阴郁地向草丛里啐了一口，低沉地咕哝了一声，算是打过招呼，朝坡下走去。渐行渐低，直到发髻消失不见了。

在一丛灌木中，一具野兽的骨骸，白森森的，保留着死前挣扎时的姿势躺卧着，有着尖尖的吻骨，但不知何物。

山里的老鸹"呀呀"地叫唤着，残破的门窗里似乎持续释放着森冷的气息。以鄙人砍柴多年的直觉：此地阴气较盛，不宜久留。

随后，我等来到一条清浅的溪涧，水面日影横斜，荇藻交错。在一块巨石的周边，众人环绕着先生，高低错落地坐了下来。想必下面的事情，诸位已猜到了。

先生说，陶仁，拿酒来！我解开布包，取出杯盏。将杯子往哗哗的流水里一伸，流水冲劲很大，似欲夺之而去，亏我拿得稳，算是抢回来了。稍稍冲洗了一下，滤干水渍，一一摆放在先生面前的石头上。

往后，"拿酒来！"成了先生的惯常用语。逢到此时，多半该由陶仁上前了，而鄙人总是乐此不疲，仿佛也有点上瘾。

望着川流不息、泉声幽咽的溪水，先生有一口没一口地啜饮起来。有时他停下饮酒，长时间地盯视远方。他只是身体在饮酒，心却不在酒中。

是的，先生在静静地沉思，他总爱耽于寂静中的乐趣，但也未必不是寂静中的苦痛。而我和子侄辈只管在溪水中戏耍，打闹。

鄙人猜想，先生没准还在想着方才的事呢，还在为那些凭空消失了的村民伤感。一个林间村落,几多鲜活的生命,经不起似水流年的无情冲刷,可见人是多么的脆弱不堪,说没也就没了。徒留下断垣残瓦,破窗朽株。一口老井等不及谁来汲水,便早已暗淡了天光。

是的,"人生似幻化,终当归空无"。既然如此,人人理应具有死归自然、生当欢度的豁达襟怀,将日子善自珍视,朝前度过。先生其意莫非在此?

先生有时和友人约好出游,有时则是独自去山里闲游。乘兴而去,不一定都能尽兴而归,有可能是归来落叶飘零,惆怅满怀。

一个人拄杖,沿着崎岖的山道,穿过密密的丛林,在无人知晓的地方踽踽独行,随兴所之,没有目的性。有时放声长啸,林壑传响;有时吟咏诗篇,山谷鸣响;更多的时候则是默然无语,与山水对视,相看两不厌。

山涧的溪水既清且浅,从面前涓涓流过,横断了路径,先生也不绕道走,而是卷起裤腿涉水而过。卵石硌着光脚板,有一种坚硬的快感;流水轻触脚踝,又柔软得心头发痒。

先生对山泉具有非同一般的情怀,除部分得自书本之外,似乎也是与生俱来的喜爱。或许,山泉象征自然和纯净,同质朴纯真的心灵相契合。质朴的品格是凝固的溪流,而纯净的溪水则是流动的美好品性。当然,有同人也许会想,山泉还可用来酿酒,是的,不排除这也是先生喜爱它的原因之一。

每当酿制新酒时,先生必定要亲自过滤。一只酒坛承接于下方,好像是自己在连续不断地大口畅饮。

有人说，酒熟时，先生取下头上的葛巾漉酒，及至过滤完毕，又戴回头上。此说，有点言过其实。显然，先生没有这般夸张，这般矫情，和这般富有表演性。而先生总是那么质朴，视听言动，不事张扬，唯恐他人有所知晓。

醪酒酿好后，他会让翟氏宰杀一只鸡，再炒上几个小菜，然后邀来一二亲朋喝上几杯。这倒是常有的。

太阳下山后，室内渐渐昏暗，翟氏便适时地掌灯。觥筹交错，夜色渐深。油灯渐暗，以至于豆粒般的灯火熄灭时，便继之以松明。燃烧的松枝顿时使室内光亮倍增。先生便再次唤道，拿酒来！饮酒继续。

燃烧的松枝，也使得满室生香。松脂发出"啧啧"的轻爆声，不时掉落下来，在地上接着燃烧一会儿，才熄灭净尽。

说到准备松枝，那是鄙人的事啦。鄙人劈柴时，会顺带将松木斫裂成规整的条子，一小捆一小捆束好，单独归置一旁待命，听候号令，随时派上用场。

逢到这样的酒局时，一次要烧掉很多根松枝，直到松枝的光亮被晨曦所淹没。此时，酒桌上没醉的人已经不多了。先生自然也醉得不省人事。

先生喜欢诵读《古诗十九首》，以至于迷恋。他自己的一些生活片段，似乎也有意无意地再现了古诗中的某些场景："生年不满百，常怀千岁忧。昼短苦夜长，何不秉烛游？"尤其是他的思虑，也完全是古人式的感怀。

而他自己的诗句，与之相比，则有脱胎换骨之妙："欢来苦夕短，已复至天旭。"

五

义熙四年戊甲,正月,朝廷征车骑将军刘裕为侍中、开府仪同三司。

初夏,南风乍拂,草木疯长。环绕着房屋的树木,枝叶变得扶疏起来。鸟儿在树上"叽叽喳喳"叫个不停,似乎为找到了栖托之所而欢欣鼓舞。

诸位兄台若留意的话,先生常将自己看成是一只鸟,把草屋比作是自己的巢穴,"众鸟欣有托,吾亦爱吾庐",托身于此,爱得其所。

是的,万物若能各遂其性,各正其命,各得其所,夫复何求?

每当耕作暂告一段,先生就会回到草庐中来,捧读闲书,手不遗编。所幸穷居陋巷隔绝了深深的辙印,不来贵人车马;就连故人的车马也都无法近前,不得不打道回府。

从菜园里摘来时令蔬菜,炒上两盘,斟上春酒,欢然畅饮。此时,习习谷风,携带着霏霏细雨,从东面飘来,零星地洒落在肌肤上,清凉,畅快,令人心旷神怡,"在世无所须,惟酒与长年"(《读〈山海经〉》)。是啊,人世若能常饮酒、享长年,则何用别求神仙?

先生所看闲书,无非是《山海经》和《穆天子传》。《山海经》是一本关于舆地山川、神话传说、奇珍异宝的奇书,为晋郭璞所注,有图及赞。而《穆天子传》则是一本颇为传奇的史书。

先生极爱这两本书,以为人虽渺小,而天上地下、古往今来之事，于俯仰之间便尽收眼底，不费吹灰之力亦可得之，端赖于书本之功，不乐复何如？

鄙人常在厨房外劈柴，浑身燥热，脱下外衣挂在竹杈上。不时将木柴抱进屋去，或放置檐下，一溜溜码好。

趁先生不在，鄙人也忍不住偷偷地翻看先生的书。有很多奇形怪状的野兽和猛禽，有人面兽身的怪物，还有见所未见的植物，等等，激起我童真般的好奇之心，忽生天外之想。

鄙人还看见，先生会用笔在书页间圈圈点点，偶有会意，便记上一两句。我就猜测，先生必不止于此，或许还会写点什么吧？

果不其然，不久，先生便作了《读〈山海经〉》十三首诗，可以看作是他的诗体读书笔记。先生此组诗歌，有说为屈原《天问》《远游》之类诗，超乎日月之上，与太初为邻。有说其超然作俗外之想，兴古帝之思。有说是借荒唐之语，吐愤涌之情。反正评说纷纭。

组诗中，鄙人最爱读的有两首，一是第九首，写夸父追日；一是第十首，写精卫和刑天。此二首，也最见先生性情。

兹胪列精彩评说如后：其造语平淡，而寓意深远；外若枯槁，而中实敷腴。绚烂至极趋于平淡，平淡至极乃为波澜。二言皆中其窾要。

先生虽游好六经，但夸父之志，刑天之勇，沛然在胸，激荡于怀，却无所驰骋，故忧愤之情溢于言表。

夸父与太阳赛跑，同时到达虞渊之下，似乎不分胜负。无奈夸父尚属半人半神，摆脱不了人类的局限，尚有生理之需。他饥渴难耐，饮于渭水，渭河之水不足以止渴，遂北饮于大泽。

人尚未到,就渴毙于半道。他摔倒时,随手撒下的手杖,化作了一片桃林,广阔达数千里。

女娃是炎帝之少女,游于东海,溺而不返,化作精卫鸟,常衔西山之木石,以填塞东海。

天山有神,名叫刑天,与黄帝争锋。黄帝砍断了他的首级,将他葬于常羊之山。他仍然不死,以双乳为目,以肚脐为口,左手握盾,右手持斧,顿足起舞。

鄙人常常纳闷,故事显得荒诞不经,为何总是以弱对强,以小抗大?为何敢去挑战强大的对手?其力量千万倍于己,乃至算数比喻所不能及,无奈也太不自量力了吧。

有诸多此类的比方,如以卵击石,蚍蜉撼树,形容力量对比过于悬殊,因而徒劳无益,自取其辱,甚至极其凄惨而卑微地死去。

如此,则意义何在?鄙人经过对文字反复咀嚼,似乎多少明白了先生的一点用意。

当强权施加暴虐、压榨、奴役之时,是顺从屈服,乃至成为帮凶?是沉默忍受,还是抗争反击?先生笔下的人物,无一例外都选择了奋起反抗,绝不妥协。

"自古皆有没,何人得灵长?"(《读〈山海经〉》)怀着必死之心,前去迎战,或者挑战。从那一刻始,他就必定是作为强权的对立面、作为两造中的一方而存在,便有独立不羁、舍我其谁的决绝品格。

他看似鲁莽的出场,一次有点可笑、极不对等的搏击,但是他敢于直面强权,本身就意味着蔑视对手的威权,否定对手的强大。且严厉地正告彼等:"明明上天鉴,为恶不可履。"老天分明垂鉴在上,汝等不可乱来!

这也是先生不惜笔墨,写荆轲行刺的良苦用心之所在。往后,鄙人还要谈及可敬的荆轲,这里就不敷述了。

诸位稍稍回顾一下,先生在彭泽县不肯束带见督邮,不为五斗米折腰,与以上种种相形,不犹如出一辙?

一名督邮下县巡查,所代表的岂止是他个人,而是一方诸侯的江州刺史。而小小县令与神通广大的督邮身后势力相抗衡,无疑是以卵敌石。然而,他敢!这就是先生之所以为先生的原因所在。

即便玉石俱焚,那又如何?于淡泊宁静的岁月里,先生仍怀有"刑天舞干戚,猛志固常在"的未了夙愿。一念孤介,炯炯独存,至死方休。在心无所住中,他拥有一只天眼,始终不屈地睁开着。

诸位兄台,见笑了。鄙人有些激动,难免多说几句。姑且让我喝口茶,稍稍平复一下心绪。

好的,多谢这位兄台替我续茶!这茶是从香炉峰下采来的,好茶,颇有些劲道。

其实,喝茶也极有讲究。清明茶,清新可口,就如少女一般清纯可人,但是,喝过两遍就淡乎寡味,不耐泡。呵呵,诸位都笑了。鄙人的比喻的确有点庸俗,但话糙理不糙。

我等喝的是夏茶,味道要醇厚一些,像是历经世事的少妇,善解人意,且情深意浓。屡泡屡香,茶味不减如初。不知诸位是否能品咂出来?

六

方才所说,是先生归隐之初,尚较安适和愉悦。可是,就在辞官后的第四载,也就是他四十四岁时,发生了一件意想不到的大事。大到成为一条分水岭,将先生的田居生涯截成两半:前一半,闲适;后一半,苦楚。

事过后,鄙人不再是先生家的佣工了,不得不忍痛暂离先生府邸。说是府邸,也不过是徒具其名罢了。

不过,那天的情景,或许太过触目惊心了,是故依旧历历在目。事到如今,老朽的心怀里,仍是一片跳动的红光,将那天的场景,人和物,天和地,都映上了相同的颜色,永难褪去。

六月中旬的一天,大风刮起来,没完没了,一点都不像是夏天,百窍齐鸣,枝条狂舞,沙飞石走。

临近午时,我从山里砍柴回来,就在那回遇见先生的小桥边,刚要习惯性地放下担子歇最后一肩时,忽见上京上空浓烟滚滚,火光烛天。糟糕!着火了。

村里大呼小叫,一片喧嚣。火光下,人影幢幢,孩子妇女乱作一团。宛如地狱中的景象,实在恐怖。

一阵长风疾驰,把高处或外缘的火焰扯得又长又细,以至于断开,迅即又黏连上了;还将村里的声音搅得忽近忽远,有点失真。一些男人在溪涧与村子之间穿梭忙乎。谁家着火了呢?

稍近,鄙人才看清,是先生家。这下全完了。忙撂下担子,抬腿就跑。

先生身着长衫,抱着一摞摞书籍,失神地朝空旷处往返搬运。双手不住地颤抖,脚步似是在拖行,脸上有一块是黑的,长衫的下摆也被撕裂开一个口子。翟氏蹲在树下哭泣。

我也顾不上什么,抢过陶俨肩上的水桶,加入到扑火的人群。飞速下到溪涧,又猛地冲上岸来,尽量靠近热浪逼人的房屋,将水狠狠地泼进火中。谁知水"哧啦"一声,瞬间气化,化作一团烟雾飘走了。来来回回担水,不知有多少趟,才明白,杯水车薪让人感到有多么的无奈。

其实,鄙人挑第一担水时,就预知到无救了。火既已呈燎原之势,任谁也救不了。剩下的不过是尽心而已,总不能撒手不管吧。摇曳的火光中,房屋在呻吟、战栗,在爆裂,在一点点矮化,总之是以一种难以想象的速度在分崩离析。人人镀上了火红色,像梦魇似的,怀着无望的念头机械地动作。噼啪作响的火光里,夹杂着啼哭和喊叫。

先生家的老二陶俟似乎心有不甘,还想往熊熊燃烧和渐渐倾圮的屋子里冲,指望能抢救点什么出来,这无疑是火中取栗,给我一把拉住了。他恼怒地回看了我一眼,用力甩开我。我大吼一声,别去了,不要命啦?他怔住了,沮丧地垂下了双臂。

农家的草屋,全是茅草覆盖的,一旦过火,便疾如闪电,快如游蛇,顿时化为灰烬,黑灰夹带着火星四散飞舞。其余的梁木椽子,在盛夏之时,又能如何?不过耐烧一些罢了。何况厨房里面和房屋的外檐,堆满了劈柴。

所以,有时鄙人难免自责,越是勤勉,就越是坏事。是自己砍来的柴火,加速了先生草庐的焚毁,并增加了其损坏的程度。更不用说,还有那些我细心准备的、用于照明的一束束松枝,全是油脂,一点就着,等于火上浇油。该死!我咬紧牙关侧转头去，骂了一句。

转眼间，先生家全没了，原本不多的东西，几乎烧光了。奇怪的是，此时枝静吹歇。风的止息，显得过于果断，说停就停，似乎活儿干完了，就该适时地歇息下来，犯不着过多地浪费精力。

不过，这也正应了老子所言："飘风不终朝，骤雨不终日。"飙风刮不到一个早晨，暴雨也下不了一整天。凡事得有个尽头，迟早也总要过去的。有人说，好事如梦一般，倏忽即逝。灾难看似漫长，但岂有久留不去之理？

残垣断壁之间，横七竖八地躺卧着一些焦枯的木料，还飘散着不知是轻烟，还是灰尘。只剩下一点坛坛罐罐，仿佛从噩梦中醒来，灰头土脸，狼狈不堪。除两三个完好如初外，大多都遭到不同程度的破损。幸亏起初还及时抢救出了一点衣被。

令人惋惜的是，先生的书籍大多被焚毁。不知为何，书的灰烬总不会烧得那么彻底，多少会剩点残渣余片，仿佛在说，总得留下点文字的种子吧。孩童们爱用棍子去拨拉，将残存的内核抖落开来，会找到那些四周焦黄、中间字迹依稀的纸片。纸片极不规则，就像孩子尿床留下的痕迹。鄙人印象较深的一本是《山海经》，只剩下断章残篇，上面还有不久前先生圈点的字迹。

土砖墙差不多被夷为平地，看上去，宅地上空空如也。那栋草庐转瞬间就被大火轻易地抹去了，好像压根不曾存有过。今宵何处安身？

几位亲友在场地上合计了一下，一起过来帮衬，将先生家的舫舟从溪涧里抬上岸来，放在门前的桃树下。看着船底携带的水，一点点流到地面上来，估摸快干了时，众人又一起俯身将其翻转过来。找来几根方料支撑，再蒙上一块篷布，做成了一个简易的船屋。唉，好歹也算有个窝吧。

随后，鄙人和陶俨、陶俟一道，将劫后的物什，不管是完好的还是破损的，举凡能拎得起来的，都归置于船屋的四周。到底还余下什么，也无暇统计。船屋中间的空地便铺上了床席。好在是夏天，就算是室外，也并无大碍。

快近尾声时，陶俨附在我耳边，小声咕哝道，等会儿姆妈有话要跟你说。

差不多收拾好了，我掸了掸灰，带着一身烟火气，来见师母。

翟氏眼里尽是血丝，她说，仁子，你看，都这样了，家也不成之为家。唉！谁知造过什么孽啊！

她停了一下，又说，不过，不打紧，日子总要往前过。孩子也大了，我看家里也没什么要做的，往后，你就回去忙自家的事吧。

我低下头去，轮番捏着自己的指头，好像在检验是不是每个关节都能响。

停了一下，她说，先生和我会舍不得你的。说完，她眼眶红了，别过脸去。

鄙人料想会是这样，只是真正来临时，却又难以接受。几年来，先生一家当我是自己人，我也早已融入了这个家，成为其中一分子。

且慢，我的事还没忙完呢。我去厨房，扒开灰尘和砖块，找到了那口每天都要打交道的水缸。将它搬到那株李子树下，撇了根枝条扫了扫,又清洗了一番,挑了满满的一缸水,盖好。不管怎样,水总还是要用的。

傍晚,我娘做了一些米粑,匀了点蔬菜和咸菜,鄙人端来给师母。先生一家已有两顿粒米未进了。火灾的惊慌,加上饥饿的消磨,弄得大家有气无力,歪歪跩跩。自然了,米粑才上桌就被一扫而空。通子还意犹未尽,挨个舔舐着指头。之后,又重点将拇指和食指拿出来单独吮吸一遍,津津有味。

是夜,鄙人有些莫名的燥热,想到先生一家露宿于野,总不是滋味,难以成眠。

待到鸣蝉不再嘶哑叫唤,四周寂静无声时,我穿过大半个村落——我说过,鄙人家在村子的边鄙——前往先生家去探望。村巷里躺着的狗乜了我一眼,只是欠了欠腰,或者哼了一声,并没有吠叫。鄙人来到先生家近前,站在一棵苦楝子树下,悄然打量。

草庐一片焦黑,如废墟般死寂。"榆柳荫后檐,桃李罗堂前"的景象,算是不复存在了,有点皮之不存毛将焉附的空落。如今房屋消失了,徒留前后两排饱受炙烤的树木,找不到凭借。近火一侧的叶片卷曲、收缩,一副想躲避却又迈不开步的架势,似乎是心有余悸。

《左传》有言:"凡火,人火曰火,天火曰灾。"奇怪的是,尚不知先生家的火,因何而起。为是人火?为是天火?

门前的溪水,不舍须臾地向前流淌。那淙淙的响声让我突然想起来,至少还有一件事给遗漏了。为了不打搅先生一家的安睡,也只能留待明天来做。是的,那把七弦琴还在吗?差点忘了,我在心里暗自发问。先生挺爱重它,那是他心之声器。

我是次日在灰烬里找到它的。遗憾的是，已断了一根弦。我凄然一笑，所幸还有六根。它几乎没怎么抱怨，就让我给请出来了。只是因为满面烟火色，显得怪不好意思的。拂拭灰尘时，难免被我弄得乒乒乓乓，弦索一通乱响。或因惊扰了本已烦躁不堪的众人，看上去，它还挺自责的。

事后我总想，这把琴能幸存下来，真是个奇迹。它摆放在客厅一侧，一个不算小的目标，由又轻又薄的桐木制成，一触即燃。抢救物件时，人们对它视若无睹，谁也不会把它当财物来抱走。甚至陶俟在慌乱之中，搂着衣被夺门而出时，嫌它碍手碍脚，不定还会踹上一脚呢。

可是，大火竟以极小的概率饶过了它。仅以断裂一根弦线之值，这把七弦琴赎回了自己的余生。与其说是付出微小的代价，还不如说是留点纪念。好像即使不便用旋律来表现这场历史性的大火，也要用琴弦本身的断裂，将灾难记录下来似的。

多年以后，老朽联想到先生的种种际遇，恍然醒悟，他的解体世纷，归隐田园，和这把七弦琴火海逃生的劫难，何其相似乃尔。

先生一生耿介真率，与物多忤，却于此滔滔乱世中侥幸存活，犹如劫后余生，这不能不说是一个异数。虽然像七弦琴弦线屡断一样，他也屡遭褫夺，伤痕累累，但世间毕竟还是饶过了他，让他大致保持完整。他的诗文即是剥夺者留给他的印记，也是对至暗时刻的真实记录。

鄙人想，先生之所以能从祸乱中全身而退，一如七弦琴那样，是因为他并没把自身看得那么重，反倒能于不被注意中存活下来了。这就是老子所说的："吾所以有大患者，为吾有身，及吾无身,吾有何患?"

回到火灾的当夜。彼时,鄙人站在一棵苦楝子树下,看到邻近的一棵树上,有什么骚动了一下,像是鸟类在不安的呓语中没能站稳,崴了一下脚,迅即又抓牢了树枝。

再看门前的溪流,从后山流来,马不停蹄地向前流去。没什么可以中断它匆匆的步履,也没有什么能在流水中留下纹丝痕迹。只有岸边紊乱的足迹和惶急的滑痕,尚且记录着白天那场惊心的鏖战。

先生家的窝棚,或说是船屋,显得异常宁宓,简直令人生疑——啊,要不要过去探看?我屏住呼吸,只听到脉搏兔子似的蹦蹦乱跳,猛力撞击着血管。直到传来小孩的一声咳嗽,鄙人才打消了疑虑。

鄙人默默伫立,祈求上苍,保佑先生一家安渡难关。不知为何,鄙人的眼泪不知不觉就流下来了。咬着嘴唇,含泪朝上方看去,苦楝树枝叶分披,一树细碎的紫色花朵,十分茂密。透过叶隙再往上看,是满天的繁星,耀眼的银河。北斗七星朗然可见,斗柄指向南方,斗口则一如既往地北拱,极北处有一颗耀眼的星宿,是为北辰。

鄙人想起了孔子的话:"为政以德,譬如北辰,居其所而众星共之。"意思是以德治天下,犹如北辰星得其所居,必然受到众星的拱卫和拥戴。若此,则刑平政理,风调雨顺,天下太平,苍生有幸,皆得福寿安康。

这也是先生孜孜以求、至心向往之愿景。而眼下呢,黎民都在默默忍受着生活,在可怜的劳作中耐心地等待着迷茫的未来。

往后，鄙人虽说离开了先生家，但心心念念在兹，不时抽空来帮忙砍柴担水，或者送点吃的，干点力所能及的事，方为心安理得。

从先生七月所作《戊申岁六月中遇火》诗中，诸位可理会到，从此先生家的日子每况愈下。

——漫长的初秋之夜，高远的月亮欲圆未圆之时，让人辗转难安，忧思如焚。补种的果菜重新长出了些许，但惊魂未定的鸟儿至今尚未归巢。旧宅虽近在咫尺，却是有家难回。

我时常半夜伫立舍外，感觉如烟往事，纷至沓来；一眼望去，浩渺天宇，难以穷极。人生仿若一场浅梦，非常短暂，极易醒来，相较于茫茫宇宙，显得何其渺小乃尔。

总发之时，便特立独行；倏忽之间，四十已过。我之形迹任凭大化播迁，我之心灵则一任闲放自如。坚贞刚毅，乃是我固有的品性，就算是玉石的坚硬，也远不可及。是的，"贞刚自有质，玉石乃非坚"。

遥想上古东户季子之世，路不拾遗，余粮、未耜不必家藏于室，存放于田头地角，无有挂虑。那时的人啊，含哺而戏，鼓腹而游。日出而作，日入而息。无忧无虑，了无心机。我既不能生逢其时，那就不如干脆回家来担水浇菜吧。

回禄之变，使得先生囊空如洗。为官所得的三径之资，早已开销一空。生计难以维系，日甚一日。

多少年后，约于先生故去的头一年，当他回顾这段岁月时,字里行间仍是辛酸无比,难以释怀。在《咏贫士》最后一首中,他借黄子廉聊以自况。

黄子廉,其人不详,据说是颍水人。每次饮马,都将钱币投入水中,可见其廉。他弹冠上任,成为大邑名州的辅佐。一朝辞官归来,则清贫无比。荒年之中,连仁德之妻都不免愁肠百折,向他含泪诉苦,大丈夫虽胸怀高志,也难免要为儿女担忧。

鄙人眼里,师母翟氏的形象,时常与黄子廉的妻子重叠,只是师母未曾向先生哭诉过,而常是向隅而泣。

每当看见师母哭泣,脸上掩饰不住斑斑泪痕,鄙人就感到一种无助的锥心痛苦。

然而,面对他人丰厚的馈赠,黄子廉却依然不肯接受。先生对黄子廉发出由衷的赞叹:"谁云固穷难?邈哉此前修!"谁说"君子固穷"难行?前贤已逝,岁月悠悠。

事实上,君子固守穷节,是难以做到的,唯其难,才可贵,方可成其君子。

也差不多是这一年,先生写下了《责子》诗。则有人恐怕会过于当真,以为先生诸子皆不肖,因而责之,其忧愁悲叹见于言表。真个是痴人面前不得说梦。

这年,四十四岁的先生,两鬓斑白,肌肤也不再充盈而富有弹性了。想到"虽有五男儿,总不好纸笔",固然不免遗憾,甚而发出叹息。末后则说:"天云苟如此,且进杯中物",可谓不弃其子,而能顺乎天命。先生襟怀旷达,高出尘埃之表。

而以鄙人之见，五男儿天赋虽无特异之处，但也皆属中人之资。先生对之期望甚切，自然责之甚严。诸位兄台读先生此诗，想见其人，就不难发现，其恺悌、慈祥、拳拳深情，以戏谑之词而形之于字里行间。

或以先生失训于诸子，则有失公允；或以先生嗜酒，男儿皆弱智妄加推测，更是荒诞不经。《责子》之诗，谓之别具一格的"过庭之训"，可也。

先生育有舒俨、宣俟、雍份、端佚、通佟，凡五男儿，而舒俨为人忠厚，宣俟最为顽皮。

记得先生家失火的那年，约莫夏末秋初时分，这天午后稍晚些时候，刮起了大风。晚饭后，仍不见陶俟归屋。先生面呈忧色地询问翟氏，哪去了？师母也浑然不知。还是十三岁的雍份透露了个中秘密，他是双胞胎中的哥哥，说二哥跟两个小伙伴到落星湾，采莲蓬去了。

落星湾的荷塘，每至盛夏，莲叶田田，荷花熙熙，一望无边，计有数里，十分壮阔。荷塘散发着薄荷的气息，香溢十里之遥。每年附近都有不少人来采莲和摘菱角。

亥时，风未减弱，人未回来。一个妇人站在溪涧边的崖畔上，朝着昏黑的彭蠡湖方向尖声呼喊，声嘶力竭；另一个妇人则在村头捶打着地面，撕心裂肺地号啕大哭。先生在屋场上来回走动。翟氏独自在船屋里抹泪。整个村落笼罩在一种焦虑和不祥的氛围中。每年夏季广阔的湖水，都要在滨湖一带，无情地吞噬掉一两个孩童的性命。

村里有大人出来商议，得赶紧下湖去找人。鄙人主动请缨,同另外两个孩子的父亲一道,跳上小船,小船向落星湾疾驰,像是向黑夜射出的一支箭,惊起栖息于溪边的野鸭。

是夜不见星月,旷野一片漆黑。谁都不吭一声,心高高地悬起,紧张地搜索着水面,似乎随时准备承受接着而来的打击,想着向家中人该如何交代。

才走了不到半里路,就听见前方的河道上传来喧哗声,叽叽嘎嘎有人说话。鄙人听出来,那个有点饶舌的鸭公嗓子是陶俟的,另外两个声音也轮番插话。彼等正绘声绘色说得起劲,似乎在回味着一件趣事。河风和弯道将彼等的声音,弄得忽高忽低,忽远忽近。

驾船的那位父亲带着一股子恶气奋力划桨,朝孩子的船直冲过去,似乎想碾死彼等。好在随后他又一个急转,偏侧了一下,差点没撞上。而当两船刚要接舷时,这位暴躁的父亲便扔下双桨,一个箭步跃上对面的小船,揪住自己的孩子,抡起巴掌就打。只听见黑暗中"啪啪"直响。那孩子无处躲闪,只有哇哇地哭喊。另外两个蜷缩在船舱里,一动都不敢动。那些莲蓬在四下里弹跳翻滚,仿佛彼等也懂得避让。

到岸后,我问陶俟到底是怎么回事。他悻悻地说,在返回的途中,遇上了大风。船差一点就给吹翻了,幸亏他及时矫正方位,对准风头,才化险为夷。最终,小船被大风刮到了对岸。彼等只好沿着湖湾的岸线,慢慢地划回来了。

当我领着孩子来到先生跟前时,先生平静地看着陶俟。他身上全是泥巴,裤脚一高一低。脚指头不是向上翘着,就是向下勾着。嘴上是莲子或菱角留下的一圈白渍。先生皱了皱眉头,半响才说,回来就好。

七

义熙六年庚戌，妖贼蔓起，兵燹遍野。

东晋，江州地域广阔，包括豫章、闽越之地，耕作发达，粮谷充足。又据三江之口，当四达要冲，为长江中游重镇和京都建康的藩障。因此争夺对江州的控制权，便成为政局的焦点。江州历来为兵家必争之地，因而饱受蹂躏。

二月，刘裕率部攻下广固，南燕亡。斩王公以下三千人。徐道覆闻刘裕北伐，劝卢循乘虚袭击建康。卢循率众直指寻阳，何无忌自寻阳引兵抵御卢循。

三月，何无忌战死豫章，江州覆没。中州震骇，朝廷急征刘裕。

四月，刘裕还至建康。卢循至寻阳，闻刘裕已到，退守江陵。

五月，刘毅部与卢循战于桑落洲，刘毅大败。卢循以十万之众攻打建康，久攻不下，还据寻阳。

七月，卢循自蔡洲南还寻阳。

八月，王镇之至寻阳，为苟林（孙恩部）所破。

九月，刘遵斩苟林于巴陵。

十月，刘道规于豫章口抵御徐道覆，斩首万余级，赴水死者殆尽。徐道覆走还寻阳。刘裕亲率诸将追击卢循。

十二月，刘裕与卢循、徐道覆战于大雷，卢循大败，走还寻阳。

全年唯有九月战事在巴陵，距寻阳稍远，余者皆在寻阳。

可以想见,寻阳离乱洊至,哀鸿遍野,流离播越,该有何等惨不忍睹。

是的,九月的寻阳在战事的夹缝中,得以大口地喘息,呼吸空气中被冲淡了的烽火气息。

九月的一天,清早,按照头天约好的,鄙人来帮先生割稻。先生照旧打着短装,头上裹着葛巾,带上镰刀、箩筐等农具,领着一家人朝西田进发。

西田,是先生在山中开垦的新畴,山溪水寒,稻谷成熟得晚,因而早稻不早。再说早稻是指稻种而言,与晚稻的栽种相叠加,而非相前后,二者的生长期,实际上是交叉的。鄙人所以要多说两句,皆因有人质疑其时间。

一路都是金黄耀眼的稻田。在瑟瑟秋风里,稻穗微微颔首,像是频频致意。空气中弥散着稻米的清香和各种果实甜丝丝而又迷人的成熟气息。

不远的山间,差不多的高度,悬挂着两条瀑布,一曰黄岩,一曰马尾。右侧稍隐蔽,左侧则张扬一些。彼等已进入枯水期,瀑流呈线形飘洒下来,在日光的映照下,宛如金丝银线,暗洒闲抛,熠熠闪亮。

三个小家伙你追我赶,打打闹闹,跑在前头。先生和师母走在后面。中间,我和陶俨津津有味地听陶俟声情并茂地摆龙门,无非是村里好玩的或者打架的事情。

陶俟是老二,五个孩子中最贪玩,也是脑子最活络的一个,是村里出了名的调皮鬼。他曾跟先生说,阿爷,等我赚了钱,每天给您一千钱,您拿去花,花不完就别回来。一家人都给逗乐了,先生也开心地绽放了笑容。

几个小家伙,有时会奔跑着罗汉般叠成一堆,有时会斜刺地冲进沟里,掉进没水的稻田里。翟氏不时高声呵斥。看得出来,先生兴致挺高,脸上透出一种平静的快乐,笑着劝说翟氏,随他们去吧。

转眼间,这些饱受饥寒的孩子,渐渐长大了。有时不免让人奇怪,彼等是吃什么长大的呢?

一头性情温和的水牛,在田磡下吃草,抬起头直勾勾地看着我等路过,然后再低下头去,寻找一番,一时还拿不准刚才吃的是哪棵草。

西田在山里,需走不短的一阵路。那是山涧中的几块水田,一条溪水从旁平缓流过。日光一时还照不进来,田畛上凝聚了一层厚厚的白霜,尚未化去,踩上去湿滑滑的,咯吱作响。这里比山外冷一些,不动起来,还真有点凉呢。

稻子黄澄澄的,长势喜人。先生家请来的一名帮工,也早早地等候在田畛上,像是将箩筐上的绳索重新绕好。

在紧邻稻田的林间,动物的蹄爪悄然走过灌木丛中,树叶发出喊嚓的声响。

下田挥镰之前,翟氏稍稍清理田边的杂草。先生则背着手,绕着稻田转半圈,面露喜色,沉浸在自己充满回望的诗思中。

——今年开春之后就抓紧做事,不敢有所懈怠。东有启明,西有长庚。每天一早就下田干活,虽说不得其法,功效甚微,但到日落时方且扛着耒耜回家。总算没有白忙,这一年的收成还挺可观的呢。

山中多有霜露,气候较山下也要早寒一些。种田的人家哪有不辛劳的,可是不多打点粮食,来年的日子又怎么过呢?

"人生归有道,衣食固其端。孰是都不营,而以求自安?"(《庚戌岁九月中于西田获早稻》)

人生本应皈依其正道,衣食乃是生存之根本。连这样的事都可以不管不顾,怎么求得身心的安泰呢?四体百骸确实很疲劳,却没有意外的祸患来侵扰。

年来,接二连三战火侵凌,兵荒马乱,生灵涂炭,死殁不计其数。九月刀兵稍定,就算是太平盛世了,能苟延残喘,未填于沟壑,已属幸运了。

在山里,差不多忙乎了整整一天。割完稻子之后,需要脱粒,将稻子搁在禾斛上,频频击打,颗颗谷粒向四方迸射,脱离下来。然后扬场除尘,装进箩筐,挑回家来。

这些过程说来简单,但分解到每个动作,就不是那么容易了,都是体力的极大消耗,都要付出辛勤的汗水。就先生这样不擅稼穑者而言,有时不啻是一种考验,一种折磨。

打谷时,先生的汗水从背后渗透出来,甚至从头发末梢滴落下来,大口地喘气。鄙人就扶着先生坐在稻草垛上,请他好生歇息,直到收工。

诸位知道,此时鄙人已经二十岁了,在村里是个精壮的劳力,担谷子,挑稻草,一个顶俩,肯定是一马当先。陶俨、陶俟力气也不赖,会帮着挑一些。但农活靠的不光是力气,还含有一定的技巧,所以没做惯的人,费力且效率也不高。而三个小家伙呢,则帮助运回农具,一路上磕磕碰碰,叮当作响。先生和翟氏殿尾,手里抱着孩子们脱下的衣服。

回到先生家时,天色不早,众鸟归巢。盥洗完毕,在屋檐下稍事歇息。

村里的几个男孩洗完澡,在大人的催促声中,正从溪涧里爬上岸,手爪子往身上搔痒,皮肤上立现条条白痕,鄙人看着就笑了起来,那全是泥痕呢。想到自己也该回家了,就跟先生说好明天的安排。

先生留我,说,你没见师母在厨间忙乎吗?吃了再走吧。不由分说,先生就拖我进屋了。

说到这里,诸位会纳闷:先生不是一直住在船屋里吗?哪来的屋子?是的,船屋住了好几个月,但毕竟不是长久之计,总不能老这样住下去,对吧?

随着天转秋凉,船屋四面透风,孩子久咳不止,大人半夜冻醒。在亲友的帮衬下,在原地搭盖起一座简易的茅屋,虽不及原先宽裕,但安顿一家老小还能凑合,总比船屋强吧。西侧,傍着正屋,加砌了一点土墙,再披上半个屋顶,这样,连灶屋也都有了。

眼下,先生从条案上取过一壶酒来,在八仙桌上摆好。等翟氏端来第一碗菜时,先生便开始斟酒,说,来来来,咱叔侄喝几杯,好消困解乏。

几杯下肚,先生全身松弛下来,仿佛所有的疲惫都消失已尽,话也多起来,眉飞色舞。这回,鄙人首次听到先生讲说长沮、桀溺耦耕的故事。

两个人奇异地出现在孔子问津的路上,二者是谁?从哪里来?不得而知。连名字也是怪怪的,更像是因身体的某个特征而取下的绰号。二者仿佛是单为遇见孔子,而突然从天而降似的。之后,再无现身。

这其中的一位老道吐出了箴言:"滔滔者天下皆是也,而谁以易之?且而与其从辟人之士也,岂若从辟世之士哉?"意为天下如滔滔洪水,污浊不堪,汹涌澎湃,可谁来收拾它呢?与其追随避开世人的人,倒不如追随逃避世间的人。

孔子的回答,可谓绝妙:"鸟兽不可与同群,吾非斯人之徒与而谁与?天下有道,丘不与易也。"即我不去隐居而与鸟兽同群,我不与入世者为伍,又跟谁为伍呢?如果天下有道,我不想掺和;可天下无道,我又怎能洁己避世呢?

先生对此究竟持何意见?似乎对话双方他都欣赏,看不出他更赞赏谁。但恕我冒昧,鄙人留意到,先生退隐前多半赞同孔子的态度,隐居后则持沮溺之志。或者说,理性上赞同入世,而感性上则期许耦耕。

从先生语言的背后,我也听出了他对和平有一种疲倦的渴望。只要结束这旷日持久的战乱,躬耕的劳作之苦就不是问题。

在《庚戌岁九月中于西田获早稻》中,先生就袒露了这一心迹:"遥遥沮溺心,千载乃相关。但愿长如此,躬耕非所叹。"

以鄙人之见,千载之下,先生之心与沮溺遥相呼应,更视之为同道。他过去不以仕进为荣,如今也不以躬耕为耻。先生不曾逃离这个世界,但又何尝满足于它的不完美?借用佛教的一句格言,佛法在世间,不离世间觉。

鄙人滔滔不绝,口若悬河,出言皆不得要领,献丑了。不知诸位意下如何?改天我也想听听各位兄台的高见。

同年，先生阖家移居南村，即栗里，又称南里。与上京相距十来里路，那里因地处温汤，骚人雅客，也就是先生所称的"素心人"，云集而居。关于移居，鄙人想单独谈及，兹不多言。

接上话题，鄙人还想回顾六年之后的另一次收割的情景，之所以作此时光的跨越，是因二者具有一定的可比性，算是触物比类吧。两相比照，能让我等看出先生归耕后的愉快心情，以及夙愿的不变如初。

几乎每年先生割稻，鄙人都要上前帮忙，而唯有这两次印象最深。这另一次的割稻，除了我马上要讲述的之外，还可参见先生的《丙辰岁八月中于下潠田舍获》。

义熙十二年丙辰，先生五十二岁。

八月，刘裕从建康出发讨伐姚泓。檀韶时任江州刺史。十月，晋兵进至洛阳。十一月，刘裕派遣长史王弘还建康，规劝朝廷谋求九锡。

先生从义熙元年正式归耕，至今十二年了。先生移居栗里，转眼也已六载了。

这年八月的一天，先生从栗里带信来，翌日他要回上京割稻子。先生远道而来，携带多有不便，我便将一应农具准备停当。

"饥者欢初饱，束带候鸣鸡"（《丙辰岁八月中于下潠田舍获》），后来从先生的诗里，鄙人才知道，这天早上，翟氏还破例多煮了一些大米，让大伙儿吃个饱，吃个欢，好甩开膀子干。新谷马上有了，就不用那么发愁了。

先生早早醒来，穿好衣服，坐待天明。先生也因初次能吃饱而欢欣不已。他不时回味着粮食的美味，是那么的香甜爽润，就算没有菜，也可以干他几碗。春耕的艰辛就不用提啦，唯恐辜负自己一年的希冀。想到马上就要收割稻谷，内心充满了无比的期待和兴奋，怎么也睡不着，他不时拉了拉衣襟，静静地等待着鸡鸣。好比是箭在弦上，只要一声号令，便可以发射了。

有趣的是，先生不愿束带见督邮，却愿"束带候鸣鸡"，其厌恶吏职，乐于躬耕之情也跃然可见。

一早，上京的田官听说先生要来，说久未谋面，便请鄙人寄声给先生，先生家光景不错，可得请我喝酒哪！

事后，先生笑着对我说，司田是在跟我逗趣呢，这个好心人，他自然也盼望着人寿年丰，大伙儿都有个好收成。

下潠田在上京东边一个山隈里，也即山的弯曲处。田在山下，稻子比西田要早熟一个月。

这回是划船去的，除去先生家的那条船，鄙人家的那条也派上了用场。先顺流驶入落星湾一片平静的湖面，再进入另一条溪涧，逆水而上，不久就行驶在迂回的丘壑之间了。

荆棘丛生的荒山里，悲鸣的猿声时高时低。每次来到山里，鄙人总会感到那种不变的肃穆感，让人不由得心生敬畏。

昨夜的一阵大风，吹落满地黄叶，如铺上了一层锦缎；鸟雀也不畏人，似乎在欢呼雀跃、喳喳欢歌。

淙淙的泉水上覆盖了一层枯叶，临水的石头上长满了深绿色的苔藓。苍鹭从水边兀地惊飞，发出泼剌剌的响声。

不顾翟氏的一再提醒，先生站立船头，兴致勃勃地观赏着眼前的一切，充满着孩童般的好奇和兴致。

那次从彭泽辞官回家，先生也是直立船头，一晃就是十多年了，真快啊！

兴之所至，先生双唇曲起，仰天傲然长啸，数声方歇："喔——嘀——嘀——嘀——"

一时山鸣谷应，声震林樾，响遏行云，引逗得林间的小兽在地上奔窜不休。

紧随其后，几个小的也嘟起嘴巴，朝着四面高声嘶喊。陶俟则"嗷嗷"地怪叫了几声。

长啸，也称吟啸，西晋成公绥《啸赋》中说，啸法为"动唇有曲，发口成音"，啸声则抑扬婉转，气冲霄汉。在晋代极为盛行，被视为文人逸态，名士风度。

挣脱宦网，曳尾山中，一如游鳞纵壑，倦鸟还林，先生舍然大喜。其中有对秋收的欣然期盼，更有对躬耕本身的持久热情。这种热爱相对于他对官场的厌倦，不啻为霄壤之别。

先生可谓曲尽山水之趣，周纳万境于胸，举凡林霏空翠、泉声鸟哗、风云雾雨之类，一皆得之于心，形之于色。

事后，先生在诗中回味这天的经验，抒写了自己诸多的感慨。

——我过上躬耕自资的日子，岁星已是十二次颓落，算来不觉已有二六之年了，真快啊。华年易逝，老迈已至。好在我还能坚持下来，农事劳作未曾一日废止。遥向远古的隐者荷蓧丈人，致以深深的敬意，姑且追随您栖迟隐居，直到终了。

这年闲暇之时，先生在家设皋比教授生徒，讲解古文。其实，先生身边早就不乏追随者，只是一直未曾开班授徒。按说，鄙人也早已忝列其门下了，故一直腆颜自诩为先生的门生。

八

诸位兄台，鄙人还差点忘了一件大事，不得不回过头去追溯。是啊，想来那场令人胆寒的瘟疫，至今仍有些杯弓蛇影的味道。

前面说过，义熙六年，寻阳作为四战要冲之地，兵燹遍野，饱受蹂躏。全年唯有九月战事在巴陵，余者均在寻阳境内发生。老子说："师之所处，荆棘生焉；大军之后，必有凶年。"

大战的次年，也就是义熙七年辛亥，先生四十七岁，已于头年移居栗里南村。

这年春天，上京一位捕鱼的老汉，傍晚从五里开外的星子集镇回到村里，面色煞白地跟家人密语，可不得了啦，镇上突发人瘟，传染极快，都死了好些人了。家人将信将疑。

消息陆续从镇上传来，逐渐在整个村子扩散开了。开始人们还有些恐慌，七八天后，也没什么动静，村里人照旧过日子，以为瘟疫即使有，离自己也还远着呢。

直到靠近镇上的村子奏响了哀曲，殡葬的旗幡招摇在望时，人们打听到，亡者死于瘟疫，才重又紧张起来。此时，谣诼四起，真伪难辨。

村里的长老于祖堂聚议，决定封闭村落，将马路与河道上的交通完全终止下来，以阻断疫情。有敢擅自与外界来往者，以违抗族规论处,家法伺候。

宗法严明,一两天尚且可以,时间久了,生计遂成问题,村民也不得不外出谋生。村里的关口之处,屡起纷争,以致肢体冲突,造成损伤,也在所难免。

除了瘟疫本身带来的灾难之外,很多人为的灾害也接踵而来,更甚于瘟疫。可叹的是,有人总是以解民疾苦为名,乐于使灾难升级,以从中渔利,使得人们的痛苦雪上加霜。

可以阻断人员来往,但是无法隔断空气的流通。上京最终未能躲过一劫。

先是村里的两位孤寡老人过世了,症状是发烧,咳血,末了在哮喘中气绝身亡。接下来,孩童也染上了,就连青壮也未能幸免。

那些日子,鄙人着实有些忙碌。两个侄子也染上了,我得去帮助寻医问药。哦,忘了交代一下,家父在上京落户不久,两个叔叔也随即从豫州老家投奔而来。

正当春暖花开之际,天气晴好,四处鸟语花香,原本是村里最蓬勃活跃之时,可现如今,即使大白天,上京都被浓重的恐怖所笼罩,死气沉沉。村巷中几乎不见人影,显得非常诡异,像是一座荒村。断夜,散布着可疑的寂静,则分明就是一座鬼村。让人失去了想活下去的欲望。

鄙人才醒悟,砍柴时,常能见到山里那些不大的村落,往往人去室空,沦为野狐出没的鬼屋,恐怕有的也与瘟疫有关。

栗里南村如何?先生刚刚搬去不久,是否安然无恙?鄙人甚是惦念,且有些放心不下。趁着晚间村口把关松懈,我摸黑来到了栗里。

以往,总是师母首先出面相迎,这回却是先生。鄙人问,先生,全家都安好吗?

先生面有忧色,良久不语。

师母呢?我着急地问。

先生低头说,师母倒下了,通子也烧得厉害。

接着,我便不顾先生的阻拦来到室内。只见师母裹着头巾,睁着疲弱的眼帘,朝我苦笑了一下。而通子侧身朝里,一味地昏睡。

先生也试过一些民间土法,但均不管用,正焦虑万分呢。见到我来,还是宽慰不少。事不宜迟,师生间合计了一下,决定去药铺抓药。

我捡了几服药茶,回来就煎上了,端给两人喝。通子不肯喝茶,怎么劝都不喝。我不得不想法子弄来一些核桃,总算是对付过去了。几天后,好在高烧很快退下来了,咳嗽也得到了缓解。

内人朝我抱怨,你整天脚不沾灰,人不归屋,家里的鸡子也全给你拿走了,老母鸡都下不赢了。赶上咱家有事了,你说怎么办?

这不都是好好的吗?鄙人只好赔着笑说。

内人拍拍围裙,气恼地扭头走开,懒得睬我。

她是个善良的女人,她不反对有限度地为别人做点事情,无奈家底贫弱,自身难保。她很顾家,也没有错啊。鄙人总不好跟她宣示"既以与人,己愈有"的道理吧。

有时,鄙人很灰心,眼见着身边的亲人和乡邻一个个倒下,却无能为力,看不到任何希望。百姓不是死于战火,就是死于瘟疫,哪有消停的时候啊。

眼前一片浓郁的春光里,庐山宛如一条潜龙,藏匿在深深的云雾之中。房屋前后的篱笆上开满了白色或紫色的木槿花,蝴蝶在花间翩翩起舞。可是这怡人的景色,依然不能使沉重的心情获得舒展。

人世间还会太平吗?这个世界还会好起来吗?哪怕恢复到原来的状况,也好过眼下。

鄙人如今能够理解,有些人为何会走上自行了断之路,也因看不到路的尽头在哪里,精神挺不住,彻底崩溃了。

以前我听不得有人叹息,视之为气短,那是因为自己还没有到叹息的时候或境地。当我不堪承受生命之重时,也试着叹一口气,虽不能解决问题,竟发现心里多少好受了一些。

每当鄙人心衰志弱之时,就会想起先生那句暖心的话——"此亦人子也"。思索生而为人之大义,该如何度过这短暂的一生。先生授我"临人以德",玄同彼我,泯然与天下为一,鄙人百般服膺,身体力行唯恐不及。

是的,先生既视我为人子,我也应视他人为人子。我的同情心与其说出于质朴的天性使然,还不如说是拜先生之所赐,所作所为不过是践履师尊的教诲罢了。我只有毫不气馁地奉行临人以德的为人之道,方不负师尊的一片苦心。

眼见着周边的人都在劫难逃,我到底有没有染上?不知道。或许已经患过病了,只是症状较轻罢了。倘若鄙人一时侥幸逃脱,这也不一定就是好事,是否有更大的灾难等着我呢?也未可知。

有时,鄙人曾想,若是人人都有此一劫,我岂能独免?老天爷,让我也摊上一份,和别人一样遭罪吧,这样或许可以多少分担一些,就不觉得自己还亏欠谁了,内心反而会轻松一些,安定一些。

对不住,鄙人讲自己过多了,但遇到大灾大难,也难免感慨会多一些。

疫疠持续了整整一个春季,还打不住,直到仲夏,气温升高了,才告结束。许多老人都在这场灾难中谢世了,还有体弱多病者也撑持不住,先走了,人们不得不去更远的山间才能伐到棺木。

叨天之幸,先生一家最终转危为安,不久师母和通子也康复如常。

早在东汉末年,发生过一场大瘟疫。魏晋名士看破红尘,对名教失望,看淡生死,放浪形骸,极端者至于"非汤武而薄周孔",这也是人们在面临大量死亡时的一种自然心态。

当时,有战争造成的死亡,政治杀戮的死亡,也有瘟疫带来的大量死亡。总之,置身于此滔滔乱世,生命变得无足轻重。生命短促,朝不保夕。"昨暮同为人,今旦在鬼录。"因而对人生有了强烈的悲观情绪。

眼下的这场瘟疫,无疑对先生也影响颇大,除了饮酒更甚于以往之外,就是对生命的思考大为增多,可以说成为他此后人生最重要的命题,而建功立业之念则被逐乎心外。

顺便说一句,疫疠对卑贱如鄙人也不无余波。以前总以为生命赊长,将许多的事一拖再拖,留待来日去做。及至瘟疫之后，鄙人不知活着的意义到底何在，过去想做的事情，竟然兴味索然。

不过，非得要做的事情，我还是会尽量抓紧去做，总有一种时不我待的紧迫感在催促着我，明天还会不会到来？以怎样的方式来到？谁也不知道。

九

义熙十三年丁巳，先生五十三岁，征著作佐郎，不就。

先生气力渐衰，常恐化尽。在栗里寄居六年后，他想迁回上京。他带信来说，想先过来看看。

要说谁最兴奋，那就非我莫属了。鄙人驾船前往栗里迎接先生。先生坐在船上，似乎神情也很振奋。从栗里那条名叫吴陂港的溪涧下行，进入落星湾，再上行至上京。

之前，亲友已帮先生整修了旧居，将茅草翻盖一新，窗牖门楣也糊上了新泥。顺便说一句，茅草是鄙人沿着溪涧割来的芭茅，单挑老辣一点的割，太嫩的不耐风寒。

先生环绕旧宅转了一圈，又入室内看了看。他不停地点头，表示很满意。

稍作安顿，于向晚时分，先生说想出去走走，鄙人便紧随其后。这些年，先生三番五次来上京栽种或收割庄稼，都是直接去田畈地头，且来去匆匆，无暇来村里转悠。时间一长，就不免有些隔膜。

先生离别的这几年，村里的巷道还是老样子，但房屋还是有些变化，有新盖的，更有一些在风雨中剥蚀或坍塌。先生大致都走了个遍。村人都热情地同先生打招呼，请他进屋里喝茶。

一步步，先生重履故土，似在前尘往事中寻觅，如梦似幻。看得出来，他不想有任何改变。总有一些地方让他逡巡不已，比如井垣、古树、溪畔和旧祠堂，往日的欢声笑语也好，街谈巷议也好，庆吊礼仪也好，均皆随风而逝，无复孑遗。

天无不覆，地无不载。天地虽广，变化均等。化无所不在，无时不有。要说不曾改变的，或许只有村边的这条潺潺溪流了。村落变化之大，让人怀疑还是不是同一个地点，真个是"城郭如故人民非"（陶潜《搜神后记》）。

天地四时，有消有长，何况人呢！人生一世，不过百年，像是流光幻影，寒来暑往，风刀霜剑，日相催逼，没有止息。而转瞬之间，便雹散蓬飘，已付阙如。何况这个城邑近郊的山村，也不免遭受战乱的波及。

鄙人随侍先生多年，习惯于揣摩先生的心意，进入情景思考。也许最终仍脱不了一孔之见，远非先生内心的真实思想。鄙人也自知，先生壁立千仞，精神渊著，即便穷其一生，也难望其项背。

只是发现自己也变得善感脆弱，甚至每当看到先生低回不前时，鄙人就好想流泪，为此，常恨自己不够争气。

鄙人想起了早年间流行于当世的一则逸事。大司马桓温北征时，经过金城，见到自己做琅邪内史时所栽柳树，都已十围之粗了，于是慨然感喟："木犹如此，人何以堪！"攀枝执条，不由得泫然泪下。

还是回到还旧居的话题吧，先生在随后的诗中感言道："常恐大化尽，气力不及衰。拨置且莫念，一觞聊可挥。"（《还旧居》）

不错，就我所知，先生就时常担忧生命的尽头很快就会来临，连五十岁都难以活到。五十而衰，如今五十已过，所剩又有几何？赶快弃置莫想，聊且大臂一挥，举杯痛饮。

每当先生思考一件事，找不到出路时，他不会一条道走到黑，会适时地打住，拨置不论。此时，胸中块垒，以酒浇之，化作一缕烟雾消失了。酒便是他逃遁或拯救自己唯一或是最佳的方式。

鄙人则不行，爱钻牛角尖，弄得自己痛苦不堪，无法解脱，而喝酒只会使自己远离自己，愈加的难受。甚至像一个惯坏了的孩子一般，会借题发挥地自怜，感到多么不幸，因而更加的沮丧。

谈及还旧居，鄙人至今都没弄明白，先生郑重其事地来看过旧居，分明是想回迁老家上京，最后却不了了之，未能如愿。

也许是看到或听到什么，一念之转，便改变了主意；也许最终依从了"已老莫还乡"的古训，打消了还旧居之念。

鄙人曾分析，先生八岁丧父失怙，与母亲相依为命，孤儿寡母，难免会逢上"富贵他人合，贫贱亲戚离"之世态，少不了要受到村里的挤对，歹人的欺压。甚至也可以说，先生一生都在受乡人之气。

鄙人持此之说，并非没有依据，乡里乡亲的，我也不便指名道姓，直陈其事。最大的依据就是人性。鄙人此生少有感悟，若说稍有所获，或许就是原本从宗族或地域去狭隘地看待人与事，转而从人性的角度去加以分析，这样更切近问题的本质，因而判断会更准确些。

从二十九岁启为江州祭酒,到四十一岁辞去彭泽县令,先生前后有四五次出仕。从另一个角度说,也可以看作一次次逃离老家,逃离上京。

第一次逃离,他在祭酒任上。不久就自行解职归家,有不堪吏职的一面,还有牵挂母亲的一面。回家耕种田亩,对母亲色养无违。第二次逃离,他在桓玄幕府任职时,遭母丁艰,奔丧回家。往后,他尽管了无牵挂,但也无所归依了。辞去县令回来,他像是一个没爹没娘的孤儿,一颗心从此找不到存放之处。

他去栗里南村,可视为最后一次逃离,他从朋友那里找到了真情和友爱。

其实,先生未曾真正逃离过家乡,即使身在异乡,心心念念,又何尝不在故园?

可是,当他晚年想叶落归根,回到上京这个生他养他之地时,却发现再也回不来了。

——门前的溪涧,清洌而甘甜,曾哺育过我;朝岚夕曛,绚烂多姿,曾开启我心志;童年的小树林,幽静而深邃,也曾平复过我的创伤。可是,如果我归来了,那宁静还会再有吗?

好在栗里离上京,也并不远。往后,先生一直住在栗里南村,直到终老。

十

元熙二年,也即宋武帝永初元年庚申,先生五十六岁,这年发生了一件意料之中的大事,即刘裕篡位登基。

晋恭帝被废为零陵王。

元嘉三年丙寅,先生六十二岁,去世前的一年。

五月,檀道济为征南大将军、开府仪同三司、江州刺史。

秋天大旱,又遭蝗虫之灾。

岁暮的一天午后,鄙人从自家过年的猪肉上,割下一块好点的,给先生送来,也算是门生略尽的束脩之礼吧。

北风凄厉,似乎将这剩余的时光吹刮殆尽。先生裹着一件粗布衣衾,坐在檐前晒暖。

有些人家门前的竹竿上,开始晾晒干鱼腊肉,准备过年。先生家檐下空空落落的,只有师母摊晒于簸箕中的腌萝卜干。

先生面色憔悴,微笑着说,仁子,你又拿什么来啦?唉,不用啦,你家也难啊。

没事的,先生头疼是否好些了?

好一些,不那么疼了。

看上去,先生的头能够抬起来,左右转动自如,前两天额头上裹着的葛巾也解下来了。

先生静静地看着野外,其实,他不仅用眼睛看,意识也在游走八荒。

——南边的菜圃,已无一片绿叶;北面,满园的枯枝败叶。

厅堂里,将酒壶倾倒过来,也不见滴酒流出。厨房里,锅灶也见不到一点烟火。

诗书塞满了座位内外,天已将晚,也无心翻阅。

我赋闲在家，虽不及孔子困于陈蔡那般不堪，仍不免要听到抱怨之声。用什么来宽慰我的心怀呢？亏有古来诸多贫困的圣贤。

先生家的困窘，从《咏贫》的这第二首当中，可见一斑。

诸位兄台还可从《有会而作并序》中想见，先生家的穷困，几乎到了揭不开锅的地步。

——旧谷已吃完，新谷尚未入仓。作为一名年资颇深的老农，却遇到了如此不堪之状。日子赊永漫长，而灾害却未央。一年的收成，既不可望；一日之所需，仅够通烟火，勉强维持生息。尤其是十天以来，真正体验到了枵腹的况味。于此岁暮之时，我不禁要慨然咏叹一番。如今我不记述下来，后人怎么会知道呢？

序言中，完全是一种自嘲者的心态：落魄到如此赤贫的境地，怕是绝无仅有，无人能及，值得大书特书一笔啊。看吧，这就是一位安贫守道者的生存样态，与古人是否能有一比？

先生的贫困，几乎贯穿了整个不算短暂的一生，没过过几天好日子。严父不幸早逝，幼年就遭家乏；到了老年呢，本指望五个男儿，可彼等谋生又不得其法，也还是经常挨饿。

记得有一回，陶俟，就是先生家的老二，喝了一点酒后，面呈愧色，极其痛苦而又困惑地跟我说，不知怎么回事，日子总是混不上前，不能让阿爷和姆妈免于饥饿困乏，为人之子，我惭愧啊。说完，就趴在桌上呜呜地哭出声来。

的确，他也非常辛勤地劳作，却得不到应有的回报，就说明已不是努力的事了。他被自己的泪水泡得瘫软无力，身子下滑，几乎坐不住了，亏得我及时抱住了他。

他曾说过，每天要给父亲一千钱，花不完就别回家。看来兑现之日怕是遥遥无期。

其实，先生并无过求，得饱便足。可是，也不该是如此的捉襟见肘啊。

他说："菽麦实所羡，孰敢慕甘肥。"（《有会而作并序》）连豆子和麦子都十分亏欠，而至于要羡慕人家，哪敢艳羡甘甜肥美的食物呢？仅仅能胜过"一月九餐"的境况罢了；缺衣少穿，大热天却还裹着寒衣。眼看一年都快过去了，可穷困的日子没个尽头。先生内心十分酸楚。

那时，鄙人尽管有心接济先生，无奈自顾不暇。即使一时略尽绵薄，也不过杯水车薪，无济于事。

鄙人有时夜间会蹲在溪边冥思苦想，竟然问起了门前的流水：先生何时能解除饥饿？流水无语，汩汩向前。

断夜后，草草吃过饭不久，翟氏总是催促孩子们早点上床睡觉，因为睡着了就不会想着饿了。半夜常常饿醒，睁着眼睛数窗外的星星，不过迟早也会睡着的。

而我能做的，诸位知道，无非是多帮先生干点农活，俾之不误农时，如此而已。

有时，饥饿让先生异常的愤懑。"常善粥者心，深念蒙袂非。嗟来何足吝，徒没空自遗。"（《有会而作并序》）

他说，常常感念施粥者的好心肠，深感那位蒙袂者的过激和理亏。嗟来之食，有什么值得大惊小怪的，难道白白饿死，自弃人世，才算是对的吗？

诸位以为如何？这是不是先生的真实想法？鄙人总觉得，

只不过是说反话。异常愤怒的声讨,不过是由一段平和的话语说出来,虽无烟火气,但暗含讥刺。

各位知道,"嗟来之食"出自《礼记·檀弓》,讲的是齐国大饥,黔敖这位大善人备食于道侧,以待饥饿之人,予以施舍。一位饿者,以袖子遮挡着面孔,踢踏一双破鞋,贸贸然而来。黔敖左手拿着食物,右手端着白水,说,喂,过来吃吧!饿者扬眉怒目道,我只因不吃嗟来之食,才沦落到了如此地步!黔敖自知失礼,跟在他身后一再道歉,饿者坚辞不受,终至于饿死。

鄙人从饿者身上,仿佛看到了先生单薄的身影。先生贸贸然而行,也是"惟不食嗟来之食,以至于斯也"。先生分明追慕此人,却反言以非之。事实上,世上不但不见蒙袂者,连黔敖也不可得。

"穷斯滥矣"岂是他的意愿?"君子固穷"才是他一以行之的指归。通观先生的诗文,谈抱负者少,说固穷者多。他一谈固穷,准是又在挨饿,他是在坚定自己的信念:只有忍得饥寒之苦,而后能存节义之高。

先生的态度是,肚子饿了,算不得什么。自古以来,多少贤士可称吾师,其中自然也包括那位蒙袂者。

鄙人这样解读先生,不知是否恰当,还望诸位同人指正或补苴。

同年,秋天的一个晚上,先生睡下不久,突然全身不由自主地颤抖,如筛米糠一般"簌簌"抖动。这仅是深秋,还不至于那么寒冷。

好在过一会,就停止了。先生以为是自己产生了错觉。

第二天晚上,差不多同样的时间,故态复萌,又哆嗦起来,是冷的症状,但不完全是冷,内中有说不出来的痉挛加抽搐的怪异感觉。先生把手伸出来,像抓救命稻草似的,惊慌失措,一通乱摸。

翟氏问,你找什么?

找衣服盖。先生说。

他发现自己的牙齿在捉着对儿打架。

翟氏帮他将脱在床头上的衣衫抱过来,一股脑儿盖在被子上,顺手摸了一下他的额头,说,又不发烧。

谁知,先生抖搂得更厉害。刚盖上的衣衫经不起大幅度的抖动,也滑落到地上了。

先生抱紧自己,不停地哆嗦,就像面对一个淘气的孩子,暗暗地叫停,就是不肯罢休,他有些气恼地说,好啦,好啦,好——啦——

这回比头天持续的时间略长一些,像是自己玩够了才肯停下来似的。

先生这才明白,根本就不是心理作用,不是发烧,也不是打摆子,而是饿病发作了,是饿得发慌发抖。

接下来的一天,他提前喝了一些白开水,把肚子填满了,才没有出现前两天的状况。可是,夜半腹内如鼓鸣,"咕咕"作响,心里发慌,难以入眠,似睡非睡,直到天明。

"饥来驱我去,不知竟何之。行行至斯里,叩门拙言辞。主人解余意,遗赠岂虚来。谈谐终日夕,觞至辄倾杯。情欣新知欢,言咏遂赋诗。感子漂母惠,愧我非韩才。衔戢知何谢?

冥报以相贻。"(《乞食》)

就这样，饥饿像鞭子一般，驱赶着先生出门而去。午后，白晃晃的阳光有些炫目，让人迷离恍惚，脚下有些虚晃，但绝非醉态。

他手里拿着的，不是一只碗，而是一只布口袋，因为一家人都等着他回来开火。他尽量将布口袋团成球状，捏在手里，羞于让人看见。

他像是刚学会走路的孩子，一时都不知道怎么迈步，往哪里走。起先他试着往左边走了两步，停下来，调整了一下重心，还是重新起步，决定朝右边走去。就算是右边，他也拿不定有多少的把握，但他还是决心往前走，总得要去一个地方吧。

他来到了一户人家门口，迟疑地举起了手，叩开木门。声音中饱含着饥饿的症候，绵软而乏力，好在微笑不那么费劲。

主人一见是先生，赶忙肃客，好茶招待。先生似乎想说点什么，却嗫嚅着难以启齿。主人笑着点点头，忙过来扶他坐下，巧妙地将窘态带过去了。

主人是个明白人，知会了先生的来意，虽避而不谈正题，有点王顾左右，那也是在维护先生那点脆弱的自尊啊，哪能让他空手而归呢？

谈笑甚是投合，不觉日已西斜。主人留客吃饭，先生原想推辞，但从他温和的目光里，感受到了满满的诚意。好吧，既然酒菜都上桌了，那就不妨拿起筷子，既然筷子都干上了，那就索性喝上一杯。欣逢新知己，吟诗又作赋。

时候不早了，鸟开始归巢了，也该告辞了，先生站起身来，脚下变得有力多了。主人将他的布袋装得满满的，抱过来含笑交给先生，将他送到门外。

此时，主妇从里屋匆忙赶出来，喊住了先生，递给他一个陶罐，说是一点糯米粉，不赶巧时，也可以做点米粑吃。夫妇俩一前一后，站在门口频频挥手，直到拐弯不见了。

先生是幸运的，满意而归。不像庄子去监河侯那里贷粟，只碰得一鼻子灰，一粒粮都没借到。

"感子漂母惠，愧我非韩才。衔戢知何谢？冥报以相贻。"

先生随后在诗里写道，泣谢了，老夫感念至深，如漂母般的恩惠，只愧我无韩信那般的才情，不能重相报答。古人尚有结草、衔环之说，今生虽无以为报，只有等到死后吧。

有人说，《乞食》是先生早年之作。差矣。其贫困至极，回报之厚，均不似早年的境况。

不知为何，有人以为《乞食》是先生的戏作，鄙人却不这么想。从文字里，你看不到悲愤，也非自嘲和戏谑，先生只是照实写来，可称之为实录。

因饥求食，乃贫士固有之事，先生视之如常，根本没有一点要避讳的意思。既然施舍是美德，那么接受也就不是丑事了。

求食得食，因饮而饮，因酒生感，因感而思谢，皆是实情实境，没有一个虚设之词。

《世说新语》记载了一则逸闻：襄阳雅士罗友颇有韵致，年轻时人们皆以为他痴呆。他曾等候人家祭神，去得太早，门还未开。主人出门迎神看见他，问他为何此时待在这里。他回答说，听说你家设祭，我来求一顿饭吃。于是藏身门侧，天亮后得到食物方且走开,脸上了无愧色。

鄙人想说明的是,先生的乞食不是出于放达,而是真实的需要。

"冥报"二字,意味深长。受人一饭,何至于许以冥报?初看,先生似是言重了。

后来,鄙人反复咀嚼,才明白,先生所谢非饭,而是主人对自己的深厚知遇之恩。此外,也读出了其万分的悲切。淮阴侯韩信能辅汉灭楚,而报漂母之惠。而先生呢,生既不能伸志于世,只能寄望于死后伸志于地下了。

先生的穷愁潦倒,自然也会招致一些冷言冷语,乃至挖苦嘲讽。鄙人也曾亲有耳闻:渊明不肯曲腰见督邮,解绶去官,贫困不堪,以至于乞食。假如他肯折腰见官,便可稳稳地食用几十亩公田。他忍不下眼前的那口气,却终身都要忍气吞声,又何苦来哉?

其初,鄙人很是愤恚,屡屡与人争辩,闹得不欢而散。过后,竟也懒得搭理。

既忍受督邮一回,就难免要忍受两回、三回,进而忍受其他官员。人在江湖,身不由己,那将是没完没了,苦海无边。

于先生而言,做官混饭吃的痛苦,更甚于挨饿受冻的痛苦。志士苦节,宁愿背脊朝天,低面求土,宁愿乞食于路人,甚至过屠门大嚼,也不肯曲腰磬折于俗吏,这正是先生大过人之处。

先生生于东晋哀帝兴宁三年,宋文帝元嘉四年丁卯,朝廷再次征命其为散骑常侍时,适遇先生去世,时年六十三岁。

好友颜延之为之取谥号"靖节",宽乐令终曰"靖",好廉自克曰"节"。鄙人常感叹,先生是饥寒常在生前,声名常在身后。

时候不早了,今晚就聊到这里吧,连同先生田居的话题,也一并告一段落了。

遗憾的是,鄙人不能将先生的田居生涯,讲成是诗意的栖居,就像竹林七贤那样饮酒、纵歌、清谈,好不肆意酣畅。竟以恩师的饥寒难耐,贫病交加,百般艰涩,而结束了这个章节,于心实有不忍。

唉,原本是想说得欢快恬淡,却鬼使神差说成了苦难,其故何也?

隐遁,向来被人赋予了太多的神秘和洒脱,以至于令人心往神驰,仿佛一隐便能解千愁。殊不知,如人饮水,冷暖自知,个中况味,唯有身在其中的隐者方能体察,有多少人能耐得住这般清贫落寞?

事实上,像先生这样的贤者,于此滔滔乱世,昏昏末世,是进亦忧,退亦忧,进退维谷,不遑宁处。彼等承担着不可妥协的道义,自然也就逃脱不了磨难,这几乎是一种不可更改的宿命,也即称为"数"的那种东西。夫复何言哉!

诸位兄台,早些歇息吧,慢走,鄙人就不送了。

第三章 交游

一

恭请诸位兄台进到心远斋,不知是否到齐了?不错,都到了。

好的,刚才贤侄已收集到诸位的意见。今天开始,我等再试着探究先生的交游。

先生田居的头几年,几乎谢绝了一切来往。除耕作之外,就剩读书了。这在前面已经作过交代。但他移居栗里后,情形则又有所不同。

班固在《汉书》中说:"安土重迁,黎民之性;骨肉相附,人情所愿也。"安于故土,重于迁徙,是百姓的习性;骨肉相亲,互为依存,乃人心之所愿。可见人们的乡土观念之浓厚。除非迫不得已,是不会轻易背井离乡,骨肉分离的。

先生之所以移居,必有其不得已而为之的衷曲。有人说先生一会儿住这里,一会儿住那里,山南山北住个遍,很随性,很自如。洒脱是洒脱,但这对于一个贫窭之家来说,并不符合实情。

据鄙人所知,先生一生只在上京和栗里安过家。余者或为别称,或指具体的庐屋,而村落唯此两地。即便是搬迁到栗里,也实属不易。

非宅是卜,唯邻是卜。他卜邻而居,是奔着素心人来的,求友若渴,也即孔子"择里居仁"之意。

但据鄙人观察,上京的庐屋失火,虽经修葺,仍不免呈焦败之象。而寻阳战乱频仍,上京位于城镇之郊,栗里相对僻静,恐怕这也是移居的动因之一。

再说,先生辞去彭泽县令,不唯谈不上衣锦还乡,甚而走向了荣归故里的反面。选择异乡而居,颇能回避一些风言风语和眉高眼低,可以省却人为的烦恼和尴尬。人们总是较善意地接纳异乡的失意者,而对于返回原籍的失意者,则表现得刻薄寡恩,缺少足够的宽容。

即使这样,也不一定具备搬迁的条件,还得因缘具足。这样设想一下吧,让先生舍弃上京哪怕是极其简陋的庐屋,而去到栗里重新剪松诛茅,构制榱桷,势必耗费原本就拮据的家底,先生势所不为,且不能为。

那次,有亲戚好心地劝阻先生,非不得已,就不要搬迁了。先生吐出了实情,我年近五旬了,哪里想再折腾。寻阳有一位友人,去到外地为官,在栗里留下一所空屋,转借给我暂住而已。

后来从先生那里,鄙人并未获知这位朋友是谁。先生只是告诉我,事先他特地去栗里考察了一番,虽不说是完美无缺,也还算是称心如意吧。

不过，先生似乎还流露出此念：栗里的住户，也是以陶氏宗族的支脉为主，那里也还是同宗同族。另外，先生还想去那里开点荒地，或许可以稍稍纾解其生计之艰。

栗里在上京西南约十几华里处，位于庐山之阳的虎爪崖下，温汤在其北面里许。村前小溪吴陂港蜿蜒流淌，朝东南进入彭蠡湖。村西侧有一座石桥，叫清风桥，又称柴桑桥。

沿溪上溯，不远的山麓下，有小溪潭。池边有巨石侧卧，高可丈许，平滑如砥，松影光斑时时轻拂石面。先生常醉卧其上，冬曝其日，夏濯其泉，因称之为"醉石"。

先生并非孤傲，他和粹坦易，恂恂温良，爱寻觅同道。偶有友人拜会，便挥谈终日。前面说了，义熙六年庚戌，先生四十六岁，他得其所愿，在栗里找到了知音。相得甚欢，大有终焉之志。

在《移居》中，先生洋溢出少有的轻松愉悦之情。

——从前我想移居南村，并非因为占卜过住宅的凶吉祸福。只是闻说那里有许多心地纯洁的人，我乐意同彼等朝夕相处。怀有此念，也颇有些年头了，今天移居于此，算是得偿了多年的夙愿。

先生搬走后，鄙人最为牵挂，且失落感巨大，只要得空，我便往栗里跑。不过，去得最多的还是晚上。依照晋律，夜不能行。尽管实行宵禁，我也总会有办法对付的。

先生在栗里的居所，筚门闺窦，很是逼仄，说难听点，也就只够放得下床铺。而邻里时时来访，却感觉不到那么简陋，反觉得爽垲敞亮。人们一谈起往昔之事,就兴头十足,没完没了。嗓门也放开了,声音也就不知不觉高亢起来。

是啊,空间的有限性,反倒有助于精神的无限延展。

承蒙不弃,鄙人总是默坐于一隅,除洗耳恭听外,就是替来客泡茶续水,洒扫庭院。等到客人走后,先生也睡下了,我再借着星月之光赶回上京。有时走在茫茫的荒野上,一望可见草木和天空组成的微微颤抖的分界线,就生起一种自身无限渺小的感觉,幸好我能看见前方的点点光亮,就不那么孤独了。但我不确定看到的是地平线之上的星星呢,还是之下的人间灯火,一切恍若梦境。

夤夜,鄙人悄无声息地摸回家中,清醒地躺在床上,凝视着虚空,在低回的溪流声中,反刍当晚的精彩话语,观照自己所经验之事,多有启迪。至于何时进入了梦乡,也不自知。

鄙人想,这是我过往人生中从未有过的体验,是最为充实的一段时光。要知道,人在做一件异常美好的事情时,一点都不觉得疲顿。唉,如今好久都不曾有过那般的精神享受了。

彼此之间,除了友情,不掺杂念。先生称之为"素心人",可谓恰如其分。

想来,那些素心人,也并非等闲之辈。彼等可以与先生一起欣赏好文章,剖析、争论其中的疑难问题。即先生所说的"奇文共欣赏,疑义相与析"。彼此之间,常以诗文相切劘,岂是庸庸之人所能为?不乏英彦名德,皆一时俊乂、磊砢之流。

至于这些雅士何以奇异地聚集于栗里,鄙人至今仍不得而知。也许此地距柴桑县治不远,又能得山水之娱,更有温泉之水可供解带之乐。

而先生可以称作是栗里文人群体中的盟主、后进之领袖。对我等后生而言，栗里实可称为先生之杏坛，可沐洙泗之风，颂舞雩之歌，尽颍水之乐。

每逢春秋佳日，先生和这帮文人墨客时相邀约，登高赋诗。经过门前，遂高声招呼；有酒可喝，就推杯换盏。农事既来，便各自归去；稍有闲暇，则互相想念。思念之时，便披衣踏访。说说笑笑，将永无厌期。

其实，先生是很满足于这种生活的，陶然于此类甚为质朴而美妙的意趣中。

孔子曾说："君子谋道不谋食。耕也，馁在其中矣；学也，禄在其中矣。君子忧道不忧贫。"孔子认为耕作必然遇到饥饿和贫穷，君子就应该先学后仕，求得俸禄，不用自己耕作，做到一心办道，无须为贫穷而犯愁。

先生则以为，儒道可望而不可即。他依照"贤者与民并耕而食"的理念，投身于躬耕之道。所以先生曾说："先师有遗训，忧道不忧贫。瞻望邈难逮，转欲志长勤。"(《癸卯岁始春怀古田舍》)

鄙人推测，归田后，农家思想在先生心中占有相当分量。他始终相信："衣食当须纪，力耕不吾欺。"(《移居》)衣食应当经营、料理，尽人事人理。还是躬耕的生活来得比较实在，不会欺骗我；而宦途呢，则有不可揆度的诸多变数，波谲云诡，难以掌握。

移居栗里南村的次年，先生结识了殷景仁。

殷景仁，做过晋安郡的官，以郡名称之，以示尊重，所以先生称其为"殷晋安"。殷景仁先做晋安南府长史掾，安家于寻阳；后做时任太尉刘裕的参军，移家东下。临别之际，先生作诗相送，是为《与殷晋安别并序》。

殷景仁早于先生在栗里住下，二人结邻于肘腋之间，相识并不很久，可一见面就熟了。往来无虚日，且夕相游从。弥日信宿，谈兴不减，更加明白彼此的亲近非比寻常。他俩还经常携着手杖，相随相伴，扪萝陟险，恣心游冶。松山桂渚，碧涧清潭，无所不至，全然不顾白天还是晚上。

有时走累了，就去到小溪潭边洗脚，席地饮酒。之后，相互援引，登上那块巨石——醉石，跌坐其上。任山风吹拂，松影轻扫，甚是惬意。

做官和归隐，原本就是两股道上的人，分离势所必然。可当这一天真的来临，竟然就在今春，先生颇为惆怅。殷景仁此去赴任，"飘飘西来风，悠悠东去云"，就像是向东飘去的云朵，一股西风吹来，便加速了它的行程。

在先生眼里，西风定有所指，鄙人却不得而知。也许是刘裕长驱直入，舳舻千里，挟带而起的一阵罡风吧。

"去岁家南里，薄作少时邻"，先生甚为惋惜，相聚太短，相离太疾。从今以后，山川阻断，相隔千里，见面谈笑，怕是再无缘由了。

同时，先生五味杂陈，感情变得微妙起来。造成分别的，皆因语默异势。殷景仁先做晋臣，与先生同时；后做宋臣，则与先生殊调。

以鄙人观察，先生与殷景仁本是趋舍异路、仕隐殊途，有如肝胆楚越。而奇特的是，敏有思致的殷景仁，却成了与先生共结殷勤的邻友。可见先生之接物,有简处,无傲处,宅心宽厚。

先生感叹道:"良才不隐世,江湖多贱贫。"像殷君这般栋梁之材,哪会长久地沉于下僚呢?而我等蒲柳下材,隳体黜聪、离形去智之人,才注定会沦为江湖隐士。

先生看似自嘲,有几分无奈,于不露声色中暗含讽喻。用意极严正,而遣词却不失浑厚。所以鄙人读先生之诗,会觉得蔼然可亲,却又如断山绝壁,凛然不可侵。毕竟隐者多是带性负气之人。

饯别这天,鄙人有幸侍酒于盘匜之间。先生和殷景仁喝得极为尽兴。我还是头一次听先生弹琴呢。

当时,先生从酒席上下来,起初脚步稍稍有些踉跄,他调整了一下身姿,随后的步履仍不失沉着稳健。他走到那架七弦琴面前,坐下来,抖了抖袖口,看了一眼门外的青山,略一沉吟,就俯身弹拨起来。

在那年的火灾中,这把七弦琴断了一根弦,我总以为无法成调,不过是个徒然的摆设。没想到的是,先生手如莲花,弹得那么优美动听,让人几乎发觉不了它的残缺。

听上去,峨峨如泰山之高,穿云破雾,高标矗立。顷刻间,天地山川依次展开了它的雄浑辽阔,清澈的山泉一路飞泻而下,在幽谷深涧中淙淙作响。有蓝天白云,有习习清风,有鸟雀啾啾。一时,整个宇宙便奇妙地囊括在这窄小的庐屋中,宛如芥子纳须弥般奇妙无比。

鄙人后来才知道,先生那天弹奏的是古曲《高山》,显然,先生将殷景仁先生当成了自己难得的知音。

执手送别时,不免有些缠绵恺切。先生不忘叮嘱:"晋安君,若有熟人路过寻阳时,可别忘了顺道来问候一下老朋友哦!"虽各异其趣,难以同调,仍无妨其忠厚、旷达。

殷先生点点头,也动情地说:"陶君,后会有期,还望爱惜贵体!"

鄙人看出,真相知不在常相依,也不在同出处,更不在后会有期,在乎一见如故的雅契,则足矣。

二

接着我等来看"寻阳三隐"之间的情好绸缪。

义熙八年壬子,先生四十八岁,移居栗里的第三年,刘程之到访。赠诗先生,并招请先生同住庐山。先生写《和刘柴桑》以答谢。

刘程之,彭城人,汉楚元王的苗裔。早年丧父,侍奉母亲,周间称孝。典坟、百家,无不周流博观,尤其喜好佛理。

刘程之曾任柴桑县令。时桓玄东下建康篡晋,他弃官隐居庐山。入山后,自称是前朝遗民,改名"遗民"。义熙年间,多次征辟,均辞不受。不以妻儿为牵挂,居山十二年而卒。

当时,周续之也隐于庐山,二者与靖节先生一道合称为"寻阳三隐"。

记得那天晚上,鄙人去先生家请益《庄子》所言"虚室生白"的含义,不料师母和先生之间正在闹别扭。

晚饭早已用过了,而师母还独自坐在灶前生闷气。

鄙人有些尴尬,进退两难,不知如何是好。

说实话，先生和师母感情一向和好，从没吵过架、红过脸。先生随和宽厚，师母贤惠大方，照说也不应有任何抵牾。可眼下，他俩之间分明有些胶滞的意思。鄙人天资鲁钝，哪是劝和的料？

先生看出了我的窘态，就"呵呵"地笑起来，说，没事，师母是不想让我去庐山住。我不是也没答应吗？不去就是啦。

先生晚年唯好静，上京和栗里，尽管位于庐山山麓，但他还想更近地走向它，就像他的一位叫陶淡的叔父那样，更行更远地幽居独处。庐山是先生的精神之父，只有在远离尘嚣的山间，他内心才能获得永久的宁静。

所以，先生想去庐山隐居，愿望委实是很强烈。但先生也未必会抛家别子，说走就走。

这样，鄙人又一次来到灶屋，劝慰师母。

原来，上午刘程之来访。酒席间，邀请先生和他一起去庐山同住。尽管刘先生出语隐秘，不料却让翟氏听见了。刘先生走后，翟氏的情绪便宣泄出来。

师母一把眼泪一把鼻涕地对我诉说，你说辞官就辞官，你说移居就移居，哪样不是依了你？

顿了一下，她又说，可是，你想答应朋友去庐山住，这哪能行？一大家子人怎么过啊？

鄙人不晓得说啥，只知"嘿嘿"地傻笑。

稍晚，在鄙人的搀扶下，师母脱下围裙，在身前身后拍打了几下，终于走出了灶屋，这事算是过去了。

事后，先生在给刘程之的和诗中，委婉地给出了自己不肯索居的理由。

——其实，山泽早就向我招手，我也有思隐之心，何事犹豫不决、颇费踌躇呢？不过是为着亲友的缘故罢了，我实在不忍心离开彼等去匡庐独居。

　　随后诗中回顾了那次上京之行，先生或许是想暗示刘程之，他同样也留恋并钟情于田园生活。那次先生的上京之行，恰是鄙人陪同的，至今记忆犹新。

　　那天早上，太阳还只照到树杪。鄙人刚吃过早饭，正去地里给豆苗锄草。经过先生空荡荡的旧宅时，鄙人习惯性地朝它看了一眼，不想竟看到先生了，惊讶地问，先生您怎么来了？
　　先生从栗里来上京，没打招呼。

　　彼时，他正双手拄着手杖，凝神打量着草庐。立即回头，笑了笑说，是的，仁子，今天天气好，我过来看看。他身穿长衫，有些发热，两颊被料峭的寒风吹得通红。

　　前些日子，春雨绵绵，先生家的草庐漏雨，毕竟两年过去了嘛，屋顶有些霉烂。有天晚上去先生家时，鄙人想征得先生的同意，帮他修葺一下。

　　先生搓着手说，那敢情好，只是又要误你工时了。鄙人说，没事的，不过是几担芭茅的事，交给我吧。

　　一到放晴，鄙人便沿着溪涧，去割芭茅，踩着涧边的卵石，一丛丛地割。上屋时，我叫弟弟来搭把手。不多时就盖好了，看上去平平整整，跟新的一样，散发着草香味。

　　原本打算，一俟修缮完毕，就邀请先生前来观看，却被手头的杂务给耽搁了。

　　鄙人这才明白，先生此番是特意来看草庐的，没准是惦记着它。先生还会搬回来吗？这极有可能，叶落归根嘛。先生称他的草庐为"西庐"，或许是靠近溪流，坐落于村西吧。

看得出来，先生很满意。但他没想进屋看的意思，而是由我陪着，朝村外随意走走。

陌上杂草丛生，几乎不见人影，不时可见荒废的村落在破败中逐渐凋敝。新开垦的土地上，火粪这里一堆，那里一堆；有的在冒烟，有的只余下黑色的灰烬。谷风阵阵袭来，在灰土上打着旋涡。吹在身上，有些阴冷刺骨。鄙人劝说先生，不如回村里好。

在一户朝南的大门边，有一位老人蹲在墙根，神情专注地扪虱，指甲将虱子挤压得噼啪作响。

鄙人把先生请到家里。家父出工去了，只好由鄙人代为款待，陪先生喝两杯春醪。我娘端出早上吃粥当菜的一碟黑豆，一罐豆腐乳，还夹了一些腌菜，权当是下酒菜。这或许是先生唯一一次来我家做客了，惭愧的是，竟这么寒酸。

我对先生说，今年酿粮不足，春酒味淡，还望先生担待一些。好在先生是知晓我家境的。

先生笑笑说，薄薄的酒水，虽不及醇酒有力，但用来宽慰情怀，则远胜于无啊。仁子，有点酒喝就不错了。

后来，先生将此感受写进了《和刘柴桑》中："弱女虽非男，慰情良胜无"，他的比方真形象贴切啊！不想"弱女"一词，却在晚生中引发了争议。

有人说，刘柴桑有女无男，想必于赠诗中，向靖节先生流露过以无男为憾，因而先生以达者之言劝导他。可惜的是，我等无缘看到柴桑先生的原稿。

不过，想起来，仍觉不尽合情理。试想，先生生有五男，却要劝说刘柴桑想开些，生女也可聊胜于无，是何言哉？刘柴桑常年像老僧一般茹素持诵，既已"不以妻子为心"，潜心白业，则已属悟者了，何须他人开导？诸位兄台想想，是不是这个理？

先生实乃以"弱女"比喻薄酒，而以"男"比喻劲道较足的醇酒罢了。

先生在本诗中，又一次表露出"耕织称其用，过此奚所须"的知足之想。因为，等到百年之后，不管身体也好，名声也罢，一了百了，均付翳如。

先生与刘柴桑，皆有辞去县令的经历，志趣相投，有诸多相同之处，可谓交非势利，心如澄水，因而感情尤为款洽。他俩诗歌唱和，至少在两次以上。

同年，先生写有《酬刘柴桑》，酬谢刘柴桑以诗相问。

——偏僻的居所，少有人往来。有时连四季运行到哪里，也都忘记了。村巷、庭院，铺满了落叶，方慨然了悟，原来秋天已至。北墙下新生的葵菜，郁郁葱葱；南边田秀美的禾苗，颤颤悠悠。

落叶也好，新葵也好，嘉穟也好，均在一个相对幽静、封闭的环境下自生自灭，无人知晓，而季候一刻不停地运转，没有什么是静止不变的。

柴桑仁兄，为乐当及时啊。今天我要是不为乐，谁知还能活到来年不？生命如此短促，什么也都别想了，赶紧游乐吧。叫上老妻，带着孩儿，趁着良辰美景，快去登高远游。

其实，依鄙人之见，所谓的为乐及时，以先生的贫苦和闲正，也不过是饮酒赋诗、游山赏水而已，岂有他哉？与其说是物质方面的享乐，还不如说是精神层面的放松，是一种全然不带功利的闲适自如。

义熙十年甲寅，先生五十岁时，刘柴桑去世，享年五十九岁，才得下寿。先生内心十分忧伤，深相痛悼。他默念陆机的《叹逝赋》："昔每闻长老追计平生同时亲故，或凋落已尽，或仅有存者。"深有同感。

这年先生作《杂诗》前八首，第六首曰："昔闻长老言，掩耳每不喜；奈何五十年，忽已亲此事。"

意思是，从前听到老人追怀逝者，堵上耳朵极不爱听。无奈过了五十年，忽然间同样的事情临到了自身。方知哀乐之来，吾不能御，其去弗能止。哀乐的来临，我不能抗拒；它的离去，又岂能制止？

特别是平生亲友的故世，给人的触动更大，仿佛自己的一部分也跟着失去了。刘柴桑的谢世，先生因之而伤逝，而悲悯，却无可奈何，只能归之于"命也夫"。

往后，每逢清风朗月，先生辄思刘柴桑。而翟氏放慢脚步，不敢惊扰，仿佛为她曾经有过的埋怨，多少作些弥补。

"寻阳三隐"中另一位隐士周续之，靖节先生也颇视之为同道，长其六七岁。

周续之，八岁丧母，哀戚过于成人，奉兄如事父。起初，周续之入庐山，是追随东林寺慧远法师而来的。义熙十二年八月,刘裕北征后秦,世子刘义符留守建康,延请周续之住安乐寺,讲述《礼》,计有月余,后复归于庐山。

自慧远顺寂之后,周续之虽隐居庐山,而江州刺史檀韶每相招引,则颇从之游,世号"通隐"。之后,周续之应檀韶之苦请而出山,与学士祖企、谢景夷三人,共在城北讲礼、雠校。所在公廨,也即讲肆,靠近马队。

事先,周续之来栗里,曾晋谒靖节先生。周先生已届不惑之年,向先生表露出想干点事的愿望。

那次,鄙人恰好在先生家,有幸亲耳听到二位友执的一段对话。

周续之说,孔孟之儒学,自汉代董仲舒所治《春秋》之后,便无继响,甚为可惜。

先生领首道,是啊,世衰道微,绝礼弃学,邪说暴行有作,而世人徒知清谈,祖业却久已废弛。

周续之又说,迩来,江州府君檀韶,倒是颇具道心,怀有振拔儒学之意。

哦,是吗?先生惊异地问。

周续之眼睛有些闪亮地说,是的,他几次三番屈驾光临舍下,邀我出山讲学,十分恳切。我已退居林泉,又恐却之不恭,有些两难。先生尊意如何?

先生说,宏发儒术,倒是一件好事,只是要做得纯粹,便不容易。

是啊,先生所言极是。敬聆一席教言,在下十分感佩,甚幸!周续之虽没有多言,似是正正身子默然领受。

先生说，时光催人老，想做什么，就尽管去做吧，有心于事功总是好的。

之后，传闻周先生的传道授业，风生水起，颇有些气象。不久鄙人陪先生去寻阳城周先生处做了回访。

其时，周先生还在讲学，老远就听到他鼻音浓重的雁门口音，沉稳而又不乏激情，声情并茂，抑扬顿挫，完全是一副老夫子的做派。

从窗口看过去，庠馆里黑压压坐满了人，寂静无声，秩序井然。鄙人悄悄地留意先生，他的脸上是嘉赏的神色。

两晋朝野玄风吹扇，士族如若不入玄风，就难以成为名士，从而也就不能保有其尊显的士族地位，故而一时趋之若鹜。眼下尊儒景象，可谓别开生面，独树一帜。如一股清风飒然吹来，令人为之一震。

突然，一股膻腥之气飘来，十分刺鼻。鄙人差点打了个喷嚏，揉揉鼻子，强忍回去了。否则，扰乱课堂，成何体统？

不过，鄙人也留意到，先生也闻到了这股气味，他虽不像鄙人这般神经过敏，但鼻子微微翕动，眉头还是皱了一下。

鄙人循着气味，四处观望。好家伙！州府的马队就在左近。还能听到马匹在吃草料时，不时打着响鼻，尥蹶子。还有一阵"哗哗"的响声，酣畅地委泄而出并击打着地面，似乎是从哪匹马的身下排放的，随之一股白色的热浪，也从马厩里飘散出来……

事后，先生将此次的观感具象化，不乏幽默地形之于笔端："周生述孔业，祖谢响然臻。道丧向千载，今朝复斯闻。

马队非讲肆，校书亦已勤。"(《示周续之祖企谢景夷三郎》)

意思是，周生讲述孔子的儒道，祖企和谢景夷二位响然而从之。儒道沦丧几近千年，今天才重又得以欣闻于世。只可惜啊，马队旁边本不该是讲经之处，勤勉校书也未免太辛劳了。

原本是一件好事，但是几位饱学之士，却在马队旁边郑重其事地讲经说法、雠校书籍，而马队是武事的畜力所在。讲肆中的缕缕书香，与马棚中的阵阵膻臊，交相混杂，周流遍行，显得极不严肃，甚是滑稽。

可见，江州刺史檀韶其动机不纯，并非真正重视儒学，不过是装点门面、附庸风雅罢了。否则，何至于此！简直埋汰儒学，辱没斯文。

先生对周续之三人所为，予以善意的婉讽，语虽诙谐，意极肫切。进而劝说彼等，不做无聊之事，赶紧离开州府，与我为邻，随我一同躬耕于颖水之滨。

周续之素患风痹，这是由风寒湿等引起的肢体疼痛或麻木，给他带来极大的痛苦。不知周续之是听进了先生的讽喻，还是不耐病痛的折磨，总之，他没有继续讲授下去。

之后，他移病钟山，以四十七岁的英年而早逝。惜哉！痛哉！

以上话题，多少有些沉重，这样吧，我等不妨来点轻松些的，作为调节吧。

先生的乡亲，也是友人张野先生，与刘遗民和周续之，同为东林寺白莲社的十八高贤。他与先生间的交往，也较为密切。

不怕诸位兄台笑话，有件事情，鄙人想于此坦诚相告：其实,鄙人的拙荆,并非我最初心仪的女子。

说来话长,那是先生归田的次年,还家居上京。我已满十五岁。

那天,张野先生来访。二位先生饮酒赋诗,觥筹交错。恰如其名,张野也是个性情中人,甚至有些放诞狂野,所以与先生交谈时,往往自称"野夫"。

遗憾的是,有关张野先生的资料,鄙人并未掌握多少,不能提供详尽的细节。倒是与之有关的一个人,让我一度魂牵梦萦。

其时,穿过开满牵牛花的篱笆,随张先生而来的,还有一个女孩,是他的外甥女。

她年约十二三岁,梳了个叉手髻,相貌十分端丽。她还会作诗。此番,她也带了两首诗来见先生。

酒后,先生作了详细点评。女孩目光冉冉,如星闪亮。她背着手安静地听着,不时点动小脑袋,一只脚还俏皮地划了一下地面。先生也不吝好词,夸她才艺了得,堪比谢道韫。

之后,张先生还常来,女孩也同来过好几回。渐渐地,我和她也就熟络了。在两位先生饮酒高会之时,我们也有一句没一句地,在一旁交流读书的心得。有时她去陌上摘花,用两个指头小心地捏着,蹦蹦跳跳。有时我们到溪涧边去看水,往水里扔石子,看谁扔得远,毕竟还都是孩子嘛。先生不放心,会到门口叮嘱我,不要耍水。

记得有一次,那已是一年后了,先生问张野先生,外甥女还写诗吗?长进如何?张先生只是笑笑说,啊,出阁了。先生"哦"了一声,似乎略带一丝惋惜,随后又问,敢问高门?张野声音不高,像是说,嫁给寻阳城某个大户人家了。之后,便没往下说。

当时,鄙人有说不出的怅惘。自然,我们的家世有天渊之别,容不得我有一丝奢望。

我记得她最后来的那一次,梳的是一个缵子髻,显示出一种成熟之美,分外妩媚动人。已是深秋时分,村头的两棵柿子树叶片全掉光了,挂满了柿子,如一盏盏红色的小灯笼,于冷冷的寒枝增添了几分暖意。小鸟叽叽喳喳落在枝头上,单挑熟透了的柿子啄食。女孩好奇地瞧着那些红红的柿子,不知不觉就走近了它。我麻利地爬上树去,摘了两个大的献给她。她挑了其中一个。从她盛满美意的笑靥里,可知柿子很甜。

自那一别,就再也无缘见面了。十六岁那年,鄙人娶了拙荆。

人生难至百,转眼即是风烛残年。

不知为何,鄙人一直喜爱先生的《闲情赋》,喜欢他所塑造的凌波微步的美女。不知原型是谁,每位读者得到的印象,见仁见智,各不相同。但每当鄙人读着这篇辞赋时,都会不由自主地浮现出那个女孩真切的俏丽模样来。

三

宋少帝景平二年,先生六十岁。

新春伊始,先生家的大门在三月的天空下敞开着,除了燕子飞进飞出的呢喃声,不再有车轮的声音传来。

先生的邻人和新知庞君，将赴江陵，任镇西将军、荆州刺史刘义隆的参军。

临别，庞君前来与先生辞行，并以诗相赠，倾注了对先生高洁品格的仰慕之情。年届花甲的先生作诗应答，深怀长者之风，视庞君为同调，并表达了依依惜别之意。

先生在五言诗《答庞参军》的序言中倾吐道——

再三拜读赠诗，想不再看都难了。

自从你我成了邻里，冬春两度交替，已有一年了。咱俩情欢意洽，遂成金兰之好。俗话说，几次见面，便可成为亲朋故友。何况尔汝之交远胜于此呢？

然而，人事每违心愿，才熟悉又将乖离。杨朱曾为歧路而叹，哪是一般的悲哀啊？

我抱病多年，已不再赋诗为文了。体质原本羸弱，加上老病相继。只是依照《周礼》"礼尚往来"之义，且作为别后相思的慰藉，姑且写下这首诗。

先生之小序，简净无比，雅令可诵，又何其缠绵。

据鄙人所知，庞君作为先生的朋友，不属老相识一类，而是一见如故。其相知之快，就像两车倾盖而过时，两人于对视的刹那，便契若金兰。而有的人看似认识了一辈子，却还是陌生人，就看一点灵犀是否相通了。

庞君相当赏识先生的雅趣，常常来家惠访，于林园间漫步交谈。言笑从无世俗论调，所谈不过是古圣先贤之事。偶尔有几斗酒，便一同享用，欢然自乐。

其实，先生隐居之后，就不再东奔西走，很少出门。而抱定"人惟求旧,器非求旧,惟新"的心态,所谓器物是新的好,朋友还是以旧为贵。在家也多半是写写诗文,抒发感怀而已。

分袂之际,先生执柳相赠,相送庞君于大路旁。黄莺正叫得悦耳动听,仿佛苦相挽留;路边的迎春花开得正艳,黄澄澄的,宛如先生此时袒露出来的一片赤诚。其心可鉴,其情可明。

此去应是关山重重,天各一方,不知何年还能再见。先生拱手叮嘱庞君,善自珍摄,多加保重。

庞君把臂告辞,肃然登车,去若飞迅。

没想到的是,一年之中,二人却有缘再次重逢了。

是年冬,庞君以谢晦卫军参军,奉命赴建康。途经寻阳,特意来栗里看望先生。先生倾筐倒庋,设酒相待。好友相见,分外高兴,自然要以诗赠答。

鄙人以为,先生受《诗经》影响颇深,而此诗(《答庞参军并序》)为四言诗,与春上所作的五言诗罕见地同题,最似诗三百。

其时,雪花夹杂着霰粒,漫天飞舞。四野莽莽苍苍,天玄地黄,一片空蒙。

傍晚时分,庞君推门进来时,先生正在炉边烤火。午后鄙人从上京送来两篓木炭,也恰好在此。

看上去,庞君两肩和帽子上,都落满了雪花,他携带一股寒风入室,颇有些风雪夜归人的味道。

先生急忙倒屣相迎。

是的,庞君原本就是此中人,回到栗里,宛如游子归家,何况这里还有他所心仪的好友呢。

庞君脱下外衣,朝门外掸了掸,便被先生热情地让进了座席。先生一边赶忙唤我,仁子,快温酒来!二人互道契阔之际,师母翟氏也开始陆续上菜了。

庞君交代了此行的目的:在下乃受大藩之命,做使京都。多谢先生诚心挽留!其实,我岂不想在此化外之地多逗留几日,好好宴乐一番,无奈"王事靡宁",有令在身,不得已啊。

先生也自陈了别后的境况:今年仲春与君一别之后,我便一直蜗居在这简陋的衡门之下。不过,有琴有书,倒也自得其乐。难道就没有其他爱好?不是的,老夫实在是喜爱这种幽居生活。早上起来灌溉园圃,晚上就回到草庐安心歇息,除此而外,就别无他求了。

庞君说,没想到先生桔槔灌园,琴书自适,洁己自守,一如往昔。能宅心方外,遁世无闷,不以世物婴心,的确堪称独步。甚好!甚好!

庞君接着说,在下记得庄子曾言,醉酒者从车上坠下,虽受外伤,却不至于摔死。骨节和别人一样,而所受伤害则全然不同,缘于其心无所虑,神照凝全。因而乘车和坠下均告不知,死生惊惧不入于胸。得全于酒者尚且如此,何况得全于自然者呢?圣人藏光塞智于自然之境,故物莫伤之矣。依在下看来,先生于此得其心要,且身体力行之,何其妙哉!

先生说,人们看重的宝物,我或许不那么珍爱。我布衣蔬食,不交于世,幼不慕俗,长而希古。其实,朋友之间,如果没有共同的志趣,怎么谈得上真正的相亲呢?我一直寻觅知交,恰好也就遇见了庞君,彼此欢心孔洽,并且屋宇相邻,朝夕相见,真是今生有幸。

庞君说，先生游心万仞，躬耕山薮，守静于衡门之内，轻常人之所重，重常人之所轻，视荣利蔑如也，独与天地精神往来，而不敖倪于万物，在下实在是拳拳服膺。的确，朋友往往可遇不可求，人生得一知己足矣！

先生接着说，庞君爱重德行，博求清节俊异，从不知止。自从庞君别后，老夫甚是思念。"物新人惟旧"，此言甚是高见特识，实获我心。

庞君接过话头说，是啊，在下也时常挂念先生，在江陵老是回想栗里的旧时光。那时辱承先生的照拂，获益匪浅。一起研考经典，谭思文章。先生有美酒时，总也不忘唤我共饮同乐。酒酣耳热之时，便陈说美好的言辞，写作可人的新诗。那时，我俩可谓"一日不见如隔三秋"。

先生回忆说，可惜，欢悦的交游还未尽兴，分离的时候顷刻来到。两年的邻居，实在是短暂。路边相送时，举杯祝酒，却无半点欢欣。依依荆楚之地，邈邈西天之云。那时，我充满惆怅，心想，庞君走后，不知何年还能移玉舍下，美好的言语再也听不到了。

……

以上先生和庞君的这番智者的对话，是鄙人根据其大意归纳整理而成的，而当时的交谈却要轻松随意得多，不如这般拘谨客套。

晚上，翟氏将几个菜碗热了又热，鄙人也温了好几遍酒，跑进跑出的。

就这样，觥筹不时在桌上交错，话语在倾吐中深入，不知添加了几多的欢畅。门外依然白雪飘飘，远村看起来更加迷蒙。旺盛的炭火发出噼啪声,不时迸出一两颗火星,似乎拐着弯地飞到上方,在半空中"啧啧"炸响。直到红色的炭火渐渐蒙上了一层白色的灰烬。

相见恨晚,相别恨远,眷恋依依,情溢言表。

次日,惨淡的阳光照临四野。尽管是雪霁,但寒风依然在呼呼劲吹。庞君将继续其衔命使都之征程。

在这天寒地坼之时,先生执意要送至渡边。

鄙人帮忙运送行李,并负责在前方开路。

一路蹒跚而行,脚下吱吱作响,踏着厚厚的积雪来到大河边。

抬眼望去,彭蠡湖水落滩出,很像是一只银色的盘子,平坦如砥。屹然水湄的落星墩,也就是先生所指的曾城,白雪朦胧其上,像是一位河边的钓叟。黑褐色的赣江从南逶迤而至,来到高岸后,又折向东北,静静地流淌,将在不远的湖口汇入大江。

其时,水边凝结成一片不厚的冰层,延伸到不远处的水面,便化作了淡淡的縠纹。停泊的渔舟被大雪覆盖得严严实实,只有侧舷勾勒出船的大致轮廓来。几艘大船,昂首挺胸,帆杆直指青空,帆布上堆着一层高高的积雪,长长的冰凌直挂下来。

庞君踏上高高的跳板,站在舫舟上向岸边拱手作别。船只抻开了帆布,将雪絮纷纷抖落下来,缓缓离岸,发出"吱吱嘎嘎"的响声,款款而行,渐渐驶入河水的中央。先生注视着江上,不时挥动着手臂,直到高帆远橹渐渐消失。

鄙人知道,先生回去后,必定忧郁多日。就如《世说新语》中谢太傅曾对王右军说的那样:"中年伤于哀乐,与亲友别,辄作数日恶。"

下面,我等来讲述另一位庞君,后人往往将两人混淆起来。天下庞姓者本就不多,二者都来到庐山脚下,与先生深有交情,实属难得。

义熙十四年,先生五十四岁。

头年秋,东晋军队打败后秦,进入长安,正应直捣老巢,收复中原之时,十二月,主帅刘裕却鸣金收兵,迅速返回建康。先生"九域甫已一"的热望,顿时化作了一幕轻烟。

东晋王朝最高的愿望,或许只在保境苟安,尽量避免刺激北方民族。士族逐渐安于所居,接受南北分割的局面。北伐丧失了原有的意义,往往被强臣所利用,成为增益权势的托词。

在这里,保家卫国成了一个狭义的信念,被严重地玷污了,变成了黑暗的野蛮行径,变成了掩盖伤害、抢劫、盗窃等罪恶的可耻外衣。

旧都可复,升平在望,不过是欺世盗名的假象。此时的刘裕"蜂目已露",只不过是"豺声未振"罢了。

本年六月,刘裕称宋公,加九锡。至此,刘裕篡晋之想,已如司马昭之心,路人皆知。

不妨历数一下,史上有一长串君王,起初许下的诺言都是美妙动人,末后呢,坏事做绝。打着替天行道的幌子起事,上位后,为牢握权柄而无所不用其极。

此时,先生被征著作佐郎,不应辟命。依然不变的是,粮酒常乏,困苦颠踬。

这年秋日的一天,庞主簿携邓治中前来拜访。先生写下《怨诗楚调示庞主簿邓治中》以赠之。汉乐府《楚调曲》有《怨歌行》,先生沿用其旧制。

庞主簿,乃先生故交,名遵,字通之。与前面提到的庞参军,确非一人。鄙人曾在先生家见过,挺温和厚道的一个人,与先生过从甚密。当时,江州刺史王弘想见先生,亏他引荐、撮合,才得以曲成其事。

至于邓治中,为治中从事史,简称"治中",主管众曹文书,其名字和事迹都不详知。

那天,庞主簿和邓治中带了一坛好酒来。

翟氏有些犯愁,虽然倾其所有,家里除了蔬菜,也拿不出一个像样的菜。

鄙人便说,师母,别急,我有法子。

我回家一趟,拿了两条鱼来。顿时,翟氏脸上绽开了笑容,忙问我,仁子,哪来的鱼?

我回答说,头天晚上,小弟送来的,他在彭蠡湖捞的。

看得出来,两位友人的来访,跟先生不就著作佐郎的征辟有关,但彼等不是作为郡府官员来劝进的,也不是出于好奇来探听内情,纯粹是作为好友,来表示理解和关切。

鄙人协助翟氏张罗酒食,零零星星,也能听到酒桌上交谈的内容。

他们探讨的东西,十分神异和玄奥,鄙人一时难以理解。大概是天道和鬼神之类的问题。只是后来从先生的《怨诗楚调示庞主簿邓治中》里,才大致得其本末。

先生态度鲜明地说:"天道幽且远,鬼神茫昧然。"天道幽暗而遥远,鬼神也渺茫难言。想必子产的那句话"天道远,人道迩",先生深以为然。足见先生对天道和鬼神充满疑虑,皆因其多无应验。

《易经》所言"天道亏盈而益谦",即损有余而补不足;佛教言因果报应。哪有这等事?不过是表达人们的良好愿望罢了。先生表示质疑,讨之以怨诗楚调。

先生跟友人回顾了一生的忧寻困苦,向两位朋友一件件道来,仿佛过去和现今之间的界线全模糊了。

先生仅有八岁时,家严见背,这且不提。

他说,结发以来,我一心向善,俯仰之际,五十四年已过。可这几十年间,命运多舛,屡遭罹患。弱冠之年,遭逢时艰。

东晋叛乱相仍,除了官僚、军阀等人彼此争夺杀戮,平民孙恩等起兵造反外,还面临外族的蚕食,可谓内外交困,忧患继踵。

先生十九岁那年,发生了史上有名的淝水之战,东晋将士将前来问鼎的苻坚一举挫败。苻坚曾振振有词地说:"以吾之众旅,投鞭于江,足断其流。"最终东晋仅以八万军力,大胜八十万前秦军。

当时谢安听到淝水之战大胜的禀报,居然还能照旧下他的围棋,只应了一句:"小儿辈大破贼。"意色举止,不异于常。

此时,先生恰躬逢其盛。

先生虽然无缘亲征沙场,也不便前往淝水之畔凭吊,但他特地从上京来到寻阳城,久久地伫立江畔,看着滚滚东去的逝波,想象着淝水不仅被马鞭填满了,同时还有众多的尸首阻流,血流漂杵,先生胸次间层云激荡,起伏难平。

先生接着对庞主簿二人诉说，才一成亲，就弦断偶丧。遭遇回禄，又屡逢干旱。稻虫肆虐，禾田疮痍。总归是风不调，雨不顺，庄稼横遭摧残，收获的粮食还不满一廛。

悠悠夏日，饥肠辘辘；漫漫寒夜，转辗难眠。夜晚来临，便盼着公鸡早些打鸣；等到早上，又巴望日头早点落山。

遭受诸多忧患，满眼凄凄惨惨。想来，这可都是自己造成的，半点都不该怨天尤人。

可叹身后之名，于我而言，不过如浮云轻烟而已。之所以独自慷慨，悲歌一曲，乃因知音难得，钟子期才是一位真正的贤者啊。

先生意谓，我不图后世之名，所看重的是拥有难得的知音。因而自托为伯牙之善弹，而以钟子期来期许庞、邓二君。

是啊，有话不跟朋友倾吐，又跟谁说去呢？

初看，先生似怨，至此，方觉先生怨而不怨，因为他早已说过"祸福无门，惟人所召"。

很多的事情，都是缘于自己的选择，归咎于自己，这样或许就能与外界达成和谐。如果真有所谓的"天道无亲，常与善人"，以及神明有信的话，一生向善的人如何会遭受如此多的痛苦，过得如此艰难？

四

讲到这里，诸位兄台肯定要问，颜延之如何？是的，鄙人不曾忘却，哪能遗漏？只是想稍微详细谈谈，以故留到而今。

有件事情，发生在江州府上，至今想来仍不免有些蹊跷。

义熙十一年，江州刺史孟怀玉莫名地卒于任上。而时隔才几个月，即义熙十二年六月，江州刺史刘柳新除尚书令，未去赴任，即于江州意外亡故。

前后两任刺史，相隔不久，皆命丧江州，难道此地不祥？有人以为，寻阳城处大江之南，匡庐之北，皆为山川之阴，故而寻阳城属于一座阴城，阴气过盛，不宜居官。鄙人以为此说不足为凭，也不想就此过多解读。老天安排的事情，岂容凡人置喙？

也就是这前后两年间，颜延之作了刘柳后军功曹，即后将军主簿，与先生结下了不解之缘。

颜延之和谢灵运都是当时最负盛名的文学家，时人常以"颜谢"并称。

鄙人有时想，谢灵运也是东林寺莲社中人，年少于靖节先生。二者与刘程之和颜延之等人频有交往，照说先生与谢灵运之间，也应有所交集，却找不到任何痕迹，遑论诗歌唱和了。

元嘉初年，刘义庆始编纂的《世说新语》，没有收录元嘉四年故世的靖节先生的一星半点事迹，却载有元嘉十年去世的谢灵运逸事。

是先生所处的时代靠得太近？还是先生的价值尚未得到足够认识？看似成谜，实则皆与门第有关。显然，先生的声望无法跟谢灵运比肩。

鄙人尊重谢灵运，也爱读他的山水诗，喜欢他的"池塘生春草，园柳变鸣禽"，并无半点不敬之意。门阀与寒素之间的藩篱，怎可苛求一位诗人来破除呢？

而颜延之则有所不同。

他的曾祖颜含，随晋氏避地江左，官至光禄大夫；祖父颜约，零陵郡太守；父亲颜显，护军司马。虽属士族，但论勋爵，不如陶家。颜延之早年清贫，居住于靠近建康城郭的陋巷，近乎庶人。其门第与先生不相上下，因此，便有了两相交好的基础。

颜延之任江州刺史刘柳的主簿，此为二人初度接触。他有暴风雨般的激情。

颜延之在《陶征士诔》中说："自尔介居，及我多暇，伊好之洽，接阎邻舍，宵盘昼憩，非舟非驾。"

颜延之回想与先生在栗里结邻欢聚时的情景：自从你介然隐居之后，而我又有闲暇之时，咱俩的房屋比邻而建，相互间情意款款。白天黑夜一道出游，尽管不劳舟车，但一样能尽兴而归。

很多时候，他二人都在饮酒谈诗，有时也对如何处世予以探讨，各抒己见，进而推心置腹，善意地规箴。

颜延之规劝先生：独自刚正，则易遭危险；极为方直，则与世隔阂。自古哲人的出处语默，皆能舒卷自如，不落两端。

显然，颜延之期望先生更入世一些，随俗一些，是否有劝其出仕之意，则鄙人不便妄加推测。

不过，以鄙人对先生的了解，对颜君之劝谏，先生必不尽以为然，难怪面色"愀然"有间。与其说是严肃和不悦，毋宁说是惶惑和不解。于此，又可见到先生于温恺之中，不乏凛然之气。

先生对自己的立身行事，未作半点辩解，而是迟疑了半晌，对颜延之予以劝勉：违背众意，往往招致祸患；逆风而行，必有颠踬之虞。何况身体也好、才干也好，都是虚幻不实的；荣名也罢、声望也罢，也都会穷尽休歇。

颜延之好读书，无所不览，文章冠绝于时。好饮酒，"不护细行"，即不拘小节。三十岁都没有婚娶。他妹妹嫁给东莞官吏刘穆之的儿子刘宪之。刘穆之听说他才华出众，有心提携他，只是想见个面，可颜延之不买账，不去！

颜延之后做中军参军。

及至刘裕北伐，朝廷授予刘裕"宋公"称号，颜延之被派前去庆贺。行至洛阳，他来到以前的晋朝宫室凭吊。满目禾黍，荒草萋萋。真所谓风景不殊，正自有山河之异。想起怀、愍二帝被掳，社稷焚灭，先帝陵寝遭毁的惨状，不由得忧从中来，咏诵起《诗经·黍离》，泣数行下。道中颜延之作两首诗，抒发黍离之悲，亡国之痛。深得领军将军谢晦和尚书傅亮所欣赏。

刘裕掌政之后，颜延之补为太子舍人。之后再迁太子中舍人。

宋少帝即位，颜延之累迁至始安太守。

颜延之赴任位于滇越边地的始安郡，由建康溯江而上，路经寻阳，再次拜会靖节先生时，已是景平二年，一别就是十年。该年，先生已至花甲之年。

颜延之行色匆匆，逗留有时。就近住在栗里，差不多就是原先与先生接邻的旧宅。每天造访先生，自晨达昏，必酣饮而醉。

临别，颜延之留下二万钱。

先生转手送给了酒家，想喝时就前去汲酒。或者，干脆坐在酒肆，慢慢品尝，不醉不归。

按当时的币值，鄙人曾粗略匡算，三十个钱一天，举家即可食肉。二万钱不算是小数目，能买不少酒啊。

阿堵物，的确是个好东西啊！可鄙人手头，从未有过多于一千钱的时候。至于二万钱何时用完，依照先生对酒的嗜好，应该要不了多久。

有关二万钱寄存于酒家，也颇遭物议，以为先生应将获赠的钱财用于张罗家计，不应满足一己之好。

对此，鄙人是这样想的，好友馈赠纯然是赏其雅好，识其酒德，非为救患周急，供其养家。先生岂可挪作他用、偷换其义？养家是其分内之事，非好友本意。将二万钱存放酒家，随时取饮，才适得其所。

颜延之为人疏诞，不能取容于世。见到刘湛、殷景仁专当要任，愤愤不平。他曾说，天下事哪是靠个别人的智慧就能治理得了的？！词意激扬，时常触犯权要之人。

他年轻时曾任刘湛之父刘柳后将军主簿，此时便对刘湛抱怨说，我声名不足，就是由于做了你家父手下的小官。刘湛气愤难平，便告诉了彭城王刘义康，将颜延之改任为永嘉太守。

颜延之甚是怨愤，奋笔写下了《五君咏》，以赞述竹林七贤。其实，也是状写自己的心志。

刘湛和刘义康以为他言辞不逊，大怒，要将他放黜到边远的地方去。宋文帝出面调解，给刘义康诏书说，应该让他去乡间思过，犹不悔改的话，就驱往东土；竟至于难以饶恕的话，则依事量刑，只管抓捕好了。

此后，颜延之屏居独处，不与人间之事，达七年之久。

就在这期间，靖节先生于栗里南村孤寂仙逝。

不久，哦，鄙人记起来了，是元嘉四年十二月，约于先生故去一月后，延之来了，这是他第三次看望先生，不过这次是去墓地。

那天，鄙人正从山里烧炭回来，身上满是灰土，脸上也沾了些烟火色。正蹲在溪石上盥洗时，有人从栗里带信来，站在岸边说，请我明日务必抽空去趟先生家。

其实，我也早有此意，近期要去一次，送点木炭给师母。山地天寒得早，进入冬月就开始烤火了。何况今冬先生不在了，那种凄清空落的感觉，会让师母觉得特别的寒冷。

翌日一早，我脚下带风，便来到栗里，不知有何急事需料理。师母一家正人手一碗，或蹲或站，靠在朝阳的墙边吃芋艿。鸡犬守在面前，身子前倾，拿出随时争抢的架势，等着扔下芋艿皮来。

翟氏见到我说，仁子，你来了，快去锅里拣芋艿吃。好像邀请我来，是为着吃上一碗热乎乎的芋艿似的。

我忙说，师母，我吃过了。

山里的芋艿个头不大，蒸着吃，很粉，吃在口里，满嘴的粉。此时，陶俨想说点什么，一张口，粉末就喷出来了，赶紧打住。

还是陶佚从容，他说，陶仁兄，请你来，是因为父执颜延之先生来了,你跟随家父多年,你来陪同颜先生吧。

鄙人知道,老二为没能让先生过上体面的日子,一直心存愧疚。凡涉及先生身后之事,他都很上心。

我回答说,没事的,交给我吧。只是颜先生眼下在哪里?

陶俨说,颜先生昨天见过,一会儿就过来。

翟氏说,仁子,你来了就好。

鄙人得知,颜先生就下榻于原先他居住的旧宅。

不一会,颜先生穿一身布衣便装走来,虽未束带蹑履,但呈现的是文人的风流蕴藉。但见颜先生脸颊和鼻翼透出潮红,额头上微有汗珠,他掏出方巾不时揩拭。后来我才明白,这是服用五石散后的惯常反应。

五石散,又称寒食散,为长寿之方,其药方托始于汉人,魏人何晏始服。药性燥热,服后全身发热,须冷食,饮温酒,冷浴,散步等。如不散发,则须用药发之。

陶俨、陶俟上前招呼,翟氏看茶。陶俟向颜先生引荐鄙人。

颜先生笑言,哦,知道知道,您就是渊明先生所说的"人子"吧,又是陶先生的门生,幸会,幸会!

他喝了一口茶,又说,仁兄,在下此番来,一则祭奠渊明先生,问候兄嫂和侄儿;一则想寻访渊明先生左近的行迹。需占用一点工夫,不知仁兄是否有闲?

鄙人立即点头应允,没事,悉听先生吩咐!其实鄙人正求之不得,早就想沿着先生经行的足迹走上一遍,用以寄托为人之徒的幽思。

颜先生补充说,这一行我自有安排,不劳费心。我知道,他指的是开销。

先生的墓地,隐蔽在栗里西南面的山林里,此山为庐山山麓,不太高,乃陶氏茔冢,称为松树山,先生之墓冢位于东北一隅。

鄙人陪同颜先生来到墓地时,晨曦方始照临其上,露水还未尽退,颜先生的鞋面和下摆均被打湿。

先生的墓碑没有竖立,由几块土砖代替。按照当地风俗,应于次年清明之前竖立。既然先生曾明确表示过不树不封,也就只能维持现况了。

鄙人将带来的饭菜放在墓前,焚楮燃香。并在周边扯来几茎迟开的野菊,放在先生跟前。

颜先生倒了三杯酒,一字排开,置于土砖之下,香烟袅袅地升入上空,在上方高大的松树枝条上萦绕,禀报谒者的来临。

他提起长衫,趋身向前,跪下来,将酒杯举起,一杯杯醊献于地,又一一斟上。他轻声地诉说,还记得先生的忠言"违众速尤,迕风先蹶",良有以也。

颜先生准是由自己遭逢的种种挫折,想到渊明先生早年的箴言,不幸应验,可谓心悦诚服。

他再一次醊酒于地,然后缓缓起身,连连摇头说,明哲之音,再也聆听不到了,还有谁来箴规我的过失呢?

鄙人看到,颜先生的眼圈红了,身子也略有些飘摇。这恐怕也是服用五石散后,加上情绪波动,所产生的迷幻效用吧。

从墓地回来,稍事休息,鄙人带颜先生去了醉石。其实,是颜先生带我去的,他比我还熟悉。先生生前曾经和颜先生一道出去行游,也在那里喝过酒,歇过脚。

之后，去看了一下斜川，他和先生也曾坐在东皋山上，观水涨水落，看鱼跃和夕照。

当天，鄙人又马不停蹄地陪颜先生去了上京，匆匆间，走访了一下村落，与一二野老交谈，又去西畴稍稍逗留了一下。天色欲晚，颜先生才回栗里住下。

鄙人当晚回到上京，着手明天的行程。我吩咐两个儿子，做好抬轿的准备。

次日一早，鄙人父子三人赶到栗里，翟氏正在早炊。

鄙人的两个犬子，曾经是先生的轿夫，一前一后抬着篮舆，远至州府，近到水滨，翻山越岭，过桥涉水，哪里没去过？如今篮舆闲置在家，先生再也不能乘坐了。颜先生今天去庐山垄，正好能派上用场。

跟师母打过招呼，便把篮舆取将出来。稍稍打理、归整了一下，放在场圃上，只等颜先生的到来。

一行人抄了近路，翻山越岭，花了大半天，来到康王谷。一路上颜先生兴致勃勃，看得仔细，似乎在对照什么，思索什么，不时地点头。鄙人猜测，颜先生一准是默念先生的《桃花源记》，并将沿途所见，一一加以比对吧。

果真，颜先生回头跟我说，仁兄，没错，应是此地，当属渊明先生笔下的桃花源无疑。

一行人在姓康的杜村住下来。

傍晚，鄙人陪颜先生在山道上随意走走。路上的乌桕树，落下一地的叶子，红的黄的褐的，五彩斑斓。

右侧的山梁上，一道瀑布被冰封在崖壁上，如琉璃般闪闪发亮。有村民告诉我等,每天午后太阳照临时,冰瀑就会自行脱落,"哗"的一声,整个峡谷都为之震响。

走到康王谷的尽头,先生还想渡过小桥,到对面人家去。鄙人劝阻道,颜先生,山里寒冷,还是回走吧。遂原路折回。

天暗下来,主人家点起了油灯,在地炉里烧了一炉炭火。主人取出了陈年谷酒,主妇端来了一大盆麂子肉,一碗板笋烧肉,还有两个素菜。颇有点"设酒杀鸡作食"的味道。村民既种田,也打猎,野味自然少不了。

山里寂静,只有从顶峰下的筲箕洼发源的庐山河,尚在汩汩地流淌,发出低回的鸣响。

饭后不久,村里人早早地睡下了。鄙人的两个儿子,因劳累了一天,也早就呼呼大睡,沉入了梦乡。

颜先生兴致颇高,依旧坐在炉边烤火,似乎仍在回味谷酒的醇厚和劲道,感受村中的盎然古意。鄙人替颜先生续好茶,也在一旁坐下。

鄙人想,颜先生乃一方诸侯、延誉四方之大文豪,而鄙人竟能侍坐于深山之中,何其幸哉!又想,若非靖节先生之门生,又何来此幸?

不知哪来的自信和勇气,鄙人竟主动跟颜先生说,渊明先生知道颜先生来此,想必尤为欣慰。

颜先生笑问,为何啊?说来听听。

鄙人回答,因为颜先生走进了渊明先生所心仪的理想国度。

颜先生沉吟不语,一会儿说,是啊,当渊明先生无路可走时，桃花源是他获得人生突围的突破口，也是他精神最后的出路和归宿。

颜先生有些动容，在炭火的映照下，两眼泛红，看得出，五石散虽呈强弩之末，但仍在发挥作用，他身上有一种昏昏欲睡的醉意。眼下，颜先生似乎也跌入人生的低谷，无疑也在寻求人生的突围。或许是饮酒善感吧，鄙人听他这样看待桃花源，感动得眼眶也湿润了。

看到颜先生并无多少睡意，鄙人就往地炉里多加了些木炭，炭火变得旺起来。颜先生伸出一双手，不时地翻转揉捏，头微微倾侧，长时间盯视地炉，陷入了沉思。

良久，他说，渊明先生的桃花源，不是随手画出的一个用以充饥的大饼。

停顿了一下，看了一眼鄙人，又说，桃花源犹如释道二教之缘起，悉由苦难铸成，实乃悲伤所结之果，可视为渊明灵魂之绝地重生。

鄙人默默地倾听，仿佛也悟出点什么来。

整晚都在枕边听水，不知颜先生是否睡得安稳。

次日又穿过峡谷，从山脊上行，来到东林寺。就不一一叙说了。

本来说好了，还要去彭泽县衙的，可能因为路途遥远，加上几天的旅途劳顿，颜先生取消了行程。事后，老朽才得知，之所以临时变更，乃是因为江州战乱纷纷，死殁无定，令人惶恐不安。

鄙人父子三人是在东林寺与颜先生作别的。

行前,颜先生叮嘱我,请禀告师母,在下事先已与江州府君有约,就不再回栗里南村了。仁兄,多谢一路陪同照应!就此别过,保重身体!

说完,像是想起了什么,他从怀里窸窸窣窣掏出数张纸页来,递给鄙人说,日前所撰,词不达意,见笑大方,还望仁兄教正,并烦请转交师母为荷!

这便是《陶征士诔并序》。

鄙人手抄了一份,保存至今,而将原稿交给了师母翟氏。不得不承认,初读时,不甚了了;慢慢品读,则越读越妙。

五

此乃一篇奇文,值得我等来好好赏析。

颜延之首次对先生的隐逸行为和高洁人格,予以高度且恳切的赞述,于先生当世乃至后代的声望造就,其影响之深,怎么估价也不算过分。或可说,颜延之是先生所遇之贵人。

然而,奇怪的是,颜延之与先生之间,似乎又是单向性的,并不存在想象中该有的互动。先生长颜延之十九岁,为忘年之交。颜延之的诔文,记录了双方的交往,二者却从无诗歌唱和酬答,先生诗文中也未有只言片语提及对方。

鄙人观察到,颜延之恃才傲物,锋芒毕露,好面折人过,恐为先生所不乐见。说到这里,鄙人仿佛看到先生曾"愀然"作色。但奇怪的是,这似乎不影响二者的真诚交往,因了先生的雍容大度。

而延之作为吾朝诗坛"盟主",秉持士族文学的主流价值,其所取重于先生的,却非诗文,而多在其隐逸之举和人格。如此看来,彼此不曾在诗文上切磋,也在情理之中。

时候还不晚,鄙人不妨和诸位兄台来重温一番部分诔文。
"夫璇玉致美,不为池隍之宝;桂椒信芳,而非园林之实。岂期深而好远哉?盖云殊性而已。"
意为璇玉极其美好,却非护城河里的宝物;桂椒确实芳香,但非普通园林中的花果。难道是彼等期望隐匿在深林和远山吗?大概是天性各异罢了。
颜先生赞美先生天资高洁,其隐居不仕,并非有意与世为忤,而是天性使然。因而天子不能臣,诸侯不能友。
接下来,他说,那些稀有之物,凭借世人的爱好,尽管无腿,却从远道而来;那些鄙吝小人,尽管受人鄙薄,却也每每硜硜然立于朝中。
渊明隐逸不出,固然本自天性,还因为用世者并非真正求贤若渴。他也曾依照儒家拿起过,后遵循道家又放下来了。
颜先生赞美远古隐士峻节抗行,慨叹隐逸之遗绪中断,后继乏人。而渊明先生这位南岳之幽居者,却是古风犹存。
刚才有兄台说,想知会先生在颜延之眼中的具体印象到底如何。这也是鄙人颇感兴趣的地方,我等不妨借助其诔文接着观摩。
颜延之在诔辞中描述说,渊明先生从小便不喜欢嬉戏,长大又性情淳朴。"学非称师,文取指达",即对于学业,他不以师尊自许;写作诗文,仅为表情达意而已,不重文采。

他说均妥,唯"文取指达"之论,则鄙人不敢苟同。孔子说"辞达而已矣",何况先生之诗文远过于此,足称"文质彬彬"。这里就不细说了。

颜先生论及先生个性时,说"在众不失其寡,处言逾见其默",状写先生,如在目前。先生的确是这样的,在稠人广众之中,显得落落寡合;于热烈谈议之时,愈见其沉默寡言。是所谓尸居而龙见,渊默而雷声。出处默语,常无其心而付之自然。

颜先生说,渊明先生自幼贫病交加,又无仆从侍妾,不堪汲水、舂米之劳,连野菜、豆子都匮乏。上有老母,下有弱息,可谓母老子幼,忧勤劳作,尽心供养。为了生计,才不得不为官。

起初,他多次不应州府征召,后赴任彭泽县令。因难取容于世,便辞官不做,从心所好,远离纷扰,隐居田园,过上耕读自足的生活。"人否其忧,子然其命",人不堪其忧,而先生不以躬耕为忧为耻,而是作为自己的命运来加以接受和顺从。

先生爱奇书,喜饮酒,删繁就简,成其省旷。

之后,朝廷诏征为著作佐郎,他推脱有病,不再出仕。身患疾病时,不求神,也不服药,"视死如归,临凶若吉"。

……

延之的诔文,充满伤悼之情,可谓气格高迈,发自肺腑,感人至深。

多年来,鄙人将其诔辞置于枕边,时常温习之。读其文,如睹先生其人,愈见颜先生之情深意笃。

鄙人常想,我已垂垂老矣,情愈近于晚秋之悲,或曰近于诔辞之伤。先生"其宽乐令终之美，好廉克己之操"，鄙人最为叹服，穷其一生，都在不懈地追而效之。然而，借用子贡赞颂孔子所云，"夫子之不可及也，犹天之不可阶而升也"，先生于我亦如是。

诸位，鄙人言辞有些沉滞了！还有一点时间，继续回到颜延之的话题来吧。

前面说过，颜先生屏居独处，不豫人间之事达七年之久。之后，想必反躬自省，洗心革面了吧？

没有，依然故我，还是从前的颜延之。

宋文帝曾召见颜延之，传诏多次，均不见。每日沉湎于酒肆，裸袒身体，吟唱挽歌，不予应对。他日酒醒之后，才去觐见。

当时沙门释慧琳，以才学被宋文帝所赏识，朝廷政事多与之商议。于是，天下文士翕然趋之，多有攀附他。宋文帝每次引见，都要单独为他升座。颜延之甚是鄙夷，借着醉意对宋文帝说，过去，宦官赵炎与汉文帝同辇而坐，大臣袁盎正色而谏。这三司之座，哪能让刑余之人上坐呢？宋文帝闻之色变。

不过，颜延之尚能善终，只是死得有点离奇。

颜延之有位爱姬，少了她，颜先生不敢宁居，食不饱，寝不安。爱姬凭着宠幸，娇纵任性，竟将颜延之从床上荡下地来，摔成重伤。颜延之的儿子颜竣，时任吏部尚书，一怒之下，便杀了她。颜延之痛惜至极，茶饭不思，坐在灵柩前哭道，是贵人杀了你，不是我杀的。

冬日举哀哭丧，颜延之忽见爱姬飘摇而至，手推屏风，倾压而来。颜延之受惊不浅，跌倒在地，因此起病。孝建三年，颜延之去世，累迁光禄大夫，享年七十三岁。

颜延之性格偏激，纵酒过度，肆意直言，从无顾忌。他居身俭约，不营财利，布衣蔬食，独饮郊野。当其尽兴之时，则旁若无人。

诸位兄台，关于颜延之，鄙人说得也够多的，之所以如此，不是因他对先生赡给甚厚，而是因他身上有文人真率的余绪，不乏魏晋风流的遗韵。他是性情中人，在率性方面，他比先生走得更远。汝等不认为，从他身上可见先生被加倍放大后的影子？

有人说，正是因为先生从颜先生身上，看到了自己极想克服的一面，所以才避免与之有饮酒游玩之外更多的交流，包括诗文上的唱和。

鄙人不好说，鄙人也不敢说。我想，该不至于吧。

六

如果说，凡与先生有过际遇的，都可以视为交谊，那金宝也算一个吧。

早年间，先生在江州府任祭酒。祭酒，属文教类职务。虽是"从事"之类的小官，但联络文坛诸友倒也方便。得闲时，先生便去参加一些诗文唱和之类的雅集，无非是吟风弄月而已。

让他感到收获颇大的，兴许就是结识了青年才俊金宝先生。第一次见到金宝，颇有相见恨晚之叹，几乎可以列入他生活中一件不算小的事情。以致二人割席分坐多年后，翟氏还要捡起来说，那时，你从公廨回来说，今天见到了金宝。

金宝僦居于寻阳城锦安里的一间民房里，窗外可见山坡上的一大片林地，郁郁葱葱。那里的鸟雀啾啾是他所喜欢的，他据以联想到老家的村居岁月，消解了他身处异乡的羁旅感。

他的书架不够用，书籍四处堆放。先生到来后，金宝让出了书案边唯一的那把椅子，坐到了床沿上。彼此的交谈于焉开始。

魏晋文学，建安七子，竹林七贤，等等，几乎无所不谈。谈得最多的莫过于当世的清流人物，这也多半就是《世说新语》中的那些逸事了。

其时，有两只蝙蝠从开着的窗口飞进飞出，闪电似的穿插，巧妙地躲过对方，从不相撞。

金宝原本在乡间开馆授徒，因出过一本小品，颇为文坛耆宿所重，以为江右之俊彦。他被寻阳书院（庠馆）录用，整理典籍和文献。

有关他的不求闻达，不营俗务，谦卑自牧，几乎尽人皆知。他身上被赋予了一丝神秘色彩：在这个崇尚门阀的时代，竟还有个甘于清贫，视门第为敝屣的人。总之，在文友眼中，金宝土木形骸，几乎是个苦行者。

先生很欣赏金宝的文才，终于发现还有一个跟自己性情稍近之人，自然视之为同道。

辞去江州祭酒的那年，农忙结束时，先生前往寻阳城访友，少不了去找金宝。当他走进金宝寓居的小屋时，发现里面更加凌乱,唯一的那把椅子也不知去向。取而代之的是,他将一只抽屉竖起来当座位。

他俩只好都坐在床沿上攀谈,木床因受力不均,一时分崩离析,坍塌下来,床上的书籍都赶往床铺中央聚合。

先生笑了一下起身,看看光景快近午时了,就邀金宝去小酒馆。

酒馆边有一片荷塘,正盛开着荷花。头天的一场大雨在墨绿的荷叶上残留着水珠,像珍珠一般不时滑动。微风携带着薄荷的香气吹来,让人倍觉清新。两人喝了不少酒,边喝边聊,谈了一会儿《庄子》,又谈了一下《列子》是否为伪作。

后来,继先生之后,金宝也进入了桓玄幕府,也有说是先生引荐的,所以,二人有过一段不算短的共事期。

对于金宝这个不问世事、埋首坟典的人,先生始终视为袍泽之交,在诸多方面尽己所能地照顾他。

在一次涉及军务的文件草拟时,金宝弄错了日期,差点贻误了军机。当依军法论处,至少是重揍一顿军棍,逐出幕府。是先生出面,将责任全盘揽下,替他说情,才免除了惩罚。

事后,有朋友在先生面前打破嘴说,先生拟任刘裕镇军参军时,有人揭发先生曾任桓玄幕府,不可叙用。先生怎么也不肯相信,此人竟是金宝先生。

他不应有此动机,也无此必要。就算先生对他不曾有过恩惠,但也未曾加害过他。先生只是一笑了之,也许有人不想看到他俩走得太近呢。

前面说过,先生从彭泽辞官不做,理由是程氏妹丧于武昌,虽然更内在的原因是"质性自然，非矫厉所得"，但直接的诱因，乃是不肯束带见督邮。

鄙人深感悲催的是，你可以不关心或逃避当道，但有一天它会自己找上门来的。你几乎无所逃于天地之间。

尽管先生台面上的理由无懈可击，但人家督邮也不傻。那次遭受的怠慢，让他恼羞成怒。连先生属下的老吏都能看出来，后果很严重。即使先生离职不干了，督邮仍心怀嫉恨。

那天，上京来了一位神秘的客人，是州府派来的一名官吏。他面庞黧黑，倒有点像是庄稼汉，对先生挺客气，就跟先生的一位旧友一样，两人有说有笑地出门了，像是去行游。谁也没料到，接下来会发生什么。

事后，先生才告诉家人，他被带到公廨的一个偏僻的小间。那名官吏反身把门合上了，依然很客气，请他坐下。让他帮助回忆两件事情，可以用笔写下来，也可以直接谈出来。

官吏作了一点必要的提示，可这两件事先生均不知晓，他无法说清楚。

午餐是送到房间来的，陪他吃饭的是另一个人。那人只是跟他闲聊，七扯八扯，跟他来这里的事，一点关系都没有。看来，这人不过是临时的值守。

饭后，先生有午睡的习惯。从上京来这里，尽管乘坐的是马车，毕竟有这么远，他的确有些犯困了。房间里也恰好有一张床，有全套的铺盖。照说，倒下头就能睡着。

此时，值守者刚出门，先前的那名官吏又来了。他脸上冒着饱食之后的热气，一边剔着牙，身边还跟了一名小吏。官吏乐呵呵地笑着说，陶君，没好招待，委屈你了。

接着,他在床沿坐下,一只脚踝搁在另一只脚的膝盖上,不住地颠动,说,哎呀,文人多遭不公,自古而然,有何办法呢?汝等不一定做过什么,不过是清醒一些罢了。看上去,他倒像是在替先生说句话,至少对先生的处境抱以同情。

过了一会,官吏又说,或许就是这点清醒害了自己呢。他为能说出这句警语,得意地笑出声来。

先生一直吝于启齿,刚才的困顿变成了气恼。这种造作的友善,令人作呕。

官吏似乎很有耐心,并不急于让人说什么,似是只想和先生交朋友。他用指关节敲打着桌面,甚至轻声哼唱了两句地方戏。面带微笑地审视着先生,似乎想看手里的猎物如何挣扎。

官吏还不时起身在室内踱步,而且不停地叹息,像是为先生的遭际表示惋惜,正在寻求某种解救措施。

僵持了好一会儿,官吏挠着后脑勺,开口道,早点说吧,早说早回,赶回家还不晚,家人还在等着呢。

窗口,渐渐暗下来,太阳快落山了。窗外分明可见:夕阳照在一个人字形的屋顶上,呈暗黄色。一棵苦楝子树上,小鸟在叽叽喳喳叫个没完。

等到小鸟都平静下来时,官吏有些挂不住,脸在拉长,下沉,满脸戾气地说,我等最好赶在白天之前结束公务,不然,晚上就会更换一批人来,彼等的脾气可没有我这么好哇。

先生依旧只是沉默。他在焦虑,家人尚不知道自己的去向,肯定会着急的。而官府对这一点根本不予理会,没有半点要告知家人的意思。让一个人凭空消失得无影无踪,彼等也是做得到的。

窗口的蓝色完全转变成灰黑时,夜幕真的已经降临了。四周是充满敌意的寂静,气氛显得极其沉闷。

先生有些愤怒地说,我要控告汝等!

官吏朝地上唾了一口,冷笑着说,没有用的,就算你是一位大文豪,也没用,我等会封你的笔,没有我等的同意,你连一个字都别想刊印出来。

显然,彼等过高地估计了自己的力量,不可能做到这点,而且永远也做不到,因为时间终究会站在先生这一边。但是,要逞一时之强,也是完全做得到的。

随后官吏出去了一下,进来时,一手伸进裤口袋抓痒,一手捏了一份材料,大概有两三页,他说,不是我等有意为难你,而是有人弹劾你了,即使你不说,事情也都明摆着。他拍打着纸页。

先生抬起头看了一眼。官吏动作有些夸张地将纸页飞快地遮掩起来,并说,这可不能给你看。

事实上,官吏并没有想完全掩藏的意思,而是故意放在先生的眼皮底下,然后,偷偷地观察先生的反应。玩欲擒故纵的把戏。

想来今天还是自己的生日呢。以往翟氏都会煎一只荷包蛋作为额外的犒劳,而眼下,官吏还在跟自己玩猫捉老鼠的游戏。可以想见,先生无法在这个世界的荒谬面前,仍产生幽默的心情,他厌倦这种游戏,因为它破坏了自己内心的庄重。

不过,就在那一瞥之间,先生还是发现了什么,一时又不敢确信。他和材料的书写者之间曾有过书信往来,那字迹是自己所熟悉的。

也许是看到先生对材料兴趣不够大,官吏便主动让步,说,其实,给你看看也无妨。

他将那三页纸轻蔑地扔给了先生,哂笑了一下说,有趣的是,据说汝等之间还是好友呢,你可以看看人家是怎么弹劾你的。

先生看了一下落款的署名,不由得脸色煞白。果然是金宝写的。

接着,先生阅读信件,内中检举了他曾在桓玄幕府供职一事,以为是"不洁去就",将先生的仕玄看作是历史污点。这也印证了上次的告密确有其事。之外,还列举了两件无中生有的事情,皆与课督无关。先生勃然作色。

官吏饶有兴味地笑道,是不是有些突然?没想到好友会来这一手吧?你并没有错,只是因为你太老实忠厚,遇人不淑。看来,交友不可不慎啊。

接着,官吏问,你怎么说?

先生仍是一言不发,双眼盯着地面。

这点事算个屁呀,哪个官吏没有?你只需在上面签个字,署上年月日,此外,多一个字都不用写。官吏说道。

签字吧,对你不会有半点影响,没人知道这件事,到我这里就了结了。你照样回去干你的农活,写你的诗,都不碍事。官吏保证说,显出少有的诚恳,几乎有点苦口婆心了。

不过,先生没有承认彼等的指控,最终没有签字。他能放出来,始终是个谜。也许有人适时地出来替他说话,解救了他;也许督邮只想要耍威风,挽回一点面子,顺便也杀杀先生的锐气,并不想过多地刁难他,故而点到为止。

兴许禁闭的时间过长,先生走出房门时,有点儿晕眩,差点绊倒了。

走过厅堂时,他看见一帮皂吏正在更换行头,一副打算收工的模样。彼等将褐色的方巾搭在肩上,或咬在口里,一边系鞋襻或者扣扣子,一边还顺便交换一天的收效。

有人抬头朝先生乜了一眼,随后便和同伴无所顾忌地揶揄了两句,低声地笑出来。

十二月的夜晚有些清冷。先生赶紧离开厅堂,来到室外。寻阳城里摇晃着婆娑的夜影,行人在街道上行走,有点载沉载浮的感觉,面目模糊不清,无一例外浮现出冷漠的神情。两条狗在垃圾堆里刨食,翻找一通后,又讪讪地走开另觅他处。

泓淳浩淼的鹤问湖上,芦风水响。凛冽的寒风在寻阳城街巷间肆虐穿梭,奔走呼号。好像这个世界举起的鞭子,向先生无情地抽打。他不由得裹紧了衣衫,缩紧了脖颈。

以往他会去走亲访友,今天他没有丝毫的兴致,哪里都不想去。尤其不想去找文友。说实话,有些文人确实无行,令人倒尽胃口,一辈子都不想见。

他走过街边一棵大树时,一阵风吹来,树上的叶子好像在等着他似的,纷纷飘零下来,像雪片似的,飘飘摇摇落到他的前后左右。瞬间,他差不多就在这些叶片的背后隐身不见了。

有一片掉在他头上的葛巾上,还有一串带梗的叶子也落在肩头上。他感到了亲昵和友善,内心生起一丝暖意,一一摘取下来,帮助彼等回到地面。他不想踩在枯叶上,但却无法避开,脚下发出"沙沙"的声响,四周因而热闹起来,也就显得没有那么寂寥。

叶生为春,叶落为秋。再回头时,他看见一地的黄叶匍匐着,似乎在等待着一阵风、一场雨的来临,将它们全部捎走。而树上呢,叶子几乎掉光了,只剩下光秃秃的枝丫。

暮色中,水边的荻花映着微弱的水光,白晃晃的,在轻轻拂动。

在这凉浸浸的夜晚,先生整宿未眠,像个幽灵似的在寻阳城里徘徊。然后,他沿着大湖的岸边走了许久。好在先生才过不惑之年,抵御风寒,也还差强人意。不过,那一整夜,先生到底想过什么,谁都不知晓。

次日一早,欲曙未曙之际,鹤问湖的北岸,垂柳牵风引浪。先生隔着广阔的水面朝南看去,昨夜还是一片黑黝黝的群峰,竟然一夜之间都白了头。啊,庐山下大雪了。

从这个角度看去,可以见到庐山最宽的幅度,从东到西,一览无遗。白雪将峰峦间的皱襞,勾勒得纤毫毕现。以往那些柔缓的山埂,变得像刀刃一样笔挺和锋锐,寒光闪闪,为大地平添了一种生硬和严酷的感觉。

先生朝南山走去,山的南面就是上京。想到那里有这个世界还惦记着自己的妻儿,心里便有一丝暖意,他加快了脚步。无论发生什么,生活还得照旧。

也不知走了多久,曙光初现,映在雪山之巅,丘壑更加分明了。只是染在刀背似的山脊上的光亮,呈殷红色,有如刀光血影,显出不祥之兆。他不敢过久地凝视。

晨风中,先生回到上京。村里升起了炊烟,在高空的冷气压力下，四散飘逸。

翟氏想必也是一夜无眠，害怕先生路遇兵旅，遭逢不测。一见到先生，便黯然泪下。

当天晚上，开始下雨，不久就停了。但空气中饱含着雨意，似乎随时还会来上一阵豪雨。是所谓天欲降大雨于斯地，必先酿其声，造其势。

骤然间，雨又下了，且大得惊人。从大门看过去，雨脚如麻，溅起的水柱像倒置的冰凌，一道无边无际的水帘从天而降。这绝非寻常的降雨，像是天神在发怒。

先生坐在矮榻上，依旧意色平和，看不出遭受过重创，并不显得虚弱和沮丧。双脚浸泡在师母端来的脚盆里，相互摩搓，里面的艾叶散发着苦涩的气息。

一夜之间，先生的鬓边，凭空多出了几茎白发，显得苍老了许多。镇静的外表下，是激战之后疆场上可怕的沉寂。

鄙人知道，这件事伤害虽然不那么大，但是有极强的侮辱性。他恨那些酷吏，彼等冷血、贪婪。同时，他对金宝的弹劾感到困惑不解。

先生不止一次地跟我说，我不曾伤害过金宝。

是啊，鄙人也始终不明白，他为何要这样构陷先生。人心之不同恰如其面。

鄙人对人性虽不甚了了，但对妒忌心还是深有体会的。就拿我来说吧，儿时的朋友纷纷离我而去，甚至在背地里攻讦我，而我也不曾做过对不起彼等之事。也许就是因为我跟随先生之后，活得像个人样，而和彼等有所不同吧。

金宝出道较早，也许先生声名未显时，金宝就已蜚声江右了。他像个被惯坏的孩子，很任性，举目四望，以为四封之内莫如己者。及至先生位望日隆，尤其是被启为彭泽县令时，金宝仍是个小职员，便颇不平衡。

金宝有许多想逃避但又不得不面对的问题。一些琐屑的小事，都足以让他焦头烂额。鄙人想，金宝内心的纠结是难以想象的，人性的阴暗面或许就此激发出来了。而病态的想象力让他把自己的痛苦加倍放大了，乃至绝望，而意欲将此世界毁之而后快。

等到先生辞官回家时，一向卑微而怯懦的金宝，便暗自舒了一口气，先生的地位一下子与他拉平了。先生的离职，胜当是自己的升迁。正当督邮来找先生麻烦时，他便跳出来为官府带路，进而加以弹劾。

金宝做这些事时，没有丝毫的愧怍，相反，有一种报复的快感。他准以为先生不可能知道是他干的，因为一个人倒霉时，下手者绝不止一人。

其实先生看得很清楚，他在《感士不遇赋并序》中说："雷同毁异，物恶其上。"世俗之人，皆喜人之同乎己，而恶人之异于己也。人们也总是嫉妒别人在自己之上，是的，物性均以己为善，越己为恶。

事实上，所谓的同僚，也许是最不愿意看到你过得好的人，与你暗暗较劲，至死方休。尽管彼等也过得不好，但看到有谁倒霉时，就会毫不留情地落井下石。彼此熟悉，最容易起攀比之心，心怀觖望，进而媒孽其短，栽赃陷害。

上面的一番议论,诸位兄台定会质疑我:你未曾为官有过同僚,何来许多感慨?哦,鄙人还有一段本不想提及的经历,为便于对先生处境的理解,也不得不做点补充交代。

先生谢世后,我曾于江州担任过一位贼曹的副官,无非是协理惩办盗贼之类的公事。说来,鄙人也受益于先生的荫庇,知我是其弟子,而破例录用我。

贼曹是一个治安机构,人员极为庞杂,大多为官僚的裙带关系,一部分为归顺后的流氓地痞。且看彼等是如何行事的:手持刀叉剑戟闯入私宅,不由分说先将人绑了,然后翻个底朝天,趁机将细软之物收入囊中。彼等本身就是一群十足的强盗和恶棍。为了立功受奖,而尽快定谳,进而拷治榜掠,草菅人命,无所不用其极。由于分赃不匀,同僚间尔虞我诈,钩心斗角,其复杂程度远超乎想象。

这哪是我的容身之地?大概有个两三年吧,我就卷铺盖走人了,也算是弃官不做吧。有人强称之为"隐居",姑且算上一个吧。当然,和先生的归田,不可同日而语,但说到有无受到先生的影响,那也是肯定的。

回到先生的话头。回上京后,先生只想过点清静的日子,几乎谢绝了一切往来。

一位堂叔的儿子娶亲,给先生下帖。去还是不去?要不让陶俨代为出席吧?先生跟翟氏商量。翟氏说,同为一个亲房,你自己不去,恐怕人家会道论。

快开席时,先生赶去随了个贺礼。

堂叔并没有安排他坐上席,而是带着先生找到一个空位安置下来。先生甫一坐下,谁知席上有人立马离席,脸上还带着些微的愠怒,嘴唇嚅动着,显然是在表明耻于与之同席。弄得一桌人都悄悄地拿眼瞅先生。这人原先待先生很是殷勤,先生为官时回家省亲,他有事没事还常来串门。

散席后,先生回到家里,神情上还是能看出点什么。别以为过去的事都过去了,其实,并没有真正过去。尽管他想过要忘却,有人却揪住不放。

鄙人对本地的民风略有所知,少有深情。一当见到身边有人遭到不幸时,就表现得更加的无情和冷漠,几乎看不到一丝温情。

诗人少达而多穷。先生枉遭迍邅,孤愤难平。我等绝不可将先生视为却粒之士、餐霞之人,或为修炼到家、不嗔不怒的圣人,也就是说,不能一味地以平淡、静穆视之。先生也是一个有血有肉、充满血性的人,只是他比常人更擅于隐忍不发而已。

司马迁曾说:"《诗》三百篇,大抵贤圣发愤之所为作也。此人皆意有所郁结,不得通其道也,故述往事,思来者。"

鄙人想,先生岂非如此?他卓越的文学成果,能说不是发愤之作吗?

七

还有两个人物,说不上是先生的知己,但能借以反映先生心性,鄙人也不得不提一下,就是前后曾任江州刺史的王弘和檀道济。

先生移家栗里后,交游并不广,但层面较高,因而名声渐大。虽"绝州郡觐谒",尽量避开州府长官的叨扰,但树欲静而风不止,仍不免其烦。

鄙人且将流传于坊间的一段佳话转述如下,诸位姑妄听之,视作趣谈可也。

王弘,名元休,是王导的曾孙、王珣的儿子,名门之后。义熙十四年,王弘赴任抚军将军、江州刺史。他早已风闻先生隐逸之事,很是钦迟。到任下车伊始,便想亲往造访。谁知,先生称疾不见。

有人劝告先生,府君亲自登门拜访,不宜不见。

先生说,我生来不合于世,不过是在家养病,守着一分清闲罢了,并非标榜志向高洁,以博取声望。哪敢以王公的屈驾光临,来增重自己呢!

接着,先生又说,人往往因不贤而犯错,这也是刘公干招致君子非难的原因所在,他的罪责可谓不轻啊。

刘公干失敬罹罪的典故,想必诸位是知道的,且容鄙人再稍加说明。

刘桢,字公干,"建安七子"之一。刘桢生性倨傲,任达不拘。一次魏文帝曹丕宴请文学大家,酒酣兴高,便请夫人甄氏出来会见,以助雅兴。座中诸人均匍匐于地,无敢仰视者,唯刘桢平视不避。遂因不敬而治罪,罚作苦役,终生不得叙用。

先生想说的是,公干之鉴在前,江州府君虽不比帝后,但也是轻易得罪不起的。只是自己本性如此，并非有意冒犯。

王弘被婉拒后，并不介意。相反，他愈加急于一睹先生真容，常让人留心先生的去向。

有一回，得知先生将往庐山，王弘便差遣先生的好友庞遵带着酒水，早早地恭候于半道。先生看到好友有酒，便随好友在一间野亭坐下，喝将起来，欣欣然，竟忘了今天要去哪里。此时，王弘方才露面。先生与之相见，了无忤色，也不觉得突兀和尴尬，一道欢饮终日。

见先生的鞋子破旧，王弘就示意左右帮他制鞋。左右之人忙询问尺寸，先生便径直从座上伸出脚来，由其比量。

一次，王弘邀请先生去江州府衙做客，问他怎么走，平时乘什么车，要否接送。先生回答，老夫腿脚素来不便，一向乘坐篮舆，也足可确保出行之需。

于是，先生让鄙人的两个犬子抬轿，来到州府。言笑也好，游赏也好，如绛云在霄，舒卷自如，不觉有广庑高轩在侧。

往后，王弘想见先生时，便直接在山林水泽之间迎候。

从这里，足见王弘礼贤下士之诚，显然是一方开明诸侯。说实话，鄙人对王弘印象并不坏，其口碑也不赖。据称，来到江州后，王弘"省赋简役，百姓安之"，为政休明。但其礼让、迁就先生至此，则难以置信。

看上去，先生反倒像任性的大男孩，简傲失礼，不似执谦克让、退己进人如先生者所为。先生固然率真，亦何至于此？怕是大大地夸张或演绎了吧。

而有的细节却是真实的，如，先生"有脚疾，使一门生二儿舆篮舆"，一门生，鄙人是也，二儿，即两个犬子。

还有一则王弘给先生送酒的逸事,诸位兄台不知是否耳闻,鄙人得自他人之口,也一并转述如下:

有年重阳节,家中无酒。先生于室内徙倚良久,仍无法排解怅惘之意。便步出草庐,立于东篱边。菊花正开得炽盛,他弯腰俯就菊丛,一股暖暖甜甜的香气,扑面而来。

随后,他顺手摘了满把的菊花,可菊花依然是菊花,酒却依然阙如。

一回头,恰见一人,白衣飘飘地走来。定睛一看,原来是王弘,还提了一坛好酒。两人立即进屋,洗盏更酌喝起来,好像这回他俩都喝醉了。

此时,两人雅相知得,契同友执。

两年后的一个深秋,先生五十七岁,业已步入人生之秋。

江州刺史王弘,于寻阳湓口南楼设宴,为庾登之还京都、谢瞻赴豫章任太守饯行。靖节先生应邀在座。

天气凄清而肃杀,枫叶荻花,秋意瑟瑟。地面铺上了一层厚厚的白霜,百草都已枯萎了。坐在高高的楼台上,送别友人,秋天的悲情触目皆是。

湓浦河上,笼罩着淡淡寒烟,渔舟举着空空的罾网。白云悠悠,无可归依。江中的洲渚,显得那么邈远虚幻。寒风追逐着江水,波浪相互乖违或吞噬,溃散而去。

夕阳在天,离别的话语令人悲伤。早晨飞去的鸟儿,傍晚都已还巢了,太阳也敛起了最后的余晖。此刻,客人也要离别而去。

其时,庾登之入朝,谢瞻赴郡,王弘还治,唯有先生一人将独返田园,"逝止判殊路,旋驾怅迟迟",去留两别,各归其所,素位而行,原本是很自然的事情。

而当先生拨转马头时,依然不免为之惆怅,步履有些踟蹰。目送着归舟渐行渐远,心情也随着万物的变化而迁转不止。

先生与王弘交好,但跟两位客人却素昧平生,自然也就不便多言。鄙人又想起颜延之对他的描述:"在众不失其寡,处言逾见其默。"先生一介布衣,其余三者皆为缙绅,先生必是落落寡合,沉默寡言,唯有饮酒而已。

但又不好拂逆王弘的善意,难免要逢场作戏,且事后又要有所记述,算是有所交代。结果,只能是我等所看到的《于王抚军座送客》,诗中多写萧瑟之景,抒悲秋之怀,有点王顾左右。当属先生所有唱和诗中,写景最多、与人物关联最少的一篇。

鄙人提到的另一个人,是檀道济。先生对他甚是冷淡,乃至颇为反感。

元嘉三年丙寅,五月,檀道济到任江州刺史。

自然,檀道济也是久闻先生之名。不久的一天,檀道济手握麈尾拂子,赴栗里访贤。其时先生偃卧在床,又病又饿,已有多日。出于礼节,先生不得不扶病相见。

顺便说一下"麈尾"。鹿之大者曰麈,群鹿随之。魏晋之际,清谈领袖一般特征,乃是嗜五石散、习南华言、浮华相扇、标榜为高。彼等多执麈尾,用以指授而增饰其仪容。

当时,门窗外挤满了围观之人,蕞尔小民从未见过府君,前来瞧热闹。鄙人不时提醒众人且勿喧哗。其实,鄙人也不曾见过世面,不时借机留意室内的动静。

茅屋之下，檀道济问候先生，称扬先生不徒江右之美，实为海内之秀。

此外，还有一阵类似官方客套般的寒暄，不足以记述下来。而下面的一段对话，则十分精彩，注定要载入史册。

檀道济对先生说，贤者处世，天下无道则隐，有道则仕。今先生躬逢文明盛世，四表辑宁，为何要自苦如此呢？

先生答道，陶潜我布衣草莱之人，抱疾多时，岂敢向贤者看齐，更不敢以贤者自居，志向所不及啊！在下不堪展效，只好敬谢不敏了。

先生当时的心态恐怕是，任天下弃我以羸疾之身，容我以旷达之心，绝不以养高钓名怀疑于我，然后，可以逍遥容与，保全此生于东篱北牖之间，不然少有不触犯宋氏罗网的。

正像有人评述的那样，先生欲仕则仕，不以求之为嫌；欲隐则隐，不以去之为高。有说先生不滞于出处，而能进退处中，主宰万物，而不被外物所役使。还有说，晋宋间人物，虽说是崇尚清高，然个个要官职。这边一面清谈，那边一面招权纳货。陶渊明真个能不要，此所以高于晋宋人物。的确如此，以上诸说，皆为精辟之论。

檀道济临走之时，看了看湫隘的茅屋，现出极为困惑的神情，显然他不知鱼之乐。他挥动麈尾，吩咐手下人进来，馈赠给先生一些大米和猪肉。

先生蹙了蹙眉头，挥挥手，请衙役拿走。

檀道济返身排开众人，俯首出门，悻悻然而去。

檀道济，高平金乡人，世居京口。宋武帝刘裕起兵时，檀道济与兄弟檀韶等,参武帝建武将军事,累迁太尉参军,封作唐县男。

义熙十二年,刘裕北伐,檀道济为前锋,所至之处,望风降伏,直指洛阳。有人建议所获俘虏,应全都杀戮,将尸首筑成"京观",以震慑敌军。

檀道济说,讨伐有罪者,祭奠死者,正是今日一道要做的。于是,将俘虏全部释放、遣散。此举甚得中原人翼戴,投奔者甚众。

后来,檀道济父子八口因故遭宋文帝诛杀。

其初,檀道济被逮捕,愤怒异常,目光如炬,顷刻间,将一斛酒一饮而尽。脱下头巾,掼在地上,说,此乃毁坏汝等长城!

元嘉二十七年,北方的魏军南侵至瓜步,文帝登上石头城观望,面有忧色,叹息道,假如道济还在,哪会到这等地步!

鄙人后来才了解到,檀道济还是一个屡建功勋的武将。他来拜会先生,邀请其出山,未必不是出自诚意。只是先生心如止水,不为所动。如庄子所言"死灰槁木",再也无意于世。

《孔子家语》有言:"不知其子视其父,不知其人视其友,不知其君观其所使,不知其地视其草木。"

直白地说,若是不了解儿子,可以参看他父亲;不了解某个人,可以参阅其朋友;不了解当政之君王,可以观察他所任用之臣僚;不了解一地的风土,可以看看上面生长的草木。

的确,一个人的交游,可视同为另一个自我,不啻为自己的一面镜子。因抛却了世俗的功利,同友人之间的交往,更偏重于志趣，合则来，不合则离，展示的是一个更为本真的性情。

先生的交游自有其准则，有自己选择的，也有被动接受的，无论如何，都可以看作生命中必然要遇到的因缘。彼此印证，参互成文。即便是志趣迥然相异，也留下了一段反向的注脚。

交游尚可作为出处语默的另一参照系。先生虽然遁世，毕竟其交游对象，仍为世间之各色人等，其交友之道，实乃其处世之道也。

第四章

饮酒

一

依照贤侄收集的提议，本讲的主旨就是饮酒了。

先生一百多篇诗文，言及酒者五十余篇，占去一半多。有人说，酒，乃渊明返璞归真的媒介。此言得其仿佛。

鄙人不妨单刀直入，就从先生的二十首《饮酒》诗开始，一陈管见吧。

义熙十二年，寒露甫过，鄙人从上京送点冬笋去栗里。不记得是何原故，动身晚了，到先生家都已断暗了。栗里的灯火，在鄙人接近村落的途中，次第亮起。见到先生时，他颓然已醉，趴伏在桌上，沉沉大睡。

翟氏向我数落，又醉了，没有哪天不喝，也少有不醉的。我知道，她只是说说，不一定是指责，不过是描述事实而已，并不是指望我能劝酒。恐怕谁劝都无济于事。

天转寒，鄙人找来一件夹袄给先生披上。谁知，先生却醒了，他说，仁子，你来啦？

惊讶像是削弱了几分醉意。

是的,先生,我过来看看。

先生摇摇晃晃起身,将夹袄扔回床上,说,你来得正好。

原来先生并未喝醉,只是打了一个盹。不过我仍不知道,为何我来得正好。

先生铺开书页般大小的纸张,抚平,抽出一支笔,蘸了蘸墨,便"唰唰唰"地写起来。下笔沉稳,一点也看不出醉态来,只有略显粗重的呼吸,才稍稍暴露出杯中物的秘密来。

鄙人忽然想起先生的两句诗"试酌百情远,重觞忽忘天",就暗自发笑。酒,确实能把人带入美妙境地,所谓引人入胜,有如此神妙之功效,先生岂可轻易舍弃?

鄙人又想,魏晋多言饮酒,乃至醉酒,其意果在酒乎?未必也。多半皆因时艰,人人畏祸,托酒逃身而已。从这个意义上讲,正像《世说新语》里王蕴所说,"酒正使人人自远"。

先生岂沉湎于曲糵哉?其志难伸,不得已以诗酒自溺,蹀躞彷徨,以待尽于丘壑。先生之意自然也就不在酒,不过是寄酒为迹罢了。

前面说过,先生的字好,收藏是后来的事,不过那时鄙人就预感到,先生的字定会传世。只是被他的诗文掩盖了光芒,人们更多地关注他的诗文,而忽略了他的字美。好像与王羲之同代,字好,也是理所当然似的。

先生一气呵成,写下了这段文字:

"余闲居寡欢,兼比夜已长,偶有名酒,无夕不饮。顾影独尽,忽焉复醉。既醉之后,辄题数句自娱,纸墨遂多,辞无诠次,聊命故人书之,以为欢笑尔。"

大意是，我闲居之时少有欢乐，况且近来夜已渐长，偶然获致名酒，没有一晚不喝的。对着影子独自干杯，倏忽之间醉了又醉。醉后便信手涂鸦数句，以自我欢娱。这样，诗稿便逐渐多了起来。这些诗可以说是语无伦次，不知所云。姑且让友人誊写下来，不过是用来作为欢笑的佐料而已。

先生收笔后，将这页序文放在一叠纸页上面，说，仁子，我近期写的一组诗稿，请友人抄录了一下，你再看看吧。

鄙人领会先生的意思，是想让我核对一下，然后放入以前所写文稿中，予以编排。

友人抄得很专心，当然，鲁鱼亥豕之误，还是在所难免的。因为原稿的涂改而导致两处讹误，问过先生后，予以了校正。

鄙人将原稿和以往的旧稿捃摭于一处，保存好，预备着让其成为陶家传家之宝。可惜的是，几十年过去，原稿几乎遗失殆尽，个别的原件也字迹漫漶，不可辨识。

说实话，将先生的诗文裒成一集，鄙人并无经验可谈，只能参照前人结集诗文的方法来做。首先，从形式上将四言、五言和辞赋分开，然后从内容上分成田园、唱和、形役、饮酒和杂咏等。

我没能将内容结合时间的先后来编排，造成了前后的一些颠倒和紊乱，这的确是鄙人的失误，有愧于先生。

但有人疑我按照标题的长短来归类，意即长归长，短归短，这就有些埋汰鄙人了。此时，鄙人马齿徒增，年已二十六，屈指算来，随侍先生也已十一年了，虽未修成正果，总还不至于如此低劣吧。

义熙十二年，先生已五十二岁。

当时，刘裕以太尉、相国总揽朝纲，封为宋公，备九锡，一如十三年前桓玄篡晋一样，奸佞乱政，附者为用。以先生之耿介，自然不可为社稷所用，遑论建立功业了。

他居住在栗里南村，约于入秋至冬，且饮且书，奋笔挥就，撰成此稿。

这组诗所达到的自然率真的境界，后人难以企及。尤其是饮酒之五，乃是诗中之极品。

先生开言便道："衰荣无定在，彼此更共之。"告诉人们，衰败与荣耀，首尾相衔，彼此更迭，轮回往复，根本不会一成不变。

邵平原为秦时的东陵侯，秦破则成布衣，种瓜于长安城东。瓜虽美，但已身非昔比了。

这就好比天道有寒暑之交替，人道也有衰荣之代谢。只有达人才能通晓其间要妙，相信它，不复怀疑。

鄙人推测，先生言下之意为，桓玄也曾不可一世，如今安在哉？刘裕极有可能步其后武而已。

先生也联想到自己的身世。曾祖父陶侃，"天子畴我，专征南国"，曾是八州都督，官至太尉，眼下他的子孙，门衰祚薄如许。岂非衰荣无定，祸福无常耶？

想到这里，他说，"忽与一觞酒，日夕欢相持"，快给我一觞酒吧，日夜挥杯，欢然畅饮，夫复何言？世事无定，功名也都是靠不住的，只有眼前的美酒，是可以稍稍把持得了的。喝下去，则可拥有它，腹中便立马热乎、舒畅起来。

鄙人仿佛看到，先生不停地饮酒，恰如其主业，而挥笔写诗，倒像是其伴生物。

先生问道,若说多行善事,必有好报,那么伯夷和叔齐为何饿死在西山?如果善恶没有报应,为何凭空立下这等格言?

夷叔二人恰处商、周易代之际,耻事二姓,先生的境遇和节操与之相似,故而惺惺相惜。

荣启期九十岁了,是个善人,行走时还拿草绳当腰带,饥寒交迫超过盛壮之年。

彼等若非信守君子固穷的节操,百代之下的声名怎能得以流传?所谓固穷,即是安于穷困。

其实,先生对于身后名,时轻时重,胸中似乎有些抵牾:有君子"疾殁世而名不称"的紧迫感,也有"吁嗟身后名,于我若浮烟"之洒落感。矛盾时常交战于内,故而痛苦也就不免于心。

显然,先生提出"善恶不应"之论,对善恶报应是持怀疑态度的,天道无定,能靠得住的,还是君子自身的节操。

先生对世情也做了冷静的反思。道德沦丧将近千年了,人人都躲在一副假面具后面,不肯真诚相待。以至于有酒也不肯饮,只顾及世间的虚名浮利。

人们之所以看重自己,还不是因为每个人只拥有一次不可再来的生命。一生又有多长呢?快得像闪电,都来不及从惊愕中回过神来,就倏忽而逝。

有人一世都在大摇大摆、装模作样,靠着这点虚荣,又能成就什么呢?

鄙人似乎又看到先生,连着痛饮了几杯,对"有酒不肯饮,但顾世间名"的人鄙夷不屑。先生乃寂寞寡欢之人,每逢得意之时，必饮酒尽欢。

先生不肯随俗沉浮，所以才孤独。寂寞和孤独是先生的精神底色。颜延之曾评价他"物尚孤生"，是准确到位的。

其实，孤独往往意味着曾经的伤害，意味着一次次退回自我。任官时，受到诋毁；隐耕时，蒙受非议。更不要说，还有来自门第等级的歧视。

"栖栖失群鸟，日暮犹独飞"，犹如一只充满焦虑的离群之鸟，天暗了还在独自翻飞，找不到归宿。徘徊不定，鸣叫之声，一夜比一夜更为悲凉。

它凄厉的叫声，似在祈祷清早快些来临。展翅远举，又不知去往何方。忧思之中，恰逢一株挺立的孤松，赶紧敛翅速来归依。

寒风劲吹，万木凋零，唯有此树深荫不衰。投身于此，可谓得其所哉。纵经千载，永不离弃。

鄙人明了，当失群鸟遇上孤生松时，便不再孤独了。一个是自由的灵魂，一个是坚贞的品格，结成的联盟，便牢不可破，无往而不胜。

鄙人一直不以为，先生只是在作诗，作诗往往需要读者。先生是在跟自己对话，这种心灵的默语，是不需要听众的，是内心最本真的自白。

每个话题不必长，一闪念而已，就像意识的流动，转瞬即逝。长了则像构思，似是着意为之。

读这组诗，宛如进入先生内心世界，移步换景，渐入佳境。

且看以下这一夙负盛名的诗篇。

"结庐在人境,而无车马喧。问君何能尔?心远地自偏。采菊东篱下,悠然见南山。山气日夕佳,飞鸟相与还。此中有真意,欲辨已忘言。"

他说,盖一座草庐在尘世间,却听不到车马的喧嚣。且问有无这种可能?又是如何做到的?若能内去心知,外忘事故,持心高远,住地自然也就偏远了。采菊于东篱之下,不经意之间,南山却悠然显现。山岚每到傍晚时分最是佳妙,飞鸟每至日暮之时纷纷来归。这里面蕴含着一种真意,何为真意?想要加以辨识时,却忘了所要表达的语言。

晋、宋间,谢灵运等人纵情丘壑,动辄旬日半月。人们纷纷步其后尘,以为高妙,但是彼等之胸怀未尝没有挂虑和忧患。只有靖节先生才能超然物表,遇景成趣,不必泉石是娱,烟霞是托,田园即是山水。

"结庐在人境,而无车马喧",鄙人并不认为它是奇思妙想,依先生而言,乃为实录。他只不过是将贵天法真的修为,形象地展现出来了,谓之真意示现可也。而旁人则满以为是不着边际的遐想,因为先生之高,瞻之弗及。所难在人境,却不染世情。

所谓大隐隐于市,只要内心具足宁静,连地也不必避,不在乎外界的喧闹。要达到宁静,就要有心远的本领。何以心远?在于善忘,忘物,忘我。如此,则真意方能再现。真在性分之内,所以,真人的关键也就在于有忘的功夫。

好个"心远地自偏"!鄙人每读至此,都要拍案叫绝。这是全篇的诗心所在,几乎是理解先生的一把钥匙。

是的，只要内心远离繁华嘈杂的世俗干扰，我所居住的地方，也就自然变得偏远、宁静起来了。

不管世事如何纷纭，当你无法或不屑去改变之时，至少也不要让世俗改变自我。保持内心的一份宁静、悠远，就能实现超越，就能不被物所役。不数数于外物，就能获得大自在。

这说明，内心的宁静足以将尘世的喧嚣屏蔽。

后来，这句话被浅人用通俗的语言表达出来：当你无力改变现实时，那就改变自己吧。这似乎不完全是先生的原意。先生要积极得多，他主动让渡自身的利益，达到主观的疏离，从而让客观远离自我。

鸟兽高山，鱼鳖深水，可以全身远害。先生则能和光同尘，在染不染，涉事无事，因而无往而不安，所在皆适，死生无变于己。

主动选择孤独，与画地为牢、自我囚禁大为不同。首先这完全是一种自觉自愿的行为；其次，孤独者只是物质的隔绝，心灵却可天马行空，愈加的活跃和自在，拥有无限广阔的天地。

而"采菊东篱下，悠然见南山"，则是心远的一种直观表达。让人想起嵇康的"目送归鸿，手挥五弦"。当你读这句诗时，宛若进入一个梦境。

我与南山，看似两不相干，但此中有人的意识在无声流动。这种意识屏除了外界一切，唯有南山与我两相对视。但南山又非实体的南山，我也并非实有其人，仿佛一切都不存在。感物而动，应而无心。

事实上，他已忘了采菊，也忘了相看两不厌的南山。到底是我见南山呢,还是南山见我?也未可知。

其实,他更忘了自我,达到物我两忘的境地,因为他的心足够辽远,眼前的一切便翛然远举,熟视无睹,全然不介之于怀。

的确,真意难以辨析,但又何须辨析,更无须言传。如佛家所言,言语道断,心行处灭。也如庄子所言,无思无虑始知道。所以忘言也就理所当然了。

时过境迁,抄本众多,错讹百出,倒也在所难免,也许人们永远都不知道先生的原文是什么。后人往往争辩于是"悠然见南山"呢,还是"悠然望南山",不过是拘泥于文字之争而已。至于有"见南山派""望南山派"之分,实为庸人自扰,无事自忙。何必要"望",又何必不"见"呢?

不过,刚才有兄台爱刨根究底,私下垂问老朽,到底是"见"好呢,还是"望"好?实话相告,我倾向于"见南山"吧。不为别的,习惯成自然。设令我诵读"悠然望南山",必定舌头打转,口眼歪斜。"见"感觉像是自然发生,而"望"便有些着意而为了。凡事一着意,便有雕琢的成分,境地便不那么高了。

适才休息时,有贤侄咨询我的隐居生活,或许是对我上回透露之事感兴趣吧。其实,鄙人哪谈得上隐居呢?隐居者,高尚其事,乃高人独处也。鄙人顶多只称得上村居。

我辞去了江州贼曹副官后,卷席回到栗里南村。当天傍晚时分,我便携带酒菜楮帛,来到先生的墓地。于袅袅上升的香烟中,禀报先生,弟子回来了,不再去他乡求职,甘效先生灌园。其时，鄙人感到与先生之间，离得从未如此近过，是心灵的贴近，超过了与亲人间的亲昵。

鄙人不便择地而居，也不管人家眉高眼低的，就待在村里吧。我并非名流，也无须承受先生那么大的压力。说实话，先生躬耕田亩，并非事必躬亲，农忙时多由佣工代劳。而他自己则如其所言，是"肆微勤"，即从事补充性的少量轻微的劳作。但毕竟一介书生，不惯于农事，所以仍不胜其劳。而我呢，还乡后操起耒耜，依旧做回我的农人。

闲暇时，我闭门读书，仿照先生学着写诗。然而，我最喜爱的还是先生的笔记小说，对先生的《搜神后记》可谓耳熟能详。进而我也模仿着写点故事，自得其乐。同时，我自觉肩负的一个重要使命是，务将先师宝贵的精神遗产保护下来，传承给后人。于是，一项占据我主要精力的事情，乃是整理编辑先师的遗著。

甫一回乡，鄙人就联系到先生的几位高足，着手收集先生的言谈和逸闻，效颦孔子弟子编纂《论语》的做法，汇编成册。除了弟子们各自追忆先生的言行之外，还得找寻先生的交谊来访谈。有时苦无线索，像大海捞针，茫无头绪。

此外，鄙人按先生在世时所指，曾去庐山般若峰下，寻访董奉行医的杏林遗址。行前有过一些遐想，将先生《桃花源记并诗》中那片夹岸数百步的红色桃林，同董奉的那片蔚为壮观的白色杏林，做了跨越时空的联想和比对，内心难免有些激动。

可实地一看，在那片朝阳的山坡上，勉强只能找到几株杏树，淹没在荒榛野草中，残朽的枝丫上开出零星的几朵白花来。还是三国时的杏树吗？毕竟年湮岁久啊。

鄙人也曾去庐山金鸡峰下，踏访简寂观（南朝时庐山最大的道观），寻觅陆修静道士的遗踪。于傍晚时分，鄙人跌坐于那块巨大的礼斗石上，也如巨石一般仰面朝天，长久地观瞻，就像朝灿烂的星空行注目礼。

陆修静，字元德，吴兴东迁人，是南朝道教的集大成者。刘宋大明五年入住庐山，此时靖节先生已作古三十四年了，但不妨留下虎溪三笑的传说。想到陆道士在史上同先生有这则逸事，不由得对他多了几分敬意。

倒是陆道士对待死亡的态度，与先生主张的死后不封不树不谋而合。陆修静在庐山修行七年，后入住京都建康。于升明元年去世，遗体运回庐山。陆道长留有遗言，死后布袋殓尸，抛入深山穷谷，与土木同穴。弟子不忍，葬入墓茔，布袋岩也由此而得名。

如今，经我等众弟子的一番尽力，先生的遗著早就结集面世了。汝等也都读过，坊间众多的抄本，多以我等编撰的集子为蓝本。不过，转相传抄，已不似最初的本子了，这也由不得我等了。有关先生的语录和逸事，我等仍在收集。诸位兄台若有线索，还望及时告知老朽，拜托了！

好了，鄙人的琐事就不必多说了，这段插话就此止住吧。

鄙人记得，先生辞去彭泽县令时，惊世骇俗，石破天惊，也颇受村人诟病。其实，这种不被理解，不是偶尔的一两回，而是将伴随先生艰苦的一生。甚至，连同先生整个人生的立身行事，也都不被理解。

不仅如此，曾经得到过先生提掖或帮助的人，反过来挖苦和嘲讽先生，这一点最让人心寒。

鄙人后来才明了，先生为何要移居他乡，来到较为陌生的栗里，为何晚年想迁回旧居上京，最终又回不来。也许不能排除此类原因。

不能受惠于你，就想法诋毁你。"近之则不孙，远之则怨"，所以孔子感叹"唯女子与小人为难养也"。小人非就道德意义而言，乃指村野鄙俗之人。

先生在《饮酒》诗中平和地说，人的行为举止差别各异，是对是错殊难分辨。随意视之就草草评判是非，多半是人云亦云、雷同苟合罢了。夏商周三代末年，此类事司空见惯，只有通达之人才与此迥异。索性让那些世俗蠢人大惊小怪去吧，我还是跟随商山四皓隐居田园。

先生对菊花，可谓情有独钟。翟氏知其如此，每年秋天，都要采摘好多的菊花，摊开在多个圆圆的簸箕里，放在门前场圃上晾晒，成为一道夺目的景观。然后晒干的菊花伴随着特有的菊香，装进罐子储存起来，供先生泡茶或浸酒。

每到深秋，先生耕读之暇，总爱蹲俯在菊丛边，品赏菊花。菊花的色彩实在美丽，金黄璀璨，就像秋光这般明丽，鲜艳但不浮躁，相反显得宁静祥和，令人心静。

先生喜欢连珠带露将菊花摘下来，放入酒壶中，观看它在上面悠悠漂浮。稍晚，浸透之后，它会缓缓沉入壶底，静静地躺卧在那里，等着有谁将它唤醒，如钩沉往事。

"泛此忘忧物，远我遗世情"，饮下这杯漂着菊花的美酒，让我这颗远离尘嚣的心，更行更远，不如索性将这个世间遗忘。

虽是一人独饮,杯方尽时,又跟着满上了,但饮且莫停。若是停了,怎么知道自己还活着呢?

太阳下山了,各类活动之物先后静息,归鸟鸣噪着投向了丛林。只有回到了自己的巢穴,才能获得一时的安宁。

此时,先生随性所至,站在东廊的窗前,望着渐渐冥漠的夜色,不由得长啸一声,庆幸自己又得浮生一日闲。是啊,在这个动荡不安的年代里,连活着都成了一种难得的奢望。

说了菊,再说松。

先生常以菊配松,松菊并言。他咏松,不仅因其岁寒不凋,贞刚不屈,独立不惧,蕴含着处穷知士、因难显德之义,还在于它能成为庇护"失群鸟"的托身之所。

先生在诗中说,有一株青松生长在东园,众多草类遮没了它的英姿。而一当严霜降临,各种草木纷纷凋落披靡,唯有青松擎着高高的枝条卓然挺立。

先生还细心地观察到,在连片的树木里,松树也许并不引人注目,而当其独树一株时,才让人叹为奇绝。

看到这样峨峨不群的青松,先生便觉亲近,充满敬意,不由得提着酒壶走近它,抚柯远眺,不觉神思渺渺,超然世外。一生如梦幻般短暂,何必为纷纷世事所牢笼。何不做一棵孤松,遗世而独立?

还有兰花,也是先生深所雅重的。先生说,幽兰生长在庭院里,饱含着芳馨,静待着清风来袭。清风脱然而至,兰香乘势而起,沁人肺腑,悦人心田。凭着特异的芳馨,就能使它与萧艾类的阛茸之材一判高下。

人们往往会走着走着,就迷失了原来的路途。如果顺应自然之道，或许还能走得通。既然觉悟到了，就当及时归还。天下嘛，总是"鸟尽废良弓"，不过是老一套。

兰花之所以香，皆因其幽。唯其能幽，才阻断了世俗的侵染，才不会迷失路径，丧失本原。

先生之秉性，虽大多显现为淡泊，但也暗含刚毅，宁为兰摧玉折，不作萧敷艾荣。

二

适才，有贤侄提到，先生在组诗的序文里称"辞无诠次"，粗一读，似乎前后不够连贯，但细读之后，会觉出总体上的关联甚为密致。

这个问题很好，若不提示，鄙人都差点忘了。

诸位知道，鄙人行事一向谨慎刻板，心肠要比脑子来得好。当初先生将诗稿交给我编排时，只是一味地按内容照实编来。全然不知，文章之外尚有文章。自以为还算严谨，然后，呈送先生过目。

先生拿过酒杯，就像文房四宝之外，非得加上另一件宝物似的，他啜饮了一杯，翻看了一下文稿，稍稍抽动几页，随意穿插，将它打乱，组合成一个新的顺序。

见鄙人大惑不解，他又抿了一口，笑言，这样便好。

顿了一下，鄙人才知晓其用意，也笑了起来。这样，也是"辞无诠次"啊。当然，先生于诗文中，还会使用艺术手段，设立某些障眼法。看上去，得像是酒后所写，甚至醉后吐言，像是戏作。那么,轻轻重重,是是非非,也就当不得真了。

序中先生自云"辞无诠次",实则是好整以暇,条修叶贯,于随意中见自然的章法。讲衰荣,讲善恶,讲壮节,讲持守,云云,一个完整自足的体系。以酒为序,以醉收题。足见先生具有常人难及的缜密。

那一刻,鄙人醒悟到,要向先生学的东西还有很多。事实上,我也一直在思考,圆滑固然可厌,木讷难道就好?拿家父做木匠来打比方,就说木块吧,方的不滚,圆的不稳。到底该怎样做人呢?取其中道而行之,如何?可中道在哪里呢?你得要有一双慧眼。

自魏晋以降,那么多名士都难以善终,少有完身者,嵇康、张华、陆机、潘岳、郭璞等,均死于非命。稍晚于先生的谢灵运、鲍照也难逃劫运。颜延之模仿阮籍,披发佯狂以卒岁,才稍得逃脱于罗网,最终也忧郁而死。魏晋时期司马氏,双手沾满了名士的鲜血;而刘宋王朝,则有过之而无不及。

无怪乎,先生危行言逊以避其害,深沟高垒以全其身。一涉及政治,就非常谨慎。在这暗探林立的晋宋之际,网密刑峻,名士动辄得咎,因而藏心晦迹,也属万不得已。是所谓人皆求福,己独曲全,方得苟免于咎。

先生一生穷困潦倒,大率皆由主动选择而成。此外,虽不说是不能加之一厘一毫,但启手启足,大致还能完身而退,无憾于心。

鄙人终于悟到先生所云"赠缴奚施,已卷安劳"之妙:我已退隐林泉,箭镞又向何处施放呢?汝等衮衮诸公,也就免劳了吧。

菊花、青松和幽兰，是先生所反复吟诵的对象，之所以如此钟爱，鄙人以为，与其说是先生自况，还不如说，先生是想从自然的启迪中汲取力量，以支撑自己的信念。

相似的做法是，他善于从人文精神中汲取信心，将古人引以为俦类，感受并借重彼等的有生力量。

先生说，颜回以仁著称，荣启期不离于道。可是，颜回常是饥肠辘辘，不幸短命早死；荣公长期忍饥挨饿，一直穷困到老。

虽然都留下身后名，但一生也委实太憔悴枯槁了。死去万事皆空，并没有什么知觉，活得称心如意才是至关重要的。

"客养千金躯，临化消其宝"，人生如过客，即使贵重如千金，待到死亡降临，全都化为乌有。那曾经的所谓的宝物，最终也不过是一抔泥土、一缕轻烟而已。

就算是裸葬，也没有什么可怕的，人们应当参透其中的意蕴。以水投水，以土投土，何如？有何分别？

先生说，张长公曾做过一次官，因其节操高壮，不容于世，而终身不仕。杨仲理回到大泽授徒，高风亮节本可以此为终，一旦归隐便应告别官场，为何又犹豫不决呢？

归去吧，归去吧，还有什么可说的？尘世之间永远都在明争暗斗，尔虞我诈。

先生决绝地说，快摆脱那些无聊的闲言絮语，请听从内心的指引吧！

扬雄，是先生所喜欢的辞赋家。其天性嗜酒，无奈家中贫寒，无由得饮。他家虽非宾客填门，但时常会有热心人，带着美酒来求教，请其解疑释惑。酒来了，则一饮方休，请教的问题也没有不得到解答的。也有避而不谈的,多半是涉及攻城略地的伐国之事。

对此,先生感叹道,仁者之用心,无论出仕,还是退隐,都不曾丧失分寸。

可贵的是,先生还记录了他与老农间的真情交往。当然,这种交往颇有些差异,以至于除了饮酒、话桑麻之外,彼此几乎没有太多的话可说。不过,这也就够了。

一次,一帮老朋友赏识先生的雅趣,提着酒壶纷纷来聚。在地上铺好荆条,在长松布下的浓荫里闲坐,几杯酒下肚,彼此便有了醉意。

父老们杂七杂八地交谈着,忽近忽远,也不知道说些什么。斟酒秩序,也就有些随意,没有长幼上下之分了。

此时,"不觉知有我,安知物为贵",先生连"我"都忘却了,遑论他物之贵否。而那些追名逐利之徒,只知道迷恋其所热衷的东西,岂知酒中饱含着深长的意味。

还有一位客人,经常来先生家闲坐,但二者的出处趋舍迥然有别。一位常常喝醉,一位则始终清醒。醉者醒者相互调笑,各说各话,不得要领。一位谨小慎微,实在愚笨;一位傲然兀立,似是聪敏。

先生最后说,传话给那位醉酒的客人吧,日头下山后还有烛火,只管秉烛痛饮好了。

醉士、醒夫,也许并非实指,而是先生在设譬。实际是先生两种思想交织于胸,不过,常常是醉者占据上风。

最为有意思的是,先生在《饮酒》诗里,给我等讲述了一个类似于《楚辞·渔父》的故事。

——清晨,听见清晰的敲门声,我急忙跑去应门,衣服穿得颠三倒四。我在门边轻声问了一声,谁啊?原来是一位熟悉的老农,他带着一份善意登门造访。

大老远的,他提着一壶酒前来问候我。几杯酒饮下,老农便操着酒语,对我的与世乖违,表示极度的困惑。

他说,穿得破烂,住着茅屋,也算不上高蹈的隐士。举世都在随大流,愿你汩其泥、合其污。老弟,你若是这样做,难道不好过点吗?

我答道,深深感谢父老的规劝,无奈我天性中少与人相谐。松弛缰绳,随波逐流,确实是可以仿效的,但是,违背自己的意愿,难道就不糊涂?

我看着他的眼睛,接着说,这话暂放一边,别再说啥了,不如痛痛快快喝上一杯。我余生之路,怕是只能依照原有的轨迹往前赶了。

话不投机,老农无奈,也只有笑笑,摇头叹息。

他远未明白,圣人处世之道,乃鹑居而鷇食,鸟行而无彰。天下有道,则与物皆昌;天下无道,则修德就闲。

说白了,就是圣人随遇而安,无心求食,如鸟飞而无迹;运逢清夷,则抚临亿兆,与众同昌;时遭扰乱,则混俗韬光,修德闲居。所谓隐显自在,用舍随时。

不记得多少次,先生曾回望过往,饮酒之后,会变得更加频繁。好像酒是一把钥匙,轻易地就开启了往昔的门扉——

从前我曾出仕远游,一直来到东海之滨。道路曲折而漫长,半途难免被风波所阻。这样的远行是谁安排的呢?似乎受饥饿所驱赶。

竭尽全力,也不过是谋求一个"饱"字。其实,只要少量的俸禄,便已绰绰有余了。恐怕这并非什么好计策,不如停止前行,回到田园闲居度日。

记得少年之时,我很少与人交往,常流连于六经之中。行将四十时,长久的淹留,依然一事无成。始终抱持着君子固穷的节操,饱受饥寒之苦。

破旧的茅屋经受着寒风的侵袭,荒草淹没了屋前的场院。披着粗布衣衾困守长夜,常恨晨鸡迟迟不肯报晓。

可叹的是,刘孟公那样的知音,已不再有了,该向谁人倾吐一腔衷情?怕是只能掩藏于心底了。

先生接着说——

曾有段时间,我养活一家人都不得其法,饥寒总如梦魇般纠缠不休。因苦于漫长的饥饿,我便放下耒耜去学做官。其时接近而立之年,违背自己意愿之事实在太多了,感到异常耻辱。因此,还是尽我一贯做人的耿介本分,发誓不仕,终老于田园。

时光荏苒,岁星一周,倏忽之间又过去了十二年。世路从来都是茫然无际,可以东,也可以西,杨朱所以才会停在歧路口,陷于迷茫,不知何去何从。我呢,回到田园,虽不能像疏广叔侄那样挥金游乐,一杯浊酒总是可以喝得上的。

眼下,贫居田园缺少劳力,丛生的灌木荒芜了我的住宅。色彩斑斓的鸟儿飞来飞去,寂静的村道了无人迹。宇宙多么悠邈旷远，相形之下，人生一世却很少能活到百岁。岁月催人老，两鬓早已白。若不抛开贵贱穷达之念，势必就要为违抗夙愿而感到惋惜了，到时，则悔之晚矣。

……

鄙人常想，先生一次次回眸自己的人生，总不见得仅为怀旧吧？不是的，往事并不值得有多少怀念。

如果说有什么留恋的话，就是对逝去而不再来的时光的无限眷恋。

门前流水尚能西，可惜人生不重来。若是再来，又怎能保证不重走老路呢？只要个人还是这样的秉性，遭逢这样的世道，重蹈覆辙就是必然的了。他明白，这就是自己的宿命，既然如此，就该认命。

鄙人还想重复一句，这组诗不仅是先生最长的组诗，也是最为诗家看好的组诗。

鄙人有些照本宣科了，是想原汁原味地将先生的诗意呈现出来，不想加进过多的阐释，更别说演绎了，是所谓"述而不作"吧。对待先生的旨意，理应如此。不知各位意下如何？

《饮酒》中最后一首，之所以以此作结，不是没有道理的。先生从历史的全过程中，叙述了道义传统于当代所呈现的破落状态。

鄙人斗胆设想，先生虽不会如"舍我其谁"那般精进勇猛，但或许曾经有过一段时间，他想要默默地担当起传道的使命，也未可知。

先生说，伏羲、神农距今久远，举世少有朴素纯真。那位鲁国的老者——孔子,汲汲以求,希望将这破败的社会缝补起来,恢复其真淳的面貌。太平盛世虽说不会随凤鸟而至,但礼乐却明显得到了更新。

"夫子没而微言绝",洙泗之滨,再也听不到孔夫子的微言大义了,世道一落千丈来到了疯狂的暴秦。诗书有何罪过,竟然一朝化为灰烬?

不是诗书本身有何罪责,是它揭示出来的真相和规律,让彼等害怕了。彼等只想人们一直蒙在鼓里,好瞒天过海,为所欲为。

汉初几位老者勤勉为之,为重现经书、使其广为流布,可谓殚精竭虑,煞费苦心。为何汉亡之后,再也无人亲近"六经"呢?世人只知终日为名利疲于奔命,经籍的传承却无人问津。

想来,先生十分痛心。但又为之奈何?不如痛饮。"若复不快饮,空负头上巾",是的,白白地辜负头上这块漉酒的葛巾,可不好办了。而快饮是表示,对世道不存半点幻想,宁愿相信酒中的幻觉。

先生最后谦逊而又睿智地收尾:遗憾的是,我言谈之中多有谬误,诸君也当宽恕我这样的醉汉。

先生果真醉了吗?醉汉从来不说自己喝醉了。

三

元熙元年九月,先生五十五岁。上年,曾被征辟为著作佐郎,他辞而不就。日子过得紧,常常是"酒米乏绝"。

又至重阳节，宅边四围的篱笆上，开满了金灿灿的菊花，家中的酒坛却见底了，一点醪酒都没有。

九月九日，民间有佩戴茱萸、吃蓬蒿饼、饮菊花酒的风习，以为可以长寿。菊花开时，采其茎叶，拌入黍米酿制。来年九月九日酒熟，就可以饮用了，因称之为菊花酒。

固然不可以无菊，无菊则俗，但如何可以无酒？无酒则忧。这对于爱重重阳节的先生来说，怎么对付得过去？先生一生贫苦，所依恃，所陶然者，不过浊酒而已。

"世短意常多，斯人乐久生。"（《九日闲居并序》）想来，人们之所以看重这个节日，也无非是对"生年不满百，常怀千岁忧"的醒悟。人生短促，忧思绵绵，甚至连几辈子的事都要虑及，操不尽的心，短促的一生中，能实现的愿望又有几个呢？思虑过多了，不过是自寻烦恼，徒费心劳罢了。

生年和欲念是一对矛盾，要想调和二者的关系，只有压缩自己的欲念，才能舒缓生存的压力，或许能获得延年，至少减少忧惧，换取人生适度的快乐。减少欲望，意味着要过极简生活。

人们还是盼望活得久长一些。寒暑相推，日月依着时节而来，民间因而喜爱重阳节这个称谓，其意就在于此。

步出大门外，先生感觉到，随着霜露的出现，暖暖的和风渐趋歇息，转为凄薄。极目长空，分外澄澈高远，飞燕了无踪影，大雁排成人字，翩翩南飞，将"呦呦"的余音抛在身后。它们的行踪证明季候已经更换了。时间每时每刻都在朝前驰骋，不可逆转。

"酒能祛百虑，菊解制颓龄。"(《九日闲居并序》)

还是酒好，它能忘忧；菊花呢，则能益寿延年。可是，毕竟时不我待，我等蓬庐之士，也只能眼睁睁地看着时光飞度而去。我个人老去本不足虑，也该为那些可怜的酒器着想，若是蒙上了灰尘，彼等会感到羞耻的；菊花独自开放，难道就不觉得难为情啦？

非独不困于穷，且玩味于穷，以穷为欢娱，先生可谓善处穷者也。

整理了一下衣襟，先生独个悠然闲咏，联翩的遐想中，不由得生起一片深情。这片深情，纯然是他联想得来的，这样自我调侃、自我开释的精神游戏，让他于苦中获得乐趣，往往是别人给不了的，是所谓"乐趣皆从苦趣生"也。

先生反问道：盘桓，游弋，原本就有着诸多的乐趣，冉冉的隐居时光，难道就一事无成？能得快乐，能得自在，这就算是人生最大的成就了。人生来就是寻求快乐的，何须舍近求远？

从篱笆上摘下两朵菊花，先生回到室内，泡了一杯菊花茶，饮下。瞬间，一丝甜甜的味道从苦涩中分离出来，与他的快感接通，便有了快乐，原来快乐得来就这么简单，几乎触手可得。不是说有多富足，而是避免了单调和无趣。

其实，类似的精神游戏，先生不时会独自进行。

早在他三十八岁，先生还在上京老家时，孩子还小，家境不算太差，亲人再三劝他戒酒，先生决心"止酒"，便以游戏的态度作诗为誓。

"居止次城邑，逍遥自闲止。"

他说，自己居住在城邑附近，东距星子这个小小的集镇，不过四五华里，逍遥自得，日子过得还是蛮悠闲的。他几乎不去远游，所到之处，不过是田舍或庐山周边的游观而已。

"坐止高荫下，步止荜门里。"

他说，自己闲坐在高树浓荫之下。广厦华居，我有何羡？散步也只在柴门里边。朝市声利，我有何趋？

"好味止园葵，大欢止稚子。"

他说，好味道不过是园中的葵菜，则五鼎方丈我有何欲？大欢喜也只不过是稚子绕膝，则燕歌赵舞，我有何乐？

"平生不止酒，止酒情无喜。暮止不安寝，晨止不能起。日日欲止之，营卫止不理。"

他说，平生无往而不止，所不止者，唯有饮酒而已，一日不饮，便觉形神不复相亲。晚上停饮就不得安眠，早上停饮就起不了床。天天想要停止饮酒，气血经脉将会紊乱不和。

"徒知止不乐，未知止利己。始觉止为善，今朝真止矣。"

他说，只知道停饮就不快乐，不知道停饮好处多多。开始觉得停饮是好事，今天真正与酒绝缘。

"从此一止去，将止扶桑涘。清颜止宿容，奚止千万祀。"

他说，从此往后一路停饮下去，将停止于扶桑树生长的水边。清朗的面容停留在年轻之时，何止千年更万年。

是啊，居止城邑，坐止高荫，步止荜门，味止园葵，欢止稚子，皆止其所止，止足则常乐。过去总以为，万事可止，唯有酒乃不能止，若止之，则麻烦极大。今天却感到，连酒也都可止。既然止酒为善，也就一并止之，虽止于扶桑之涘岸，乃至千万斯年也可以。

能饮能止，而后方能不役于物；不役于物，而后始能纵浪大化之中。

其实，历来废酒，鲜有成功先例。先生也不例外，他的《止酒》诗与其说是酒誓，不如说是另一次精神游戏。这种诙谐的语调，是他消解苦恼的有效方法。

鄙人想起了竹林七贤中刘伶止酒之事，与先生止酒异曲同工。

刘伶想酒都想病了，饥渴难忍，便向妻子讨酒。妻子一气之下便将酒倒掉，把酒器捣碎。她一把眼泪一把鼻涕，向夫君规劝道，您饮酒过度，不合养生之术，一定得戒断。刘伶说，很好，可我自己戒不掉，只有当着鬼神的面发誓，才能有效。你准备点酒肉吧。妻子说，行，照您说的去做。

妻子把酒肉供于神龛前，请刘伶发誓。刘伶跪下祷告说，天生刘伶，好酒出名，一饮一斛，五斗醒酒。妇人之言，千万勿听！言罢，便饮酒吃肉如故，不久又醺醺沉醉起来。

刘伶崇尚行无辙迹，居无室庐，幕天席地，纵意所如，唯酒是务，焉知其余。曾经乘坐鹿车，携带一壶酒，让人扛着铁锹跟随其后，说，我死了便挖个坑把我埋了。

有关先生饮酒，坊间也流传很多佳话，鄙人还是那种态度，姑妄言之，姑妄听之。

庐山东林寺释慧远法师，集缁素一百二十三人，于庐山西岩之下般若台精舍结白莲社。其中声望著称于世的，号称莲社十八贤，包括刘遗民、张诠、雷次宗、宗炳、周续之、张野等。

当时，秘书丞谢灵运才学冠绝江左，而负才傲物，少有他所叹服之人。他在神殿后方开凿出两个池子，栽种莲花，以此为功而申请入社，法师察觉其"心杂"，竟拒绝了。

靖节先生与法师为方外之交，法师带信给先生，邀请其加入莲社。先生问道："要是允许喝酒，我就去。"法师笑而允之。

慧远一生守戒精严。大病临终时，门人侍奉汤药，要以酒为药引，慧远说，酒是五戒之一，怎可破戒？可对先生呢，却能网开一面，足见器重。

先生于是前往东林，近前，他听见寺院的钟声响了，便紧攒眉头，转身朝来路走去。

为何听到钟声就眉头紧锁？鄙人可以想见，先生饮酒之时，讲究的是尽兴。忽然，"咣——"的一声，庄严的钟声撞响了，那理性之声，予人以振聋发聩的警醒，你说还能有心饮用下去吗？

这则故事非常有趣，也不知是否实有其事。至少可以说明，先生与慧远法师私交甚好，但先生与佛教始终保持若即若离的关系，这或许是最为舒适的距离。

有说先生不解音声，而畜素琴一张。素琴，乃无弦琴，琴弦和琴徽都不具备。每有以酒会友之时，先生借着酒兴，抚弄素琴，听之不闻其声，视之不全其弦。

然而，先生在《与子俨等疏》中，曾分明写道："少学琴书，偶爱闲静。"可见，他自幼就学琴，不懂音律，绝无可能。鄙人曾多次欣赏过先生之技艺，的确美妙无比。

说起来，无弦比之于有弦，显然更富有戏剧性，这个噱头更引人注目，对吧？但我等总不能为了追求标新立异之效，而将先生置于矫揉造作、滑稽可笑的境地吧。

诸位不妨设想一下，每当酒酣耳热之时，先生便离开酒席，走到一架无弦琴前，手舞足蹈，装腔作势地演奏一番，并无任何乐声发出来，而先生依然如醉如痴陶然于其间。这简直不可理喻。因为这不符合先生质朴无华的个性。他性情中无一丝夸张矫饰的色彩，全然是自然本真，这一点我等也是知晓的。

鄙人清楚地记得，先生的琴，原本弦徽具足，后来一场火灾，夺走了一根弦。如果无意于续弦，或者无力续弦的话，弦只会越来越少。好像不是一次性断的，而是有一个过程。当然，也不排除陶侃这样顽皮到上房揭瓦的孩子，弄断过一两根，将琴徽也弄丢了。说不准啊。

有可能的是，一开始少了一两根弦，先生将就着弹拨。之后，少而又少，甚至全没啦，还能弹吗？或许曾有过一两回，他试图走近它，想弹点什么，以助兴抒怀，发现它已成了一张光板的素琴了，再也无法发声了，唯有抚琴叹息。这，总不能称为弹琴吧？

鄙人推测，后人看到的一张无弦琴，大概是它功成身退之时吧。于是，便想当然地大胆设想，并且安排先生抚琴轻叩，摇头晃脑地唱曰："但识琴中趣，何劳弦上声。"这事搁在阮籍和嵇康这等狂放之徒身上，或许合情合理，但在先生身上，绝无可能。

有说，无论富贵还是贫贱之人造访先生，先生有酒就会拿出来待客。先生若是先喝醉了，便对客人说，我醉欲眠，卿可去!意思是,我喝醉了,要睡觉了,你可以走啦。

先生的确来者弗迎,去者弗将,本色而真率,但还是挺温厚儒雅的,至少鄙人不曾听到他说过这等简慢之语。喝多了,多半趴在桌上,或被搀扶上床,就睡着了,剩下的人喝酒也好,谈笑也好,哭闹也好,他一概不问不知。

还有说,郡将曾来迎候先生,恰遇先生所酿之酒熟了,大概是一时找不到合适的纱巾,情急之下,先生忙将头上的葛巾一把抓下,用以滤酒。过滤好了,又戴回头上。

对此,鄙人还是那句话,先生的直率,乃出自于自然,任何矫情、夸饰的做派,先生必不肯为之。再说,湿漉漉、软塌塌满是酒气的葛巾,甚至还沾上了一点酒糟,就么戴回头上,不说有碍观瞻,岂不容易生病?

鄙人历来以为,先生固然嗜酒,但绝不可以酒徒视之。

四

先生五十七岁那年,朝中发生了一件惊天大事。

事情还得从上一年,即元熙二年说起。

六月,尚书傅亮奉劝晋恭帝禅位给刘裕,草拟了一份诏书呈送给恭帝,请他照着样本誊写一遍,再签上大名。

晋恭帝欣然执笔。下笔前,还面带微笑环顾左右说,桓玄之时,晋室业已丧失天下,国祚重蒙刘公(刘裕)力挽,才赖以延续至今,几达二十年了。今日之事,我原本就实所甘心。

好像他早知有这么一天,就等着杀伐成性的刘裕前来交接。

于是，在一页赤纸而非大幅黄纸上，恭帝像个刚发鸿蒙的学童，就着范文一笔一画地描摹着，慢慢地誊写了一遍，并一丝不苟地对照检查，再签署名号，诏告天下。

接着，刘裕便在建康的南郊筑坛，曰"应天顺时，受兹明命"，即皇帝位。礼毕，刘裕从石头城备法驾，进入建康城，临太极殿。大赦天下，改为宋武帝永初元年。废晋恭帝为零陵王，宫殿设在故秣陵县。

永初二年辛酉，六月，又是六月，也就是才过一年，宋武帝刘裕将一罂毒酒，交给前琅邪郎中令张祎，让他前去鸩杀零陵王。

张祎捧着这只小口大肚的瓶子，颤颤巍巍，宛若千斤，踟蹰不前，叹息道，鸩杀君王，以求生存，何如去死。于是，他怀着忧戚如焚的心绪，在路上自饮而卒。

太常褚秀之、侍中褚淡之，均为褚妃（原恭帝王后）的兄弟。零陵王每生有男儿，刘裕就令秀之兄弟伺机杀害。

自逊位之后，零陵王害怕新的灾祸来临，每日诚惶诚恐，重门击柝，与褚妃共处一室。褚妃亲侍炊爨，因而宋人无由下手。

九月，刘裕令褚淡之与兄右卫将军褚叔度，探看褚妃，伺机动手。褚妃另觅一室相见。

此时，有军人乘虚翻墙而入，将毒药呈献于零陵王面前。零陵王惊骇万状，不肯饮下，说道，依佛教六道轮回之说，自尽者来生不得做人。

军人也不多言，一拥而上，用被褥将他死死蒙住。零陵王像是腹中的胎儿，胡乱踢腾。军人一顿乱剑穿刺，刚才死命挣扎的隆起之物，顿时疲软坍塌下来。一会儿，从底下流出一股股血来，就像那封诏书的色泽一样，殷红的。

该年，靖节先生写下了《述酒》一诗。

关于《述酒》，其隐晦犹如重重迷雾，鄙人有些望而却步，都不知道该如何讲述了。

有人认为，此篇有其义而亡其辞，宛如天书，不可解读。似不至于此，然而，的确难以理解，这也是事实。

因为用典过多，讲解时难免烦琐枯燥，鄙人就不串讲了，以免陷于迷宫般的典故中而不能自拔，反倒遗失了先生述酒的要旨。

鄙人先就先生对诗题的自注"仪狄造，杜康润色之"，引述《战国策》的一则故事。

远古之时，帝女仪狄造酒，进献给大禹。大禹喝后感到其味甘醇，竟出乎意料地疏远了仪狄，他断言：后世必有因酒而亡国者。

太元三年，秦朝秘书郎赵整，作《酒德歌》说："地列酒泉，天垂酒池，杜康妙识，仪狄先知。纣丧殷邦，桀倾夏国。由此言之，前危后则。"

意思是，地上布列着酒泉，空中悬垂着酒池，仪狄造酒，杜康完善。商纣暴饮丧殷邦，夏桀酗酒倾夏朝。由此说来，前车之倾，乃后车之鉴。

两则典故，均以饮酒讽喻亡国。先生自注，其中深意，怕是在此。

仪狄，夏禹时的造酒者；杜康，周代人，善酿酒。谓其

"润色",是加工后使之更臻完美。

元兴元年,桓玄攻占建康,杀死司马元显,判处太傅会稽王司马道子纵子有罪,该当弃世,迁徙至安成郡。桓玄派人到安成郡,暗中鸩杀了司马道子。

义熙十四年,刘裕派王韶之鸩杀晋安帝,未果,遂将安帝吊死在东堂之上。

如今,刘裕又弑杀了晋恭帝。

"仪狄造,杜康润色之",以仪狄影射桓玄,以杜康影射刘裕。东晋之亡,亡于两次篡夺,桓玄启之,刘裕成之,典午一朝遂告寿终。《述酒》实乃一首述亡之诗。

但是,通观先生《述酒》全篇,却无一处提及酒事。鄙人忽然想起猜谜的规则:谜底若是酒,那么谜面中最不该出现的字是什么呢?对的,是"酒"字。

始终不会把这个字说出来,只用一种比喻拐弯抹角地暗示它。所以,从某种意义说,《述酒》与其说是一首诗,还不如说是一则深奥的寓言。

是的,一些重大事件,总有人想方设法加以掩盖,希望人们彻底遗忘。时过境迁,果真也就失忆了,人们是多么健忘!可偏偏有人不想忘却,先生就是这样的人。活着,且要记住。既然不能穿透黑暗,至少可以用廋辞记录下来。总有一天,这些密码会一一破解,还原历史真相。孔子修订《春秋》,使用的春秋笔法,也是此意。

晋氏南渡之初,名臣荟萃,如祖逖、王导、温峤、郗鉴和陶侃等,东晋暂得偏安江左。之后,浸以式微,至晋恭帝而王气已尽。

起初，刘裕名微位薄，轻狡无行，高门望族都不屑与之来往。可他一旦重兵在握，便挟持朝廷，门阀纷纷慑服。他的起家，没什么新花招，不过是喜欢玩弄图谶祥瑞之术而已，试图神化自己，是所谓"妖由人兴"。他统治天下，靠的是变本加厉的暴力和欺诈。

《汉书》中有一则典故。汉武帝经过卜式的羊圈，看到羊群膘肥体壮，称赏不已。卜式说，非独养羊，治民也是如此。按时起居，患病的、捣乱的，就及时剔除，不让它败坏了整个群体。

当然谁是病患者，谁是不安分子，得由牧者说了算。卜式因而被称为"善牧者"。

为了篡晋，刘裕所采用的也是善牧者的做法，诛除异己。连过去协同剿灭桓玄的大臣，也一一剪杀殆尽。兔死狗烹，鸟尽弓藏。且先后加害了安、恭二帝，可谓大逆不道。

史上，魏王曹丕称帝，废汉献帝刘协为山阳公，但让他活了十四年，并未置之于死地；而恭帝心甘情愿逊位，却相煎太急，次年就遭刘裕杀害。"流泪抱中叹，倾耳听司晨"，每读至此，鄙人的泪水也不由得为之夺眶而出。

许多的隐士都是"身处江海之上，心在魏阙之下"。隐居在江湖之上，心里却惦念着宫廷的荣华富贵。而先生也有所惦念，却有别于此。

可以想见，先生中夜醒来，想到晋室国祚就这样轻易地更换了，而安、恭二帝，竟惨遭横祸，魂归何处？而黎民百姓呢，更是朝不保夕。他抱紧自己,不觉悲从中来,流泪叹息,久久不能成寐。盼望着公鸡啼鸣,好早点结束这至暗时刻,以待一阳来复。

有人说,《述酒》不敢直言,借廋辞以抒其忠愤。更有人说,诗家视渊明,犹孔门视伯夷。鄙人则不敢苟同。

事实上,先生无意忠于晋室,原本对它并无好感,毕竟司马氏政权来路不正。晋惠帝时,天下大乱,百姓多饿死,晋惠帝竟闹出个"何不食肉糜"的大笑话来。而安、恭二帝,更是愚不可及,每况愈下。先生的出仕和隐退,均于义熙元年之前就完成了,晋室朝政不但乏善可陈,而且腐朽没落。

只是他更不堪忍受篡晋者刘裕,他的飞扬跋扈和残暴无情,远过于前朝。

刘程之以晋室遗民自居,改名遗民。先生也倾向于认为自己是晋人。他在《桃花源记》中写的第一句"晋太元中,武陵人捕鱼为业",并非随意而为。友人颜延之在诔文中,给予先生的定位是"有晋征士",也非信笔写来,不过是顺遂了先生的心意而已。

先生所著文章,皆题其年月。义熙以前,则书晋室年号;自刘裕改元永初以来,只标记甲子。也就是说,刘裕凭借武力,可以改元"永初",但缺少秉国执政的合法性,先生从来都是拒绝承认的。

这里插一句,鄙人清楚地记得,书写年号、甲子之别,确有其事。先生诗文大多经鄙人编排,此事确定无疑。兴许后来转相传抄,有的版本被后人随意删削,是故造成年号、甲子之说似不成立,大谬不然。

入宋之后,先生将名字改为"潜"。他压根就不想上岸,甘于渊默,乐于隐遁。

是的,鄙人追随先生多年,印象中,他老是怀想古代,尤其是上古之时。越到后来,他身上的遗老气息,也就越见浓重了。

好啦,关于先生饮酒的话题,我等也宜暂告一段落了。

不过,从诸位兄台的表情看,似是意犹未尽。想必事先一定期望过高,以为这个话题原本妙趣横生,可以大加阐发。将先生对酒当歌的一面,予以铺张扬厉,使之酣畅淋漓,塑造一个类似于酒神一样的人物来,兀然而醉,豁然而醒。不料就这样草草地收场,难怪诸位不能尽兴,实在是老朽之不才。

哈哈,鄙人善饮,却不善谈酒,谈酒何如饮酒?

对啦,诸位兄台,和老朽还未曾同桌共饮过呢,老朽记着还欠了一顿酒。改日吧,老朽略备薄酒,诚邀诸位赏脸,光临舍下,痛饮一番。于似醉非醉之间,我等再来诵读先生的诗文,如何?他的诸多篇章是适合酒后诵读的,因为酒能起兴,也最易使人伤感。我等身上激发出来的酒兴,与先生诗文中潜在的酒性,彼此融通,交互感应,此时的诵读效果,想是最佳。

其实,先生饮酒之事早已散见于诗文的各个章节,宛如佐料,不可或缺。本章所叙,不过是取其尤者而已。再说,酒能醉人,还是少饮为好,诸位兄台也该浅尝辄止。

看来,老朽也只能这样勉为其难地自圆其说了,还请海涵吧!就此打住。

第五章

桃源

按照贤侄刚提交的议题，本讲内容该是先生的桃源梦境，也即理想国度了。

开讲之前，鄙人先讲一则逸闻，就是虎溪三笑的故事。也许诸位兄台早就耳熟能详了，鉴于它的有趣性与蕴含的意义，老朽也不惮繁复，略述如下。

诸位或许听闻，慧远在东林寺有个惯例，送客不过虎溪。这条溪涧，从东林寺的后山流出，绕寺而转，流经寺前，从桥下穿过，再流向山外。此桥名为虎溪桥。

那天，靖节先生和简寂观的老道陆修静来访，不知是相约而来，还是不期而遇，反正三者历史性地会晤了。辞别时，慧远法师送客，三老边走边说，言谈甚恰，不觉间在悠然清风之下送过了虎溪。

当三人行经桥上的那一刻，桥下的泉水不舍须臾朝山下流去，而林中的老虎发出了低沉的吼声，似是提醒法师，毋破规矩，该止步了。三人一同回首看山，山在白云缥缈间，遂恍然醒悟，不觉哈哈大笑，合十而别。

后人往往赋予这则典故以象征意义，证明儒释道三者圆融和谐，庐山实乃修道之理想境地。这自然也不错。画家以此为题材，画出了诸多版本的虎溪三笑图来。

其实，稍稍留意的话，便不难发现，故事美则美矣，却明显偏离实情。之所以将错就错，实乃取其意美。这样美好的资源原本就稀缺，谁也不会太较真了，对吧。

我等不妨看看三者的年龄。慧远法师长靖节先生十二岁，长陆道士七十二岁。先生长陆道士四十一岁。关键是陆道士于大明五年才来庐山，其时，法师和先生早已归于道山，何来三笑？

再说，将靖节先生定位于儒者，也有先入为主之嫌，鄙人以为未必确切。先生究竟是儒是道，抑或亦儒亦道、先儒后道，历来聚讼不一。

从其少年"游好在六经"，青年"猛志逸四海"来看，先生所读之书，所立之志，均在儒家。似乎在仕途上顺遂一些，或者说再拉他一把，就笃定是儒家了。

其后屡仕屡辞，躬耕田亩，则渐渐倾向于道家。从某种意义上说，冥冥中，有只手将先生推向了道家。

不过，这样说，也有失公允，孔老夫子困于陈蔡，仕途多舛，最终也未因儒入道啊。孔子的处世哲学是"知其不可而为之"，而先生则是"知其不可奈何而安之若命"，这才是根本差异所在。可见，跟命运的顺逆无关，还因秉性各异、志趣不同，而趋舍迥异。

魏晋之士多儒道兼综：遵儒者之教，履道家之言。但求放达，不婴世务，居官无官官之事，处事无事事之心。一时俊异，皆祖尚玄虚，身在庙堂，心在山林。

若说登车揽辔，澄清天下，可谓是人人皆有的抱负；而寻找一方乐土，却非人人所能为之，靖节先生却做到了。这个家园就其性质来说，是老庄式的。从其最终具有代表性的理想成果——桃花源来看，鄙人倒认为先生属于道家，似更恰切。至少可以说，在儒道兼综的前提下，他更侧重于道家。

有说先生富于诗人之情趣，兼有儒者之抱负，而归宿于道家之超脱，可谓得之矣。

鄙人尤其反感的是，将先生看成是儒家道统的承继者，称之为"悟道"，这可以看作是儒家在争取他，并无实际意义。先生不需要这般贴金，才不管什么道不道的，他拥有的是一个自由不羁的灵魂。

一

鄙人还忘了交代一件事。

义熙十一年，先生五十一岁时，痁疾发作，困卧在床，意气萧索，大有来日无多之意。翟氏也经常唉声叹气，不知如何是好。我常侍于先生床侧，以应盼咐。

是年，鄙人二十七八，从大家庭中分离出来，想到那句箴言"相濡以沫，不如相忘于江湖"，与其不足而朝夕相伴，岂若有余而相忘于天地之间？索性也从上京搬到了栗里。在与先生只隔一个村巷的地方,定居下来,便于照料先生,借以免除两地奔波之苦。

我的两个犬子已经十一二岁了,均很壮实,一般劳力还抵不上呢。大约十五六岁时,已经是扎实劳力了。工余之暇,他俩随时听命于先生,帮先生抬篮舆,也就是竹编的小轿子。

永初三年,先生五十八岁。

这年春上的一个傍晚,先生跟我说,仁子,明朝去东林寺访旧,不走官道,官道太弯,想抢直从山间插过去,你看能行不?

鄙人领会了先生的意思。其实,他是想有意避开穿梭如织的官道,那里总给人以兵荒马乱之感,有被兵旅裹挟、冲击之虞,随时都可能倒毙于路。

尽管山里或许会遇见大虫,但光天化日之下,老虎总不至于那么猖獗吧。不过仍不免有几分担忧,先生不会不知晓,也是不得已而为之,可见战乱猛于虎啊。

我说,没事,可以的,山路四通八达,总能走得通的。我砍柴也有些经验。

鄙人交代两个犬子,明天什么也别做,得护送先生去东林寺。我打算随同先生一道前往。

晚上,我不放心,还做了一点功课,向村里的两位老人打听路径。

彼等笑言,一脚的好路。从石潭池上行,顺山涧走,翻过金鸡岭,下到山谷里,沿庐山河上溯,再翻过西边的山岭,照直走去,不远就是东林寺了。

原来，彼等都挑炭去寺庙卖过，可谓轻车熟路。

于时，清露晨流，新桐初引，我等随先生发轿首途了。

山路并不如想象的好走，春来都给枝条、茅草挤占了。蛛网夜间沾上的露珠，尚未滚落干净，亮晶晶的。幸亏我带了柴刀，在前方披榛觅路，否则寸步难移。先生几次要下地行走，都给我拦住了。衣服会刮烂不说，手上和脸上也会划出条条血痕来的。

我等尽量取途驿道，以免从歧路误入虎穴。在此荒山野岭，碰上伤人的野物，或者与逃亡的兵卒不期而遇，同样凶险。还好，路上除偶见商贾和樵夫之外，并无多少行人。隐约可见顶着犄角的走兽，于林中一闪而过。

到达金鸡岭，已是午时。歇下来，该找个地方打尖了，上面尚有两户人家。饭后先生没休息，也不急于赶路，而是到周边转悠，许是先生喜欢上这里了。

不知何以称为"金鸡岭"，是山岭耸立，傲视群山，如挺立的金鸡呢，还是曾有司晨于此昂首啼鸣，声传万壑，如闻天鸡呢？不得而知。

的确，这里居高临下，幽然深远。放眼望去，依稀可见柴桑城的一隅。淡蓝色的轻烟，将丘陵层层晕染，极富层次感。那边似乎还有片广阔的水域，冉冉地蒸腾起水汽，使得远山蒙上了一层雾气。

稍近，就是庐山第一大峡谷——康王谷。它之所以大，不在其宽，而在其纵深达十五华里之长。蜿蜒曲折，无法一眼穷尽。你所看见的，永远只是局部。既幽且深，最是幽人独居的好去处。

眼前的山坡上，开满了杜鹃花；桃花、梨花也开得芬芳娇艳。"嗡嗡"的蜜蜂在花间肆意翻找，有时半天凝定不动，有时，又像弹珠般一弹老远。

一头老黄牛在田埂上吃草，抬起头来"哞哞"地叫了两声，声音在空气中震动，有一种地老天荒的况味。

顺便说一下，鄙人的两个犬子，于先生故世不久，感觉使命已完，就一道迁往金鸡岭，买田置产，繁之育之，也衍化成一个不小的陶氏村落了。

抬轿虽是力气活，但也需一定的技巧。有大户人家想雇请两个犬子，按说也是一件美差，谁知他俩偏不干，抛下一句话说，人家是人，我等也是人，凭什么让我等抬他？

可是，原先侍奉先生时，他俩从来无怨无艾啊。鄙人以为，许是先生唤醒了其潜藏的"人的意识"。

鄙人也观察到，很多本地人都是这样，宁愿下地干活，也不愿做轿夫。庐山的轿夫大多是靠近寻阳江北一带的鄂人。

内人过世后，鄙人被儿子接来，曾在金鸡岭居住过一年，也算是准桃花源中人了。不久，又回到栗里，毕竟那里熟人多，尤其还是先生最后的归宿。我也无意于回迁上京，于此安度晚年，实所心安。这都是后话。

眼下，从金鸡岭下到峡谷，陡峭如削，怯于下足。一行人哧溜下滑，无力支撑自身和篮舆的重量。稍一失足，就将万劫不复。鄙人不得不如马前卒一般，尽力用背部顶住轿子，双手紧紧地握牢竹竿，脚尖死死抓住地面，不至于过快地下滑。

脚下腾起的尘土，让人有种腾云驾雾之感；崩塌的石块快速跌落下去,好久才听到探底的回声。

下到一半时,停在平地休息。先生下轿,站起身来,活动了一下有些麻木的筋骨,缓解刚才的紧张。

忽然,一阵山风飒然而至,分外凉爽宜人。鄙人也脱口说了一声,快哉此风!

随之而来的,竟是一阵红雨乱飞。浅红色的花片纷纷扬扬,斜斜地飘飞在我等一行人之间。瞬间,众人都沐浴在缤纷的花雨中,不辨东西。

鄙人看到,先生的葛巾和肩头,也落了几片花瓣。因为它的轻盈,一点都感觉不到分量,甚至也没有雪花的"沙沙"声。落在身上或地上,熨帖得像是印上去的椭圆形图案。

其时,鄙人多少生出落叶飞花之感,天真地将手掌伸出去承接。那些花瓣斜飞而下,或穿指而过,或滑掌而逝,像精灵一般躲闪开去,竟一片也不曾留下。

抬眼望去,一棵颇有年份的桃树,恰从几步开外往我等站立的上方,延伸着盘虬的枝干。上面繁花簇簇,在太阳的映照下,极尽明媚之妍态。

先生伫立于清风花影下,看着幽深的峡谷,似乎十分惬意,又有些惊异。想来,先生也是第一次来,自然被眼前的景致吸引住了。

一条还算宽阔的河流,从上游流来,忽而左行,忽而右行,在冲积而成的平畴间左右折冲,在石块上堆积出白色而细碎的浪花来。平地或者峡谷两岸的梯田里,种满了油菜,盛开着金灿灿的花朵。

河谷里,山坡上,随意可见一棵棵、一片片桃树。石缝间长出的绿草，经太阳一照，像上了釉彩一样，熠熠闪亮。

峡谷间的高地上、坡地上，俨然分布着屋舍。舍南舍北栽种了桑树和竹子，老人、孩子出没其间，村姑村妇翻晒着衣被。鸡犬之声，时有所闻。

有老农背负木犁和牛轭，牵着一条黄牛，走在连接两岸的石桥上，去到对面的山坡上耕地。也有农人一边播种，一边遮土，不知所种何物。其衣着与外人率皆无异。

先生伫立良久，一声不响地注视着眼前的一切，有些如醉如痴。

不知是什么如此吸引先生。看上去，同山外的景象并无二致，无非是良田美池桑竹之类，山外哪里都有，为何在山谷中，却显得有些特别呢？

先生看到了我等看不到的东西，必定是这别有洞天的地域吸引住了先生，一样的田畴，一样的百姓，甚至一样的阳光雨露，生长于何处却是至关重要的。这种封闭的状态，想必是可以孕育迥异的特质，而将某些不利因素屏除在外了吧。可是，这样的地方却是可遇不可求。

前路还长，鄙人实在不忍心去打搅先生。两个孩子对眼前的景致毫无兴趣，就近采野果去了。

来到谷中，先生执意要下地行走，鄙人也不便过于阻挠。只好在需要之时搀扶一下。

沿河有条小路，春来遍地的桃花水，从山坡上，从马路边，汩汩地涌流出来，如一张稠密的蛛网，纵横交错，漫过小路，流入河道。小路被流水分割得支离破碎，没几块干处，总是水汪汪、湿漉漉的。

小路时在左岸，时在右岸，有时隐入石丛，有时干脆消失不见了。我等只好在大小不等的石头上蹦跳前行。有时需颤颤巍巍地走过一段独木桥，有时干脆"哗哗"地涉水而过。

苔柔石滑，稍不留神，就会摔进水里。每逢这时，父子三人便与先生不离须臾，前后左右，加以护卫。

顺着河床溯流而上，河道逐渐收缩变窄，水流变急。水面不时能见花瓣顺流而下，一部分旋转着潴留于静水湾，在岸边形成一道弯曲的粉红色镶边，水光潋滟，煞是好看。

鄙人这才留心到，河谷里，村落里，桃花比想象的还要多。桃花且开且落，短暂而又静美。有时山坡上呼啦啦开出一大片，宛若一抹红云，或一片烈焰，在阳光下尽情铺展着，燃烧着，绚烂极了。

日晡，山谷的阴影，像幕布般拉开。太阳早早地落山了，两岸的林子里响起了鸟噪声。可山谷的上空依然明亮如昼，尤其是朝西的山峰，依旧洒满阳光。

或是路上耽搁过久，或是对行程估算不足，反正天黑之前无论如何是出不去了。鄙人不无焦虑地跟先生提议，不如就近找个村子住下来，明早再说。先生有些无可无不可，似乎也没打算急着往前赶，便满口应承了。

沿河继续上行，河道陡峭而狭窄，水流湍急。往后的路不怎么好走，赶紧请先生上轿。

前方的山嘴上，是一片高大的小叶香枫林地，树龄怕有千年之久。枫树的下半部已深陷于幽冥中，而顶部还沐浴在明晃晃的光照里。鹅黄色的叶片如伸开的五指手掌,在微风中来回摩挲。随着日落,一股凉意渐升。

转过山嘴,在一道长长的高坡顶端,有个村落赫然在望,宛如立于高山之巅,该到了山谷的尽头吧?村子的上方正升起了深蓝色的炊烟。

蓦地,一位荷锄的老者从林中走出,他提了一篮刚挖的春笋。见到我等,便停下拱手行礼,并询问,各位要去哪里?

先生揖手相答,长者,老夫此行要去东林寺,天色已晚,请问前方何村?可否借宿?

老者说,前面是杜村,康姓人家,若不嫌粗陋,不妨就请住我家吧。

先生说,那敢情好,叨扰了。

山谷里,说断夜,就断夜了,四周昏暗起来。

这样,我等一行跟着荷锄的老者,渐渐走近了杜村。村子并不大,十来户人家,实则是一个家族。

杜村并非立于山巅,也非峡谷中最远的村落,往前看,更有一村在前头。老者说,那叫督里,就是山谷尽头的意思。

此时,先生朝山谷的右方眺望。一挂瀑布如百幅鲛绡,从天而挂,宛如飞涛喷雪,雷奔海立,壮观天下无。老者介绍说,此为谷帘泉。是一位过路的文人取的名字。

杜村的灯火,一盏一盏,陆续亮起来了。

进到村子,忽听得谁家的媳妇坐在门前,唱着一支忧伤的小调,幽幽怨怨,凄楚哀婉。她年可十八九,姿容端方,衣着鲜洁,有一口细小整齐的牙齿。

旁边的老翁和妇女围坐成一圈，有的嘟着嘴侧耳倾听，有的则轻声随唱。更有两个小女孩站在那里，轻移脚步，晃动手臂，跟着助唱。

……　……

三月桃花是清明，对对燕子把巢寻，

双来双去多欢乐，孟姜独自路上行。

四月蔷薇满园春，千里寻夫女孟姜；

丈夫长城无音信，不知生死与存亡？

……　……

鄙人只觉好听，但不解音律，忙就教于先生。

先生说，是《杞梁妻》曲。齐国攻打莒国，杞梁战死，杞梁妻在郊外迎接他的灵柩，哭得极其悲哀，所遇之人莫不挥泪。

稍歇，先生又说，十日之后，城墙为之而崩溃。杞梁妻投水而死。妹妹明月为其贞操而悲悼，为她作歌，取名为《杞梁妻》。

鄙人分明听到的是孟姜女，并非杞梁妻，这是怎么回事？

先生见鄙人有些不解，就补充说，杞梁之妻，名叫孟姜女。或许因天下苦秦已久之故，《杞梁妻》就演变为孟姜女哭长城的故事。

哦，原来是这样的。

……　……

五月榴花满树红，处处龙舟闹端阳；

来来往往人多少，不见亲夫万喜良。

六月荷花映日红，想起喜良在园中；

与我初定鸳鸯谱，钦差捉去无影踪。

…… ……

曲调回旋往复，如泣如诉，如怨如慕，凄苦动人，让人更觉村落的古朴，历史的深邃。

…… ……

筑人筑土一万里，孟姜寻夫久不遇。
一号城崩边塞秋，再号喜良骨出土。

…… ……

不知为何，这段古老的唱腔让人生出无得而状的惆怅。我陷入某种忧郁的基调里，往后看什么都难免会带有忧伤的色彩。

不过，鄙人对唱词中演变出的故事尤感兴趣。万喜良被征徭役筑长城，不料却身死北疆。可怜的孟姜女，原本一个弱女子，踏上了万里寻夫之路。她背着寒衣一路哭诉，伤心欲绝，所经之长城纷纷为之崩塌。当得知丈夫已死，决绝刚烈的孟姜女，愤而投海自尽。民间遂留下了这则千古绝唱的故事：孟姜女哭长城，哭倒长城八百里。

带着孟姜女歌谣的袅袅余音，我等不觉间就进到老者的家中。鄙人还在寻思，一个孱弱不堪的女子，何以具有如此大的威力，竟将巍巍长城哭倒八百里之遥？是不堪忍受苦难的泪水浸泡，城墙才分崩离析；还是人怨引发了天怒，而导致了最终的城毁秦亡？现在想来，故事不免有些夸张，有些荒诞不经，但其中揭示的某种义理，却是站得住脚的。

不久，每人手里便端上了一碗热腾腾的川芎茶。这是山里特有的一种药材，可以驱寒除湿，舒筋活络。只是有一股很冲的气味,不是人人都能习惯得了的。

显然,村里很少有山外来客,更别说来者是位先生。一时间村民咸来问询,哪里来的?来这里做什么?要去哪里?这几个问题初看不难回答,细想又极高深,几乎是我等来到人世,所需回答的全部问题。

彼等也不客气,径直走进屋里,找地方坐下,或者蹲在门槛上,倚在门框上。有年已迈迈的拄杖老者,有怯怯地被夹在大人腿间的垂髫孩童,也有叽叽喳喳的坤道,均直勾勾地盯着来人,好像见到天外来客,充满好奇。

稍晚,有人端着饭碗赶来了,就连刚才唱小调的小媳妇也来了。她坐在自带的小马扎上,边安静地打量着来客,边纳着鞋底。绳子"呼呼"地从鞋底抽过,拉得老长,长过她好看的发髻。她将针尖在头皮上轻轻地刮擦,然后钩下头去,开始一轮又一轮的穿引,动作娴熟而优美。

老者一家十分好客,还特地杀了一只鸡,拿出陈酿美酒来待客,这算是乡间最高礼遇了。

诸位兄台肯定会想,逢上这样古道热肠的村落,好客的人家,先生怕是又要醉一回了。

错矣,此番先生不知为何,却偏偏没醉。

也许刚才在路上,他已醉过一次了,就没想要再醉一回。先生似乎无心于酒食,而是另有所关注。倒是成全了我等父子三人,混个酒足饭饱。

先生一直在与村民们饶有兴致地交谈。他事事问得周详,甚至还涉及赋税、官府之类。回应村民之问,先生也不厌其烦,将山外一些事情做了介绍。

没想到的是，村里还有一个古老的传说，实则也是关于山民身世的一个尘封已久的秘密。

秦灭六国时，大将王翦追击楚国的康王，也即楚怀王之子熊绎。康王走投无路之下，在一个细雨蒙蒙的黄昏，带着仅存的一队人马，遁入这条狭长的深谷。其时，日既西倾，车怠马乏。而两岸的桃树上结满了累累果实，正在成熟之际，个个鲜红欲滴，粉嫩可爱，散发着甜蜜的气息，似乎在等着有人来品尝，不经意间，却解救了楚国这支逃亡部队。

王翦迷路，追之不及，不敢深究，只得打马回府。康王幸存下来了，康王谷由此而来。康王谷中的桃子，因之称为"恩桃"。

最初，康王于此避难，隐姓埋名，怀有"楚虽三户，亡秦必楚"的奇志。建造康王城，操练部曲，囤积粮草，指望着有朝一日，东山再起，兴楚灭秦。

之后，随着康王的老去，朝代的更迭，历史的裂痕在遗忘中获得了重新弥合。康王的后人因军转民，世世生息于此，不再言战，也不再出山了。

现有的康姓人家，即为康王之后裔。至今康姓与熊姓之间，仍不通亲，因为彼等原本是一家。

原来如此，鄙人这才醒悟过来，何以孟姜女的曲调听来，别有一番滋味。如此凄婉、悲戚，似从国仇家恨中唱出，满是亡国灭族之悲愤。

不久，村里的灯火依次熄灭，沉入昏黑中。极其幽静，静得出奇，像是回到了太古时期。

东侧的大山,像拉起的一道厚厚的帷幕。深蓝的天光,勾勒出山顶起伏的轮廓。上面稍有外界侵袭而来的尘埃,旋即被奇异的气流阻隔在外。

亥时,先生依旧没睡,他独立于屋舍的北门,默默地注视着沉沉的黑野。

逝者如斯夫,不舍昼夜。

不远处的庐山河,在一刻不停地朝山下流淌。好像是从先生的那把无弦琴上流出,在山谷间发出持续的鸣响,回声清越,显出少有的空灵。

先生不用回头便知身后是我,就说,仁子,还没睡吗?

是的,先生。

先生随和地说,你过来看看,这里的天空,似乎不同于外界。

我说,是的,更加的明净。

先生没吱声,似乎并不满意我的回答,不仅是明净,也许还应加上别有洞天才对。似乎天空只笼罩着这一片丘壑,为这方水土所独有。

我指着侧上方问,先生,那是北斗吗?

先生说,不错,是北斗七星。

这个季节,斗柄指向东方,而斗口的桃花星,则依旧指向北辰,或称紫微星。

我不便打搅先生的独处,回屋歇息了。而先生在外踯躅良久,好一阵才进到隔壁屋里。

鄙人不知道,那一夜,面对黑漆漆的旷野和喧腾的河水,先生浑身静穆,究竟在想什么,是什么样的难题需要如此覃思精研?好像在与宇宙间的某种神秘力量对话和互动。显然,康王谷有什么重重地触动了先生,让他沉睡多年的某种思想获得苏醒,因而产生了宛如得到神启般的振奋。

"嗷——"午夜,鄙人听见山涧对面的虎啸,声音虽短促,但却很专横,并因夜的寂静而放大。它不定是在追踪什么吧?也许仅仅是为了宣示,这是它的领地。我全身如电击一般觳觫,收缩成一团。虽然以前砍柴也听见过,但这么近距离地"伴虎",还未曾有过呢。

山里天亮得晚,次日一早,四周尚是灰蒙蒙时,我等别过老者,从杜村北面涉水过河。河水泛着清清的涟漪,打着丝滑般的旋涡,向下方流去。好在水流不深,大多有涧石可踩踏而过。

穿过密密的丛林,登上不算崎岖的山坡,路过类似于修行者紧闭的独栋院落,来到山脊。迎面一股山风吹来,使得我等衣袂飘飘,像要仙举似的。原来上面还住有零星的人家,山道也挺宽的,路边有摆摊设点做买卖的。

鄙人曾几次回望康王谷,杜村仍沉浸于梦幻中。随着峰回路转,林木遮断,康王谷也旋复不见了,就像不曾有过似的。而村里那个小媳妇哼唱的杞梁妻孟姜女的民谣,不时回旋在鄙人的心际。她的声音富有穿透力,仿佛能让人听见北方城墙一片噼啪的坍塌之声。但愿她拥有孟姜女的美丽,而无有其忧伤,又远较其幸运。

路边,一位老农挑着一担菜蔬,站在山梁的一块高地上,给我等引路。东林寺已朗然在望,往后不过是翻过几道山就到了,兹不必多叙。

从那以后,我等陪同先生由此地去东林寺,至少还有过两三次。都不曾留宿康王谷,顶多做短时逗留,仅有喝一杯茶的工夫,就继续赶路。

一回生二回熟,我等与杜村也熟络起来,交谈起来无有戒备。那位擅唱孟姜女歌谣的小媳妇,也还见过一回。其时,她在我等路经的山岭上,正忙于采茶。但见其帛巾束发,短襦收腰,十指尖尖,上下蹁跹,如蜂飞蝶舞。据说,她还是村里采茶的第一快手呢。

讲到这里,诸位一准猜到了,接下来鄙人肯定会介绍先生的一篇重要作品。是的,很重要。可以说,是先生传世之作,那就是《桃花源记并诗》。

二

鄙人清楚地记得,从东林寺回来不久,先生那篇千古奇文就灿然成章了。可以揣度,他于沿路早已构思完毕,回家就挥笔成文了。

有天晚上,先生唤我至其卧室兼书斋。室内多少有些散乱,到处都是书写的纸页,就像一阵狂风吹过,还来不及收拾。是的,是一阵思想的狂风吹过,不过已经平静下来了。我能感觉到先生内心少有的欢快,想必他已将某种思想梳理得井然有序,纹丝不乱。他将一沓书稿在桌上轻轻地顿了顿,归置齐整后交给我誊写,这就是《桃花源记并诗》。

全文简直是行云流水,一气呵成,少有改动,几乎不用誊写了。鄙人急于先睹为快,忘了先生就在一旁,不由自主地叫出声来,太奇妙了!几乎手之舞之足之蹈之。

先生笑了,像个孩童似的,就像他笔下的"黄发垂髫",怡然自乐,充满了天真和童稚。

后来,人们感兴趣的是,先生的桃花源到底写的是哪里。这也难怪,既是如此绝佳之地,必人人向往之,自然要关心它在哪里。围绕这点,历来聚讼纷如,也是情理之中的事了。因为先生在记文中分明写的是"武陵人",武陵郡为湘楚之地。

鄙人曾就此请益先生,曾否去过武陵郡。先生说,未曾去过。鄙人兴趣愈加浓郁,也不管是否失礼,便穷追不舍地问,那为何是武陵人捕鱼?先生笑而不应。

关于桃花源,鄙人始终认为,即出自康王谷。不仅山川地貌十分契合,而且依据就近性而言,可能性更大。除去行役所至的可以数得出的几个地方,先生一生实际的活动范围并不大,所到之处,无非田舍及庐山周遭的游观而已。

先生在康王谷目所亲见,耳所亲闻,与《桃花源记》内容无不高度吻合。在杜村的那一夜,先生独自面对旷野和夜空的所思所想,不就是作品所呈现出来的奇思妙想吗?

也许先生早就对此充满兴趣,并做过长期的思考,而非即兴之作。

余生也晚,及门受教也迟。记得先生在读《山海经》时,曾跟门生讲过这样一则故事,鄙人也有幸亲承音旨:

有一个叫载民的国度,舜帝在此诞下了女儿无淫,这里的人被称作巫载民。巫载姓肦,食用谷物。不用织布,穿的是树皮草叶;不用耕种,食用的是野生谷物。有一种能歌善舞的鸟类,雄鸟喜唱,雌鸟善舞。有各类野兽,结成群体,友爱相处。各种谷物,相聚而生,供其食用。

先生也曾为弟子介绍过令人向往的"大同世界"。

孔子在《礼记》中说:"大道之行也,天下为公,选贤与能,讲信修睦。故人不独亲其亲,不独子其子;使老有所终,壮有所用,幼有所长,矜寡孤独废疾者有所养;男有分,女有归。货恶其弃于地也,不必藏于己;力恶其不出于身也,不必为己;是故谋闭而不兴,盗窃乱贼而不作,故外户而不闭,是谓大同。"

意谓在大道施行之时,天下为人们所共有。选用品德高尚而又能干的人来治理。讲求诚信,修立和睦。所以,人们不单奉养自己的父母,不单养育自己的子女,而是要使天下老有所终,壮有所用,幼有所养,鳏寡孤独以及残疾之人都得到供养。男有事业,女有归宿。对于财货,人们厌憎扔在地上作践掉,却也不必私藏于己;对于劳作,人们恨不能全力而为,却也不必谋利于己。因此,智巧奸诈弃而不用,盗窃、造反和害人之事不会发生,所以门户可以不闭。这可称为大同之世。

熟读先生的诗文后,鄙人悟出,创作并非单一的记述,实乃一个极为复杂的过程。它须会同或综合诸多元素,借助灵感予以重构,加工成新的作品。这里面的学问深着呢,远非我辈所能探究得了的。

鄙人现就《桃花源记并诗》文中有可能产生的歧义，与在座诸位一道做一番探讨。

前面也提过，记文的时间乃是"晋太元中"。并非是先生对前朝有何忠诚，但可肯定的是，对当世极为反感，以至于只书甲子，不写年号，遑论提及朝代。就先生而言，刘宋压根就不曾存在过。

至于文中的武陵人，先生所撰的《搜神后记》中《桃花源》有记述："渔人姓黄，名道真。"鄙人已讲过，先生一位叫陶淡的叔父，曾于长沙临湘山中结庐而居，身上就有武陵人的影子。他一生都在规避世俗的追击，锲而不舍地寻求世外桃源般的绝境。

接下来，我等试着分析，为何"渔人甚异之"？

武陵人沿溪而行，不知走了多远，忽见一片桃林，分布于河流两岸，长达数百步，不见一棵杂树，芳草鲜美，落英缤纷。然而，这有何异？

如此纯净无杂，世上所无；如此宁静无人，如瑶林琼树，不似人寰。因而渔人不可能不感到殊异。这也暗示着桃花源是单纯的，静美的，也是和谐的。

渔人的惊异，吸引他继续前行。穿行于桃林间，日光花影轻轻地摇曳，划过他的身躯，香气扑鼻而来。恰似进入一个失真的状态，让他多少有些迷离恍惚。桃林在溪流的源头戛然终止，便不可思议地出现了一座山。"山有小口，仿佛若有光。"

我等不必认为是深不可测的山洞，既是小口，又有光，可见并不幽深黑暗。毋宁说是一道有些魔幻色彩的屏障，将山体一分为二，一个是俗界，一个是桃源，它不过是连接两界的一个通道。然而,欲抵达这个小口何其难,就算是踏破铁鞋,也未必能觅得。

渔人将小船系在一棵桃树上,充满好奇地走进了小口。起初极其狭窄,刚好容得下一个装有一颗好奇心的人躬身走过。再又走了几十步,面前才豁然开朗。是的,通往理想国度的路,最初总是极其艰难晦暗的。前方好像有一丝光亮,又好像没有,若隐若现,若即若离。人们极易将它错过,一旦错过便不再有。

接下来,渔人看到的,大抵与先生在康王谷所见相同,无非是土地平旷,屋舍俨然,有良田美池桑竹之类。道路纵横交错,鸡犬之声相闻。其中往来种作,男女衣着,也跟外界大同小异。与先生在《归园田居》中所写极为相似:"暧暧远人村,依依墟里烟。狗吠深巷中,鸡鸣桑树颠。"

到这一步,渔人大致也能满足其窥探之欲,他走进的是一个与世隔绝的雪藏世界。其所见所闻,仅仅停留在类似于对异域风情感兴趣的层面上。这远远不够,还需具有一双慧眼,识其春秋笔法,晓其微言大义。

试看"黄发垂髫,并怡然自乐"一句,全然透露出桃花源中不同凡俗的秘密。孔子的"吾与点也",也不过是向往这般轻松愉悦的境地,谓之大同世界可也。

而山外之人则与之相反,难怪村里人见到渔人大为吃惊。既然衣着没有分别,那就是神情举止迥然相异了。想必渔人的愁苦、麻木、焦虑、忧戚和屈辱,等等,如刀削斧凿般刻在脸上,恰似受过黥刑的奴隶,不难为村里人所洞悉。让人心生怜悯,并吃惊于人的境况何以至此。渔人的这般模样,也不过是黑暗世间的折射,是其人心险恶、风俗浇漓使然。

村里人询问这个不幸的人从哪里来,往何处去。渔人就其所知一一做了回答。村里人遂邀他去家里做客,摆酒杀鸡招待。面对陌生人,村里人毫不设防,将自己和盘托出,自称乃先世逃避秦乱,带领妻儿和乡亲,来到这个人迹罕至的地方,不再出去,与外界隔绝。

这里须分清的是,渔人所见到的,是先世避难者的子孙,而非秦时长生不老者,彼等是人而非神仙。

再看"问今是何世,乃不知有汉,无论魏晋",这句至为精妙,乃是全篇之结穴。让鄙人联想到一幅欢快的上古风俗图来——村民相与连臂,踏地为节,歌击壤之曲,歌曰:"日出而作,日入而息,凿井而饮,耕田而食,帝力于我何有哉?"

阮籍曾设想过无君无臣、无富无贵的社会,"无君而庶物定,无臣而万事理""无贵则贱者不怨,无富则贫者不争"。桃花源与之近似。

也许,桃花源更接近于老子所向往的国度:"小国寡民,使有什伯之器而不用,使民重死而不远徙;虽有舟舆,无所乘之;虽有甲兵,无所陈之;使人复结绳而用之。甘其食,美其服,安其居,乐其俗;邻国相望,鸡犬之声相闻,民至老死不相往来。"这是一个自在自足的社会,人们奉行简约而自然的生活方式。

桃花源的朝代,终止于秦时,往后世间的兴亡更替,与之绝缘。先生的言外之意,大概是:最好的朝代是没有历史的朝代吧。

是的,假如朝代终止于秦代,该有多好。所谓天下社稷,不过是少数握有重器之人，借着保护、教化黎民的名义，而行巧取豪夺、鱼肉百姓之实。而秦则登峰造极，注定要加速其灭亡的宿运。

鄙人忽然醒悟到，为何先生对孟姜女哭长城的民间故事熟稔于心。或许在先生看来，这则故事并非一般的悲剧，而是对秦王朝乃至对所有暴政的深切控诉。荆轲刺秦的故事，以及先生笔下的《桃花源记》，都是将控诉指向同一个目标，即如狼似虎的暴秦，及其谬种之流传。

先生寄言"不知有汉，无论魏晋"，连汉代都不知悉，遑论魏晋。可以看出他的骄傲非同一般，那是一种彻底的漠视。

啊，如烟往事已然远去，渐渐淡漠，连进山的路径也逐渐荒废了。桃花源中人相互鼓励着致力于农耕，太阳落山了便各自歇息。桑树和竹子掩映于房前屋后，豆子和谷物也按时播种。

"春蚕收长丝，秋熟靡王税。"圣人说："我无为，民自化。"在一种虽有父子而无君臣的自然无为状态下，还政于民，让人民自我化育和生息，这也许是社会的最高境地。

虽然没有历书可供查阅，但是春夏秋冬四时运转，自然就完成了一年的生命周期。子曰："天何言哉？四时行焉，百物生焉，天何言哉？"老天何曾说过什么？但是四季运行，百物生长，一切俱足，何干人事？于是，就有了"童孺纵行歌，斑白欢游诣"。

要之，桃花源是一个没有国家和历史、没有战争和灾难、没有官府和王税、没有官吏和军警、没有机巧和争夺，有的只是具有古道热肠遗风的、以家族为纽带关系的自足社会。

渔人待数日之久。辞去之际,桃花源中人不忘叮嘱他:"不足为外人道也。"

鄙人想,渔人肯定是允诺过的。凭着村里人坦诚相见,热情款待,他也理应信守诺言。这是做人起码的准则,将心换心嘛。

可是,随后渔人究竟干了些什么呢?

当他出来后,找到小船,沿着来路折回。一接近那块充满奔竞之心的土地,呼吸着俗世污浊的空气,鄙吝之心复萌,心机智巧继起。他竟然厚颜到处处作记,以至前往郡府禀报太守,邀功请赏,不惜为之带路。

是的,渔人怎么也改变不了所固有的德行。这种德行就其本质而言是一种奴性,而奴性既来自暴行,又来自一直都在灌输的谎言,而他却浑然不自知。

好在天意难违,桃花源再也找不到了。因为淳朴和浇薄,原本就是两个极不相融的世界。桃源神界旋即回复到幽闭的状态,这是对自我的保护,也是对外界的断然拒绝,不存丝毫幻想。

渔人追踪神界,探索奇境,原本功莫大焉;但后来所为,则令人不齿,暴露出人性的丑陋。不说是出卖,起码辜负了桃源中的盛情和善意吧。

最后,我等要说到南阳刘子骥。先生称之为"高尚士",是否暗示他不同于渔人呢?刘子骥听说有桃花源这等奇事,兴味盎然地打算前往探寻。尚未成行就病逝了。往后再也无人问津了。看到这里,人们往往会长舒一口气,感到桃花源从此安全了。

记得先生和我等门生,也曾讲过晋时刘子骥的故事。

刘子骥曾到衡山采药,走远了,忘记回来的路。见到一条溪涧的南面,有两座石门,一开一闭,水深不能涉。想返回又迷路了。遇上一位伐木者问路,才侥幸回到家里。有人说,你怎么不走进石门,里面净是仙灵方药。而当他再次去找寻时,却终究不知道在哪里。

刘子骥一生求仙访道,终不能遇。看来,纵使果有仙道的话,也还需有遇缘。先生安排刘子骥走进桃花源,不知是否有心想成全他?只可惜,他命不假年,未出师身先卒。

然而,有人对这段话,竟做了如下推断:先生见他志坚,必不肯善罢甘休,不得不以他意外的亡故,来终止他执着的寻觅,而让桃花源避免了一场人文灾难,使这方唯一的净土得以完好如初。足见先生用心之良苦,或许他是想避免出现渔人同样的风险。

此种解读,貌似在理,实则荒唐。

似乎为保全桃花源不被外界惊扰,先生不惜安排刘子骥去死,是何言哉?哪怕是虚构,也有一种类似于"始作俑者"的过患。如此,则将先生置于何地?何况先生宅心仁厚,虽非佛教徒,却也爱惜蝼蚁。即使在诗文中,也不忘以天地之心为心,长养万物,化育众生。

刘子骥规划去寻找桃花源,不过是受好奇心所驱使,何罪之有?即使有错,也罪不该诛啊!

诗的末尾，先生发出感喟，借问各处云游的方士，汝等哪能测度尘寰之外的事呢？我愿乘着轻风，翱翔着去找寻我的知己。

魏晋以来，君臣、父子、兄弟之间，操戈攘臂，争斗不休，不忍卒睹。先生将万事看破，渴望逃到一个穷山曲陬、深阻复绝之地，一个近似于"近者悦，远者来"的桃源神界，在此安居乐业，萧然遗世，然而却不可得。姑且将这一愿望寄托于文字建构的理想家园之中，以表达其钦慕之情。

不必实有其地，也不必实有其人。他有许多的化身，武陵人捕鱼者，有他的身影；而南阳刘子骥，又何尝不是先生之自我？

与其说是上天终止了刘子骥的寻找，还不如说是来自现世的无端阻挠。天地似网，无可逃遁。欲得北窗下卧，独享一份清静，尚不可得，何况是桃源秘境呢？

如此，则桃花源还是桃花源，彭泽县依旧是彭泽县。桃花源不过是一个好梦，而彭泽县则充满了现实的严酷。

老朽总想，假使那次先生去东林寺，依然走的是惯常所走的那条路，而没有另辟蹊径穿过康王谷大峡谷，或只是一掠而过，没有足够时间的延宕，住上一晚，没有那夜河边的沉思默想，是否还有桃花源这个不可思议的构想呢？

我还斗胆地想，先生的确在为苦闷的精神寻觅出路，寻找生命的突破口，一生都在孜孜以求。也许当初他尝试过，经由东林寺的净土佛法，将他从苦海中救拔出来，何况慧远也曾向他伸出了援手。可是，必定有某种神秘的力量，将先生的寻求改变了方向，引向了另一条路径。康王谷那段山高谷深冒险般的梦幻经历，说起来颇有些偶然，或许就彻底改变了先生的选择，转而变成了一种完全自足的精神自救。

是的，既然这个世界没有现成的可堪归依的栖托之所，那就不妨造出一个来。这个新天地带有神秘色彩，但它终归还是自然的、人格的、现世的。是的，"初极狭，才通人"，此种境地，仿佛近在咫尺，触手可得，但又远不可及。

三

浓重的暗夜，纵以智慧之光也难以穿透，俾使先生不得不进入梦境中去追寻。

桃花源不必实有其地，它是先生梦中的国度，其实先生心中也还有其他分散的、零星的桃花源。仿佛出于某种策略上的考虑，为使种子存活下来，不得不化整为零。起初分布在众多的典籍中，最终又进入自己的诗文中，它是一股隐蔽良好的力量。为便于叙述起见，鄙人暂名之曰"桃源人物谱系图"。

这个谱系图中的人物，《山海经》《穆天子传》里有，《诗经》《论语》《老子》《庄子》以及《春秋》《史记》中有，这众多的历史人物一道会同于先生的作品中，如璀璨的群星，闪耀着理想的光芒。

据推算，夏商周应有记载王室的家谱资料。而商代甲骨文家谱，是最古老最原始的存世实物家谱。

诸位兄台知道，于此门阀士族风行的时代，谱牒之学尤为兴盛,家谱、族谱大行其道。无非是用以"别贵贱,分士庶",便于有司任官或差役之用,同时也可供婚娶参照。历代设有图谱局,置郎官、令史掌管,官修家谱,谱牒必藏之于密阁。

当然,先生的"桃源人物谱系图"不在此列,与士族谱系大相径庭,顶多算是私谱,只能藏之于先生内心深处。以下我等将次第展开这一图谱。

义熙十二年八月,刘裕亲率晋军北征后秦,十月收复洛阳。次年秋,攻入长安,俘虏后秦主姚泓。左将军、江州刺史檀韶,派遣羊长史前往关中庆贺,先生写下《赠羊长史并序》。

——我生于三代衰微之后,慨然追念黄帝、虞舜之世。何以得知千年以上之事,全赖古人著作的记载。圣贤留下的遗迹,事事都遗留于中州古都。如今的古都,却被强悍的外族所侵占。哪能忘记前往参观游览,只是关河阻隔,不可跨越。

眼看着九州差不多就要统一了,我想整治装具择日动身。闻说羊君奉使须先行一步,遗憾的是,我抱病在身不获同游。您要是经过商山之时,请替我稍稍放慢一点脚步,代我向四皓多多致意:彼等的精神劲今日可好?是否还采摘紫芝?深谷是否久已荒芜?

秦汉之交,有东园公、绮里季、夏黄公、甪里先生避于商山,以待天下之定,连汉高祖都不能招至。

驷马轩车不免灾祸,贫贱之人或许有更多的乐趣。四皓的歌谣唱出了我的心曲,只是我的不合时宜,让我屡屡受挫。数代之下,我怀有不尽的感喟,让人言有尽而情难舒。

鄙人猜测，先生在写这首诗时，一定有一首歌谣在心里反复吟唱，这就是《四皓歌》："漠漠高山，深谷逶迤。晔晔紫芝，可以疗饥。唐虞世远，吾将何归？驷马高盖，其忧甚大。富贵而畏人兮，不若贫贱之肆志。"

是啊，富贵之人往往患得患失、战战兢兢，还不如贫贱之人活得坦坦荡荡、潇洒自如。假如我一无所有了，还怕失去什么呢？

商山四皓，无疑是先生桃花源理想国中的首选居民。天子不能臣，诸侯不能友，只为自己真实地活着。

先生对隐士赞美之情溢于言表，这些独善其身、安贫乐道的隐士，为人世间保留了珍贵的道德种子。

永初元年，刘裕篡政，该年先生五十六岁，写有九首《拟古》诗。

其中的一首中，他设想自己，清早起来备好车马，准备辞别家室，去往向往已久的无终山。

借问自己，为何要去？他自答道，不是去经商，也不是去从戎。闻说那里有位隐士叫田子泰，其节义之高，堪称士子中的英雄。此人虽早已谢世，但其遗风成为乡村的楷模。他活着时，就享有很高的声誉，死后也被世代传颂。

先生告诫道，别学那些疯狂奔竞名利的小人，人生一世也不过是区区百年。

在另一首诗里，他说，东方有一位贤人，衣被破烂不堪，没有一样是完整的。他一月仅能吃上九顿饭，十年只戴一顶旧帽。无人能比他更辛苦了，但他常常乐观开朗。

他就是有名的子思,名孔伋,孔子的嫡孙,也是先生极崇敬的一位贤士。

——我想要拜谒这个人物。清晨出发,穿越重重关河。我看见道路两侧,生长着高大的青松,白云悠然地停靠在屋檐的尖端眠宿。

我特地赶来之意,子思是明了的,便取出琴来为我弹奏。起首弹的是"惊别鹤",接下来又弹一首"操孤鸾",以寄托退隐高蹈、孤高自洁之意。

我多想留下来与君同住,从此以往,直到天寒地冻,万木凋零,就像青松一样可耐岁寒。

少年时代,我也有过血气方刚之时,憧憬自己杖剑独自走天涯。行游不限于近处,远及张掖,辗转幽州。饿了就吃首阳山上的薇菜,渴了就饮易水流淌的河水。

可是,却看不见这些心仪已久的人,只看到古时遗留下来的磊磊荒冢。路边有两座高高的坟墓,那里长眠有伯牙和庄周。这类高士已难得再见了,我四处行游,究竟为哪般?

先生的行游,不是身体上的,而纯粹是精神上的漫游。

田子泰和子思是先生桃源中人,伯牙和庄周更是。

这个桃源人物谱系,在先生的世界里,还可以继续延伸。比如,他作于景平元年的三首题咏诗《咏二疏》《咏三良》《咏荆轲》中的历史人物。

我等先看二疏,即疏广与其侄子疏受。疏广任太子太傅,疏受任太子少傅。

两人任职五年后,疏广对疏受说,我听说,知足不辱,知止不殆,功遂身退,乃天之道也。如今咱俸禄达到两千石,宦成名就,若不适可而止,怕横生悔吝。咱父子俩不如相随出关,告老还乡,以寿得终,岂不善哉?

鄙人曾想,二疏之所以能进桃源谱系图,不因其位高权重,乃在其功成身退。先生在《命子》中颂扬曾祖父陶侃时,也说"功遂辞归,临宠不忒"。可见,这是先生非常看重的人生信条。

至于有人说,二疏去位,乃先生自况其辞彭泽县令而归田,则有些胶柱鼓瑟了。

而先生对三良的态度,感情则要稍复杂一些。

春秋时,秦穆公死,康公继立,遵照穆公的遗嘱,杀了一百七十四人陪葬,而子车氏的三个儿子奄息、仲行、鍼虎也一道殉葬。三子都是秦国杰出人才,国人赋《黄鸟》以哀之。

三良仕宦的荣耀难道不高?但忧悲也与之俱来,如影随形般一直缠绕着彼等,仕途可畏啊!所以,先生表达了与《黄鸟》同样的悲悯。与其位高权重,他宁作自己,甘当贫士。

然而,三良慷慨赴义,士为知己者死,又是先生所极为崇尚的,因而加以推重。

有人认为,先生在以此伤悼张祎,其不忍进毒鸩杀晋恭帝,而自饮身亡。对此,鄙人也不好妄加推测。

也有说,歌咏三良从死,是先生自伤其不得从晋恭帝而死,则似妄加猜度,未免把先生看成愚忠了。

先生写荆轲刺杀强嬴,最为爱憎分明。

这个故事先生得自《史记·刺客列传》,或者更早的《战国策》。

荆轲，卫国人，好击剑。时秦国东扩，将及燕国。燕太子丹恳请荆轲刺杀嬴政。荆轲带着督亢图及樊於期的头颅，奉献于秦王前。图穷匕首现，追刺秦王，未果，反而被杀身死。

先生是这样描述这一千古公案的——

燕太子丹善于养士，志在报复强大的暴秦。召集武艺高强的勇士，年终时才得到荆卿。君子敢为知己者死，荆轲手提宝剑，即将离开燕京，入不测之秦。

白色的骏马在大路上嘶鸣，慷慨激昂的人群为之祖道送别。怒发直指高高的冠顶，猛气冲击着颔下的长缨。

饮酒饯别于易水之滨，四座皆是豪杰英雄。高渐离击筑发悲音，宋意高歌入云汉。

萧萧哀风，淡淡寒波。商音催人流涕，羽调壮士心惊。

明知一去不复回，且让英名留后世。一旦登上马车，有如开弓之箭，绝无回头之时。车盖如飞，直指秦庭。奋迅奔驰，跨越万里；逶迤前行，掠过千城。

图穷匕首见，豪主大惊失色。可惜啊，功败于垂成。

是宝剑不够锋锐？不是。徐夫人匕首，见血封喉，一刀毙命。致命的是，荆轲的剑术欠精湛，让人唏嘘不已。否则，历史将会改写。这是五百多年来，人世间最大的憾事。多少人为之扼腕叹息，为之拊膺顿足。

此人虽早已逝去，千载之下，豪情不绝如缕。

有说，歌咏荆轲刺秦，是先生自伤其不得讨伐刘裕篡弑之罪。也有说，先生愤慨于刘裕弑夺之变，思欲为晋求得如荆轲者。以上两说,似有那么些意思,但鄙人还有些把握不准。还有说,先生露出本相的,是《咏荆轲》一篇,淡泊的人,如何说得出来这样的言语?此说可谓得之。

鄙人常想,先生身上既有柔弱的一面,也有刚强的一面。既恬淡,又勇猛。他崇尚侠义气概,对荆轲可谓推崇备至。可以说在荆轲身上,先生付出了比任何古人都要多的深情和关怀。

从字里行间,可领会到一种快意恩仇,一种义无反顾,一种视死如归,一种畅快淋漓。

那登车而去的荆轲,分明就是先生本人。

鄙人总认为,先生虽不是行动家,但他生就一副侠肝义胆,与侠义之气终身相伴。

所有的喜讯,皆如传言般破灭;所有的噩耗,却如顽石般坐实。他坚信邪不压正,但很多时候,又感到正义的力量过于苶弱,显得无能为力。他为之浩叹,为之日夜啮齿腐心,恨不能吞炭漆身,无以为报。他待之不及,渴望有荆轲般的独行侠横空出世,只身单刀直刺王朝。邪恶貌似强大,其实斩除其首,余者即可分崩离析。有时,对付强暴,荆轲一人足矣。

事情也往往是这样的,人们最初是期待明君,退而求其次是盼望清官,最后无奈之下,才会渴望侠客出现。

鄙人一生对荆轲充满敬意,为了天下苍生,恨不能将他当神灵来供奉。是的,他应该是上天派遣下来,特意剪除强凌弱、众暴寡的人类恶行,是天命的人格化身。

鄙人记起早年间的一件事。

我既已有幸忝为先生门下之末座,自然会求教于先生。吾生也有涯,而学也无涯,以有涯随无涯,殆已。书籍浩如烟海,该读何书为宜。先生未作"过庭之训",没叫我快去记诵六经,而是有点像私相授受,顺手从书筒中抽出一本书来,说,不妨读点闲书吧。

我双手接过一看,是《搜神记》,一本古代神异故事集。其实,先生列入桃源人物谱系的,肯定也包括了其中的某些人物。

方才,有兄台垂询鄙人,读《搜神记》印象最深的人物是谁?讲讲其故事如何?

毫无疑问,是干将莫邪。

想必诸位早已听说过这个故事,因为它和荆轲刺秦互为映衬,两者有可比性。鄙人每次读来,不免热血贲张,酣畅淋漓。

鄙人还留意到,先生特意于此文,多做了一些记号,例如圈点和小注,没准先生也是喜爱这个故事的。

楚国有干将、莫邪夫妇,为楚王铸剑,剑有雌雄,三年方成。楚王发怒,将干将杀害。

莫邪之子名叫赤,长大后替父复仇。楚王悬赏千金捉拿,赤逃亡山中。一位侠客愿替他复仇。赤当即自刎,双手捧着头颅和宝剑奉送。

侠客手持头颅往见楚王,楚王大喜。侠客说,这是勇士的头颅,应当置于汤锅炖煮。楚王依其所说。三天三夜,水煮不烂,头还跃出沸水,瞋目大怒。侠客说,此儿头极难煮,请大王亲往察看,定能煮烂。

楚王走近汤锅,朝里探看。侠客对准楚王,手起刀落,楚王的脑袋滚落沸水。侠客随即自刎,头颅也跌落汤锅。三颗脑袋水中追逐，上下翻滚，死缠烂打。不多时都煮烂了，但分不清谁是谁。于是，人们分成三份汤肉予以安葬，共取一名，叫"三王墓"。

鄙人说过，桃源人物谱系图，是区别于门阀士族谱系的另一个谱牒，二者迥然相异。

门阀士族谱系，拥有的是权力和财富，而那些人呢，若非大奸巨猾，则是既蠢又坏。再看桃源谱系图，其中人物，或仁智，或节义，或忠信。

这个谱系不是以血缘为纽带，纯然是以道义贯之，其紧密性远胜似亲人。这个谱系也是先生超越于宗法制度之上的独立的精神世界。这个世界一旦形成，便具有一种不可战胜的力量，足以对抗那个世俗的拥有威权的门阀世界。

四

随着桃源人物谱系图依次展开，诸位会发现，我等以往谈及的诸多历史人物，均可入此谱系。

比如"安贫守贱者"黔娄，"长饥至于老"的荣启期，西山采薇的伯夷叔齐，"屡空不获年"的颜回，"壮节忽失时"的张长公，高风归大泽的杨仲理，天性嗜酒的扬子云，纳履而踵决的原宪，困于积雪的袁安，"清贫略难俦"的黄子廉……

这里，不便一一叙述，鄙人仅想说说原宪。

原宪住在鲁国，室唯环堵，茅草覆顶，蓬作门扉，桑条为枢，破瓮为牖。夫妻二人，各居一室，每逢屋漏雨湿，则端坐一隅，弦歌以自遣。

彼时，子贡乘坐高头大马，穿着一袭紫色里子的素白外衣。小巷容不下轩车，他步行去见原宪。原宪戴着破帽，穿着烂履，拄着藜杖来应门。

子贡问道，唉，先生所患何病？

原宪回答说，我听说，无财为贫，学而不能行为病。而今我原宪只是贫，不是病。

子贡进退不安而有愧色。

原宪笑着说，趋世而行，结党为友，所学唯求炫耀，所教但求显扬，托仁义以行苟且，饰车马以炫矜夸。君子耻之，原宪我不忍为之。

古人云，穷则观其所不受，贫则观其所不取。从原宪身上，分明看到靖节先生的身影：怀独行君子之德，义不苟合于当世。想起当年檀道济到访先生的情景。先生宁愿"自苦若此"，也不肯屈身辱志，"违己交病"。

以上诸多人物列入桃源谱系图中，想必不存异议。假如鄙人放胆将《闲情赋》中所赋之美人，也一并收入这张谱系图中，诸位是否觉得不妥？

固然，鄙人对《闲情赋》颇为偏好，但要琢磨其深意，仍须煞费苦心，鄙人也颇觉心力不足。

鄙人清楚地记得，永初三年，先生五十八岁。这年三月，宋武帝刘裕患病，五月即崩殂于西殿。太子刘义符即位，是为宋少帝。

该年,先生撰有两篇长文,即《感士不遇赋并序》和《闲情赋并序》。鄙人比之于一雄一雌两把宝剑,前者直抒怀才不遇之愤懑,后者发香草美人之思慕。一阳刚,一阴柔,实乃一体之两面,主题均为感时叹遇。

诸位知道,五十八,不比二十八,先生其时已步入老年了,疾患不断,渐就衰损。姑且不论先生一生含蓄内敛,"未尝有喜愠之容",难道会将尔汝私情公然形诸笔端?让人看出自己年虽老迈,仍是一个多情的种子?非也,可笑也。

其所赋之美人,必脱离于男女两相愉悦之情,而类似于《离骚》之美人。以美人喻君子,以贱草喻小人,古已有之。托于诗,发于情,止于礼,而归于讽谏。

先生的闲情,逐层铺转,缠绵悱恻,终归于闲正,此非讽谏之作,又是什么?

假如将通篇视之为绮词、艳语,而无讽谏,谓之白璧微瑕,以为不必写,则未尝读懂原文,有失先生为文之意旨,不足与之道论也。

其实,先生在序文中已做了确切的说明。

他说,起初张衡作《定情赋》,蔡邕作《静情赋》,都是约束放逸之辞,而回归于淡泊。开始时荡开遐思,最后则收束于雅正。用以抑制流荡的邪心,想必有助于讽谏。撰写文章的士人,各代均有承继的作品,皆因触类旁通,而有所发挥。我于耕作之闲暇,也挥笔写上一篇。虽说文笔稍逊,还不至于错谬地传达我的初旨。

先生交代写作此文,不过是旨在上承余绪,劝百讽一而已。

尽管先生的本意,是将美人比喻为心目中的君主,或许还可以说,是对继位的新君宋少帝存有某种幻想,但对于妙龄男女来说,却是难得的情话样本。故而先生的《闲情赋》普遍为年少者所青睐,其流播之快,如风驰电掣,超乎想象。脍炙人口的"十愿",更是无人不知,无人不晓。难怪有人怀疑它是言情之作,似也不无道理。

作品一经面世,便有了自己的命运。情势变得有点难以驾驭,这恐怕为先生所始料未及吧?

言归正传,我等不妨先邀美人入场,一睹为快。

——她姣好的姿态,是那样瑰丽而飘逸,风华绝代而卓尔不俗;倾城之艳,既表出于尘寰,更望其美德被传扬。她身佩叮当作响的玉石,可与她的高洁比美;她所置身的幽兰,堪与她的芬芳争香。处尘世,不乏淡淡柔情;抱雅志,则又高耸入云。

悲哀的是,晨曦短暂,人生长勤。生年不满百,却欢乐寡少,忧愁极多。

但见美人撩开红色的帷幔,端坐于琴前,弹一曲清音以抒欢欣。纤长的手指传送着优美的乐音,洁白的手腕隐现于缤纷的长袖。

"瞬美目以流眄,含言笑而不分",美目频眨闪,多情数流盼;似言又似笑,隐含难分辨。其风鬟雾鬓,仪态万方,可谓曲尽丽情,深入冶态。

曲调弹奏将近一半,太阳落于西窗之下。悲凉的秋风掠过林梢,暖醺白云依偎山间。她双目上扬,似凝睇天路,俯首弹拨,弦促而音繁。神态妩媚,举止妍详。

她弹奏的清音使我感动,我愿与她接膝而坐,袒露心声。想前去缔结盟誓,又害怕失礼而招致责备;想等待凤鸟传讯,又担心被他人占先。

"意惶惑而靡宁,魂须臾而九迁。"

是的,坠入爱河之人,有几人不是神魂颠倒?谁人又能保持冷静自制?彼等大致都有一颗柔软而激情喷发的诗心,以抒发心中强烈的爱慕。于是,"十愿"就应运而生,喷薄而出——

我愿是您的衣领,承接您华首散发的芳香;所悲伤的是,罗襟晚间会脱下,怨恨长夜漫无尽头。

我愿是您的衣带,约束您窈窕的纤腰;可叹天有温凉变化,难免会脱下旧装而更换新衣。

我愿是您发辫的光泽,玄色的鬓发披散在柔肩的两侧;忧伤的是,佳人屡屡沐浴,光泽会随着清水的冲刷而趋于干枯。

我愿是您眉间的黛色,随您的瞻视而轻扬;可悲的是,脂粉讲求的是鲜艳,新的靓饰很快将取代旧妆。

我愿是您榻上的凉席,安睡着您的弱体,直到三秋;可悲的是,为有花纹的被褥所替换,须经一年方能重逢。

我愿是您脚下的丝履,裹住您笋白的纤足,四处徜徉;悲叹的是,行止有自身的节律,丝履难免会委弃于床前。

我愿是您白昼的影子,常随您形体时东时西;悲叹的是,高树多荫,有时也难以随同。

我愿是您黑夜的烛火,照您的玉颜于厅堂之间;悲叹的是,太阳从扶桑间射出晨光,倏忽淹没了孱弱的烛光。

我愿是竹君做的团扇,您轻柔的持握便生出习习凉风;悲叹的是，白露晨降，罗扇在襟袖间难觅踪影。

我愿是一棵桐木，做您膝上的鸣琴；悲叹的是，乐极生悲，终究会推我而去，音声喑哑。

我寻思，我之所愿必将件件落空，不过是徒增伤悲。怀抱着一腔忧思而无处诉说，唯有独自徘徊于幽静的南林，休憩在含薰带露的木兰之下，栖息于青松翳翳的高荫之中。

如或在行走之中偶有相见，内心必交织着欣喜和忧惧；终究是孤寂一人而无所见，唯有忧思难泯而空自寻觅。

整理一下轻裾回到原路，眺望夕阳而长长地叹息。脚步踟蹰忘了前行，面色凄惨，神情严肃。树叶簌簌地离开枝条，空气凄凄而转寒。太阳携同影子一道消失，明媚的月亮悬挂在云端。

飞鸟发出凄厉的鸣叫独自归巢，求索同伴的兽类还没有还家。悲哀盛年易逝行将迟暮，遗憾的是一年即将过去。冀望在梦中能跟随着她，精神恍惚难以安定，宛若失去船桨的小船，又如攀登悬崖而无所凭据。

此时，星光辉映着轩窗，北风凄凄，转辗难眠，众念纷扰。起来穿好衣带静候天明，门外的阶上落满了白色的寒霜。雄鸡收束翅翼无啼叫之意，忽听见远处笛子清哀之音，始则绵密而娴雅，终则嘹亮而忧戚。

想是美人还在那里清吹，我便托行云表露心迹；行云飘移，不置可否，时光冉冉，行将逝去。空自思慕而伤悲，终归是阻山又带河。任清风吹拂以消我忧愁，将那柔弱的情思付与逝水归波。

谴责《郑风·野有蔓草》所描写的私会，歌咏《召南》闲正之音；袒露我万种思虑以表诚挚，休止我遥远的思念于八荒之外。

依鄙人之见，史上不乏忠贞贤良之士，彼等喜欢将君王，尤其是鼎革之初的君王，视为君子，视同美人，爱慕不已，给予莫大的期冀：治国安邦，解民倒悬。巴望君王皆成尧舜，至少是齐桓晋文吧。

可君王呢？最终都能恰如君子之所愿吗？少有不落空的，往往会走向反面。

其实，就连尧舜的美谈，是否又靠得住呢？一部汲冢所出的《竹书纪年》，便戳穿了禅让的谎言。

西晋武帝咸宁五年，汲郡人不准盗发一座魏国古墓，发现竹简古书十余万言，名之为"汲冢书"。其中较著者当属《竹书纪年》。

据《竹书纪年》记载："舜囚尧于平阳，取之帝位。"舜囚禁晚年的尧，夺取了帝位，并阻止丹朱与尧父子相见。《韩非子·说疑》云："舜逼尧，禹逼舜……"

可见，尧舜禹三代之间所谓的禅让，实乃篡位，一场血腥的政变。

世俗以为尧舜德厚，故尚禅位，后世德薄，则父子相继。历来儒家典籍不遗余力地制造尧舜禹禅让的神话，不成想，乃弥天大谎。

历史还在重复，君王们总是自得其乐地重演禅位的把戏，标榜其仁政。西汉王莽逼汉孺子禅位、东汉曹丕逼汉献帝禅位。晋代也是篡位蜂起，禅位频仍。前有桓玄逼安帝禅位，近有刘裕逼恭帝禅位。

是的,君王的更替,自有其运行的内在成因,但决非贤良之人所期望的那样。江山社稷,绝非天下苍生的,而是君王的家产。彼等所为,不过是蔓草之私情,而非召南之闲正。

君子与君王之间,往往是一种致命的单相思,一厢情愿。二者的距离不仅"阻山又带河",几乎天悬地隔,遥不可及,极难"终成眷属"。

最终,只能是"坦万虑以存诚,憩遥情于八遐",虽然真诚还在,但已不再怀有任何幻想了。

鄙人推测,先生深受《竹书纪年》影响,由最初对尧舜禅让满怀崇信,到产生怀疑,以至于彻底失望,转而迷恋上古,高蹈世外。

套用庄子的话说,渊明行年六十而六十化,始时所是,卒而非之。运运不停,新新流谢,是以先生年近六十而与日俱新,随年俱变。

这样看或许能对《闲情赋》的理解,有所助益:天下的君子最初对君王,总会寄予不切实际的幻想,也即流荡之心;最后难免幻想破灭,不得不归于雅正,收视反听,从心所之。

诸位兄台,回头来看,将《闲情赋》中的美人,收纳于桃源人物谱系中,貌似勉强,实则更切合桃源人物谱系图设立之初衷。

美人一如桃花源那样,也是先生创造出来的。毕竟她美好过,被真心地倾慕过。虽非实有其人,但至少为理想中人。所以,将它收录进来,不亦爱得其所?

五

先生既有挽诗和自祭文,再来一篇墓志铭如何,岂不全了?遂将《五柳先生传》视为墓志铭,聊备一说吧。

说实话,鄙人在阅读《五柳先生传》时,也曾有些犹豫,将它看作先生之自画像呢,还是将它看作是塑造的人物形象,而归入桃源谱系图中呢?诸位兄台,尔等意下如何?

毕竟先生写作此文时,才四十六岁,是在上京旧居失火后的第三个年头。该年他已移居栗里,常与友人诗酒相会,安享生命之乐,生死主题虽有所涉,但切于自身的后事,则尚未触及。诸位兄台,汝等不觉得,此时就撰写墓志铭为时过早?

该文虽屡屡被当成自况,谓之实录。其实,据鄙人观察所得,五柳先生尚不能等同于先生本人,不可作为真实记载看待,只能算是艺术性创作。所以,"五柳先生"也应视如先生理想中人物。

既有那么多理想人物,何妨添加一个以自己为蓝本的呢?

"先生不知何许人也,亦不详其姓字。宅边有五柳树,因以为号焉。"

在门阀即一切的时代,声称自己没有门第姓氏,仅以宅边的五柳为号,是对这一社会风尚极大的鄙夷不屑。

"娴静少言,不慕荣利。"

你自朱门,我自陋巷;你自结驷连骑,我自北窗曲肱,富贵于我何有哉?

"好读书,不求甚解,每有会意,便欣然忘食。"

读书唯求深意,不知有章句。得鱼忘筌,得兔忘蹄,得意忘言,方为正解。而汉儒只知抱残守缺,穿凿附会于章句训诂之学,失先贤之旨。

"性嗜酒,家贫不能常得,亲旧知其如此,或置酒而招之。造饮辄尽,期在必醉。既醉而退,曾不吝情去留。"

的确,先生嗜酒,既醉之后,也不知有主客,显然夸大了自己的醉态,不过是增加了自己的保护色而已。

先生在仕途的去留,也如醉后所为,不以去留为意;乃至生命的去留,也不过是大梦醒来,"不喜亦不惧"。没有大境界,谁能坦荡如此?

"环堵萧然,不蔽风日。短褐穿结,箪瓢屡空,晏如也。"

先生固然窘困,家无羡财,然何至于此?不过,设使到了如此境地,也会安然自若。

孔子有言:"隐居以求其志,行义以达其道。吾闻其语矣,未见其人也。"

鄙人以为,靖节先生不就是如此之人吗?

"常著文章自娱,颇示己志。忘怀得失,以此自终。"

先生曾在《形影神》中否定了"立善有遗爱"的做法,对于立言,不过是自娱自乐而已,能够自如地表情达意,无关功利,则足已。

不患得患失,不怨天尤人。能如此,则退可独善其身,达可兼济天下。

"赞曰:黔娄之妻有言:'不戚戚于贫贱,不汲汲于富贵。'极其言,兹若人之俦乎?酣觞赋诗,以乐其志。无怀氏之民欤?

葛天氏之民欤?"

说到这里,鄙人想稍稍介绍一番黔娄之妻。

黔娄去世后,曾子前去吊唁。

他进到厅堂,看见黔娄的尸体停放在窗牖之下,枕着一块砖坯,躺在草席上,连件像样的缊袍都没有。不得不加盖一床布被,但头和足不能完全遮盖。盖住头露出脚,盖住脚则头在外,顾此失彼。

于是,曾子建议说,不如将布被斜着盖,就能全都盖住。

黔娄之妻回答,斜而有余,不如正而不足。黔娄先生正因不愿斜着做人,才落到这等地步。

曾子问黔娄称什么谥号,黔娄之妻说,康。曾子不解。黔娄之妻说,这位黔娄先生,以天下清淡之味为甘甜之味,安于天下卑贱之位;不为贫贱而忧虑,不为富贵而奔忙。求仁得仁,求义得义。以"康"为谥号,不也挺适宜的吗?

可以想见,先生对黔娄和他的妻子极尽赞美,视之为同道。彼等到底是上古无怀氏的子民,还是葛天氏的子民?显然,先生也极其渴望成为那时的子民:不利货财,不近贵富;不乐寿,不哀夭;不荣通,不丑穷。

"斜而有余,不如正而不足。"恐怕这也是先生至为服膺且笃于奉行的一句格言吧。

迄至今晚,吾等围绕五个方面内容来记述先生,算是大略呈现了先生的行状,尚有最后一讲了。

这最后一讲,鄙人不唯不感到轻松,反而有些忐忑。因须再一次触及先生的仙逝，那依旧是鄙人不愿触摸的伤痛。似乎任何时候提及，都显得为时过早。面对这个艰深的难题，鄙人须将自身的思路好好厘清，再一陈管见，决不可草率从事。

是的，亏得这位贤侄的细心观察，鸿雁开始往南飞了。映着稀疏的星光，翅膀闪着银灰色的微光。彼等冬来春往，一路"嗒嗒"鸣叫，不过是在寻找一个温暖舒适而水草丰美的家园啊。

记得开讲之初，还是秋天，天空那么高远澄澈。那是一个美好而祥和的季节，用来追述先生的平生事迹，是再适宜不过的了。

每位诗人都有自己对应的季节。鄙人想，先生应属秋天，虽然难免有些萧瑟和慵倦，但其恬淡而旷远的境地，令人神往。

彼时，满地是金盏似的黄菊，在瑟瑟秋风中摇曳、颤悠。如今已经进入初冬，即使在溟濛的夜色中，都能看到，或者能感觉得到，窗外树上的叶子全黄了，在零星地凋落，只有松柏还是青翠的。是所谓：蒲柳之姿，望秋而落；松柏之质，经霜弥茂。

鄙人忽然想起，好久不曾去康王谷了。有些惦念，想必那片小叶香枫，也全都红透了，并且会落下一些黑色的刺球在地上。

诸位可曾想起，鄙人首次叨陪先生去康王谷时，看见河道拐角处，有一片高大的枫树，再往上走就是先生曾歇息一晚的杜村了。那片枫树林红时，映在天空，就像美人脸上的一抹酡红，煞是好看。

我喜欢拉开一段距离，静观那些落叶一片片飘零下来。每次间隔的时间都不一样，飘落的姿态各异，也都不会落在完全相同的地方。每到那时，我想象自己也是一棵树，或者是一根枝丫，身上那些可有可无的东西，也随落叶的缓缓飘下而无声地剥落，身心变得少有的轻松和舒展。你会发现，有时失去也很轻快，尤其是那些无可奈何的失去。

得闲时，鄙人还想去重游一番。

末尾一讲，不经意间就入冬了。在冬天里，讲述生命进入冬季的故事，会是一种什么况味呢？会显得过于肃杀严酷吗？鄙人想钩稽探赜，不免有些踌躇，但毕竟不可回避。

下回来寒舍，诸位记得添些衣裳，穿暖和一些，以抵御晚间渐重的风寒。

今晚就这样吧，诸位早些歇息，慢走。

第六章 生死

这次我等讲述有关生死的话题。虽说生生死死也见多不怪，且早就有些不一定圆熟的思考，但临到讲述时，还是不免犹疑，不知如何开口。的确，生死是道难题，但又绕不开，未必能讲得透彻，只能说，一起试着探讨吧。

生死，可谓人生最大的问题。佛教说，生死事大。佛乃以一大事因缘来此世间，即是生死之事。

对于儒道二家来说，也莫不如此。

孔子说，未知生，焉知死？或许其弟子尚不具备探讨的资质，因而孔子有意回避。可见其难。

一部《庄子》，乃是一本生死之书，可以说都在讨论生死奥义。它有一些十分精辟的嘉言，譬如，"天地与我并生，而万物与我为一""万物一府，死生同状"。无非是遵从天然，各安其性命而已。庄子还讲述了甚为奇特的行为，如箕踞鼓盆而歌，枕骷髅而眠。视死亡为游戏，冲淡了几多庄严和悲伤。

先生虽非豪门士族，但由于其自身的教养和时习的熏染，也有着士族阶层所共有的人生态度。先生身上所具有的风度,依然是魏晋风度。

对于生命短促的哀伤表达,几乎贯穿于先生的生命全过程。每想到终有一死,眼前的痛苦才觉得是暂时的,才容易忍受一些。同时,也正是有了这种黑色调,才反衬出田居生活的明媚和璀璨。

一

早在隆安五年,先生三十七岁,那年他参与或说发起了一次规模较大的雅集,就是著名的斜川之游。这是先生最富生命感的一次行游。

这件往事流传一时,鄙人也曾多少听闻先生谈过。

虽不及兰亭修禊的曲水流觞影响大,但先生留下的《游斜川并序》,堪与王羲之的《兰亭集序》相媲美。

之前,鄙人介绍过,从玉京山流出一条溪流汇入彭蠡湖,出口处有一座不大的山丘,称为"东皋",左近一带即是斜川。东皋山顶有石,石无寸肤,上有凹痕,酷似人形,是先生被酒侧卧之处,因此也称为"大醉石"。

就斜川之游,先生在序文中做了形象交代。

——辛丑年正月五日,天气澄和,风物闲美。与两三位乡邻同游斜川。临近之处有一条大河,不远的曾城山历历在目。傍晚时分,鲂鱼和鲤鱼间或跃出水面,鳞片在夕照中熠熠闪亮;水鸥乘着和风,箭一般骤起,直刺云天,上下翻飞,跌宕昭彰。

南浦的这座庐山,名声委实久远,就无须再为它美言了。而那座不起眼的曾城山,无依无傍,兀然挺立,成为湖中高地,极易让人联想到昆仑山上的层城山,就愈加令人喜爱它的令名了。

仅仅是愉快地观赏,尚不能尽情,遂一道即兴赋诗。无非是悲叹日月的无尽流逝,伤感年岁的绝无休停。各人都写上自己的年龄和籍贯,并记下游玩的时日。

这段序文,鄙人早已耳熟能详,倒背如流,每次读来,赏心悦目,乃模山范水最美的一段文字。

斜川,近在咫尺,看似平淡无奇,竟也如此富有魅力。真应了那句话,"会心处不必在远,翳然林水,便自有濠、濮闲想也"(《世说新语》)。

鄙人还想就"临长流,望曾城"略作说明。

"长流"是指彭蠡湖枯水季节时,流经湖床的滔滔赣江。先生在《拟古》第九首说"种桑长江边",也是指这条离家不远的赣江。

"曾城",则指湖中高地落星墩。

每每看到曾城山,鄙人就会联想到先生本人,"傍无依接,独秀中皋",这不就是先生一贯秉性特异活脱的比况吗?他始终确然不群,不枝不蔓,未曾陷于平庸的人事之中,常能保持一份清醒与独立。

而现实的情况却是:保持个性的独立,并非全身之计;从众随大流,或是安全之策。

先生之所以为先生，皆因其卓尔独立的个性。他既不会为了标新立异而追求个性，也不会因为遭遇风险而更弦改辙。他始终磊落不羁，是一个极其反感"落马首，穿牛鼻"之人。无以人灭天，无以故灭命，无以得殉名。

其实，曾城山只是一座极普通的小岛，而在先生眼里，似乎可比肩昆仑山上的层城山。我知道，唯有先生才懂得如此赏识，也唯有曾城山才会感奋如此知遇，二者可谓惺惺相惜。

今日之欢聚，可谓之嘉游彦会。感于时节难留，相见不常，少不了要共抒胸怀，言咏赋诗。

初饮之时，多少有些矜持。待到半席之时，情态也肆意极欲。一切交于世俗的感情杳然而逝，是所谓"中觞纵遥情"吧。半醒半醉之时，便相继作诗，面对长流、迥泽，大声诵读，将游赏乐事推向了高潮。

不久，众人静下来，鲂、鲤静下来，鸣禽也静下来，一道聆听先生赋诗。先生起身，稍稍整理衣衫，手持酒杯，开怀吟诵——

开年已去五日，一生恍如过客，即将归于休止。有感于此，心中不免怅然，不如趁着良辰来此游览美景。

天气晴好，天空澄净，咱这帮邻人按照资历年齿席地而坐，依偎在自远而至的大河之滨。

平静的水面，文鲂不时疾驰而过，涧中的水鸥高飞冲天，鸣叫于九皋。

游目大泽，湖光献碧。停驻曾城，深情凝睇。它虽无昆仑的层城山那般秀美，但目之所及，无有与之媲美者。

酒壶在宾侣间频传，斟满一杯，再来一杯。不知从今往后，还有无如此良机？酒酣之时各抒胸臆，暂将千载之忧抛于脑后。且尽今朝乐，明日无所求。

是啊，姑且痛享今朝之乐，至于明天如何，何须挂虑？又何必去强求呢？

列子有言："运转亡已，天地密移，畴觉之哉？故物损于彼者盈于此，成于此者亏于彼。损盈成亏，随世随死。"也就是庄子所说的"无不毁也，无不成也"。

是所谓万物与化为体，体随化而移，化不暂停，物岂守故？刚才的形貌已非眼下之形貌，俯仰之间，已涉万变。最终来临的气散形朽，并非一日之顿至。只有那些糊涂之人，自以为变化可得逃脱，不也显得可悲吗？

人生极其短促，就该珍惜当下的快乐，才不枉度此生，不是吗？

先生看似是在说山川的秀美，行游的闲适，其底色却是生命的短促所带来的强烈的忧郁之情，这种忧郁任眼前之美景、杯中之美酒如何慰藉，都无法消解，只能是稍稍缓释罢了。

说实话，鄙人向来有些偏爱斜川。首先是这个名字招人喜爱，它是如此文雅，如此直观，没准就是先生命名的。其次是这里得山水之形胜，又无山水的幽闭和压迫感，宽敞开阔，闲静自在。

先生常来此地，独自闲游。他躺卧在东皋之巅，极目四野，深情脉脉地凝视着曾城山。而一旁宽阔的溪流汩汩地流淌，无有瞬息间歇。此时，兴许先生会想起"子在川上曰，逝者如斯夫！不舍昼夜"。

林无静树，川无停留。河水带走的，不尽然是水，亦即时光，继之以生命一点点抽离而去。是的，人对此几乎无能为力，所能做的，看来也只有"且极今朝乐，明日非所求"。

相较于径直流入彭蠡，斜川之斜，显然将一条河流舒缓了、延长了，从而减慢了流入大湖的速度，仿佛为人们争取到了优游卒岁的片刻时光。

多少年来，斜川一直都在静静地流淌，水涨水落，河道未曾更改，而先生却早已仙逝。

往昔，孔子设教于洙泗之间，修诗书礼乐，弟子纷至沓来。我等也可以说，先生施教于斜川之上，行无为之法，同道者云从响应。

因了先生，斜川这条普通的溪流，或许将获得永恒。跟兰亭一样，它见证过宛如夏花般灿烂的诗意人生，辉映过生命长河中的瞬间光芒。

二

每年正月初五，鄙人都会聊发少年狂，拨开冗务，效仿先生，带着一行老少，前往斜川游览。把酒临风，吟诗作赋。每次竟也兴尽而归，也颇能体悟些庄严的生命感来。

众位乡曲所著诗文，末后照例也都一一署上各自的年齿和籍贯，回来拜请某位字迹整秀的老先生专为誊写，汇编成册，人手一份。余下的赠予亲友以资传阅，不亦乐乎。

鄙人想，这也是感念先生的一种特有的方式。总不能让斜川之游这一文人雅集，在我等手里失传了吧。

说到游斜川，就不能不提到曾城，就是落星墩，因为这是先生游斜川时最大的亮点，也是其着墨最多的诗心所在。我等步武先生，游览斜川，也非每次都会去曾城，因为毕竟有段路程。

即使不去，我等也会试着像先生那样，去游目大泽，然后留有更多的时间以瞩目于曾城。仿佛先生的目光还在，因为鄙人总能感到，历历山川乃至一切，仍处于先生和悦的视野之中。

有一回，我等于斜川彳亍良久，班坐于溪流之畔，远眺曾城，饮酒作诗，似觉意犹未尽。有人提议，何不去曾城山走走？鄙人也恰有此意。

于是，一行人从湖岸的斜坡上，以半跑的速度顺势而下。下到湖床，身后腾起一团烟尘，在空中飘浮半日，久久不肯散去。

从一座石桥上渡过清浅的溪流，来到恰处于枯水季节的干涸湖床上。

其时，春雪尚未完全融化。枯萎的洲草上，还顶着一层薄薄的积雪，似乎想挽留，不甘心放它走，感觉有点滑稽。三三两两的水洼边，满是候鸟的足迹和遗矢。

曾城山，走近了竟也有这么高。因为它从平地拔起，显得尤为突兀，加上流水的年年冲刷淘洗，嶙峋如猪肝般赭色的山石，便有了些峥嵘的味道。

攀登山顶，并无固定的石径可缘，好像哪里都可以走，但因其陡峭，走哪里都有点费劲。

向南远眺，湖洲弥迤，长流绵延，江山辽落，居然有万里之势。北望群山，草木葱茏其上，若云蒸霞蔚，真个是千岩竞秀，万壑争流。这条山脉，是先生所说的"南阜"，山分南北，乃南面之庐山也。

正北的五老峰，如白发盈巅的老者，积雪闪着银辉，仿佛万古都不曾融化。往西是香炉峰下的黄岩、马尾两道瀑布，似是有谁手执如椽枯笔，在翠微间留下两笔大块的"飞白"，异常之醒目。

玉京山则近在眼前，山麓是先生的故居上京，紧邻其下，便是亩亩良田了。先生写《游斜川》时，尚未迁居栗里南村。至今，我都会产生时空上的错觉，仿佛先生宛在上京，那是他生命的原点。

而曾城山位于落星湾的核心部位，诚如先生所言"傍无依接，独秀中皋"，于悠悠天地之间，四望茫茫一片荒野，令人易生遗世独立之慨，前不见古人，后不见来者。

不瞒诸位，鄙人攀上山巅的那一刻，忽生亲切之感，好像站在先生这位巨人的肩膀上，登临送目，指点江山，宛如与先生同在，可亲蒙音问，不由自主地进入先生诗境中，心生感动。

嗯，鄙人好像闻到了先生的酒香，并贪婪地暗自吸吮，乐于沉湎其中不愿自拔。鄙人也明明知道，这不过是幻觉，是自身散发的酒气罢了。

多年来，鄙人作为先生的门生，也是浪得虚名。学先生之为人不成，做学问又不成，倒是稍稍得其酒风，成为一个不折不扣的酒徒了。虽不能做到久与贤人处而无过，总算师从了先生某个方面的特性，不至于到头来一样也没捞着吧。这样想时，鄙人也便释然了。

忽然，我两眼发亮，灵感顿生。如果不饮酒，这灵感又何以能来？鄙人的一惊一乍，弄得一旁的乡曲都吃惊地看我。

我便笑着指给各位看，那边浩荡的赣江从远方迤逦而来，与曾城山擦肩而过，相距不足咫尺之遥。汝等试着从空中俯视，二者之间的架构，像不像一个放大的曲水流觞？滔滔赣江如九曲流水，而独秀中皋的曾城，则恰如一觞之酒。

鄙人情不自禁地诵读起永远都显得有些醉意朦胧的《兰亭集序》来，"此地有崇山峻岭，茂林修竹，又有清流激湍，映带左右，引以为流觞曲水，列坐其次，虽无丝竹管弦之盛，一觞一咏，亦足以畅叙幽情"。

鄙人激情勃发，竟随口吟出一句诗来："万里长江一觞酒。"

往后，鄙人试着闭门续诗，却再也找不到与之匹配的下联了。我知道，不可能有了，它是独一无二的，谁和它相配，都显得多余。既然如此，那就随它去吧。

我暗忖，将曾城山比作万里赣江边上的一杯酒，简直是神来之笔，或许是先生有心助我，也未可知。鄙人惭愧，平生作诗虽云不少，惜无代表之作，聊将此句作为硕果仅存的诗眼，也未尝不可。

是的,万里长江一觞酒。如今这巨大的曲水流觞依然故我,而参与雅聚的诸多文人,一茬又一茬,包括先生在内,均如匆匆过客,被无情的流水逝波遣送,杳无踪迹。

斯人已逝,徒留下卓然耸立的曾城山供后人凭吊,漫嗟千古荣辱。

三

鄙人发现一个颇有意味的现象,四十至五十岁之间,先生较多地对生命进行了思考。

或许这个年龄段积聚了太多的历练,是人生最为成熟的时期,所见越明;它也是人生顶峰时期,盛极而衰。往前走,精力和气血减弱,也就是先生所说的"渐就衰损",对生命的归路不得不开始思索。

元兴三年,先生四十岁。

三月,先生始任镇军参军,经过曲阿之时,春雨绵绵,他困卧驿舍,想到已届不惑之年,默默无闻,尚不免要疲于奔命,愁绪满怀。连饮数日,江南烟雨带来的惆怅,仍挥之不去。

他一连写下了《停云并序》《时运并序》和《连雨独饮》几首诗。

《停云》,思亲友也。"霭霭停云,濛濛时雨,八表同昏,平路伊阻",杏花春雨之中,亲友却远隔千里,无由相见。

《时运》,游暮春也。"有风自南,翼彼新苗""延目中流,悠想清沂",渴望大同之世,抒发忧国之怀。

这且不表，鄙人想展开介绍的是《连雨独饮》。

诗中先生说——

生命的运转，必定会归于终结，此乃自古而然的常理。如果说世间尚有赤松子和王子乔等仙人的话，彼等如今又在哪里呢？

有位故老赠我以美酒，笑言饮后会成仙。试着浅尝一点，百虑千思翛然远去；更进一觞，则连老天都忘记了。其实，上天何曾离开过片刻，顺应本真，应置于一切之上。

先生又说——

云间的仙鹤拥有一双奇异的翅膀，即使远至八表之外，须臾之间仍要飞回故巢。

自从我抱定任真的信念之后，黾勉从事已有四十年了。虽然形骸早已于迁化中衰损，但是，任真之心却依然故我。

四十五岁那年，先生归园田居已阅四载，头年六月的一场大火，将家中焚毁殆尽。又是一年重阳节，先生悲秋伤逝。母亲孟氏、程氏妹先后下世，俾使先生常怀人生短促之感。

这年秋天，先生写下了《乙酉岁九月九日》。

行迈靡靡，已至晚秋。凄凄风露，交错而来。

蔓草不再茂盛，园林空自凋落。清空无一丝尘埃，蓝天杳然高远。秋蝉的哀鸣也已消停，群雁在云端嘤嘤鸣叫。

"万化相寻绎，人生岂不劳。从古皆有没，念之中心焦。"

万物变化连续不断，人生哪有不劳损的？死亡自古皆有，想来令人心焦。

怎样才能让我称心畅怀？不过是陶然于浊酒一杯。管他千载之后如何,不如把今天的日子过好。

四十九岁这年春天,先生与诸位乡邻同游周家墓柏之下。这种玩法有点别出心裁,颇有些庄子的味道。除非窥破生死奥义,谁还会选择去一个避之犹恐不及的墓地踏青呢?

鄙人想说明的是,周陶两家属世代姻亲。先生之先祖陶侃为散吏时,周访举荐他为主簿。二者相与结友。周访将女儿嫁给了陶侃之子陶瞻。此番所游之地信为周访之家墓。

先生说,今日天气佳好,有人弹琴,有人吹箫。想到那些松柏之下的亡者,怎能不及时作乐呢?

清歌一曲散发出新声,绿酒一杯绽开笑颜。不知明天会发生什么,今日的襟怀当须尽情舒展。

死者已死,生者自欢,先生对生死抱着非常通达的态度,一反丘墓生悲的旧调。

同年五月初一,先生的友人戴主簿来访,以赠诗为贽礼,先生回以唱和。

在和诗中,先生说道,时光恰如虚舟,在奋力挥桨中飞速前行。春去秋来,往返无穷。开年像是片刻之前,倏忽已过半载。南窗外的草木,脱尽憔悴,满目蓊郁;北面的林木,也已郁郁葱葱。雨师播洒着及时雨,清晨吹送着夏季风。

"既来孰不去,人理固有终。居常待其尽,曲肱岂伤冲。"

是的,庄子说:"生之来不能却,其去不能止。"

人生,既有来,就有往,哪能来而不往?依照生命的规律来说,有出生就该有终结。

有道是：贫者，士之常也；死者，命之终也。居常以待终，何可不乐也？

孔子曰："饭疏食，饮水，曲肱而枕之，乐亦在其中矣。不义而富且贵，于我如浮云。"

过着"曲肱而枕之"的生活，不但无损，而且有助于道行。

先生认为，生命的运转有坦途，也有艰险，只要任真适意地活下去，就不在意是困踬还是亨通。凡事若能达观，又何必执意到华山和嵩山之巅去成仙呢？

前面说过，先生四十至五十之间，对生命的思索最为频繁。才过四十，先生告别仕途，回到自我，而此时的身体又出现了状况，生命意识更加突出；加上比肩而立的兄妹相继早逝，让他感伤之余，对生命的无常予以了拷问。

义熙三年，先生四十三岁，这年五月甲辰日，为程氏妹服丧已过去十八个月。他以少牢之具来祭奠妹妹，躬身以酒酹地。

寒往暑来，时日渐去。先生看到屋梁上尘土堆积，庭院中花草荒芜。空荡荡的屋子里，妹妹遗下的孤儿在哀哀啼哭。

追念往昔，兄妹往来之事，就像发生在昨日。互通的书信依然还在。可遗孤谁来抚育？孤魂谁来主祭？

程氏妹，是先生的庶母（父之妾）所生，比先生小三岁。因嫁给武昌程家，故称程氏妹。父亲和庶母的早逝，兄妹自幼格外亲昵。自从先生生母去世，兄妹天各一方，更增添了彼此间的眷恋。

先生四十一岁时，惊悉程氏妹丧于武昌，便毅然辞去县令，心急火燎地前往奔丧。不管是否别有原因，至少程氏妹之死，成为先生辞官最直接的理由，可见两人感情非同一般。难怪先生在祭文中说"嗟我与尔，特百常情"。

这位程氏妹很有德操，安静恭敬，像她的兄长一样少言寡语。听到善行就高兴。行事严正，又能协调关系，能友爱，也能孝顺，素敦坤范，堪称闺门表率。

"我闻为善，庆自己蹈。彼苍何偏，而不斯报。"行善可以造福，可是，苍天为何如此不公，没有给她以善报？

同样的追问，也出现在先生写给从弟敬远的祭文里。

义熙七年，先生四十七岁。这年八月，从弟敬远早亡，年仅三十一岁。

敬远这位好兄弟的早逝，让先生悲痛万分。前面也曾提及过，这里要说的是先生的困惑和质问。

先生说："曰'仁者寿'，窃独信之，如何斯言，徒能见欺。"

他说，有人说仁者得高寿，别人皆疑，我偏信了，竟然上当受骗了。他愤愤地说，敬远这样一位仁厚之人，年龄才过三十，就突然长逝，魂魄永归于蒿里，邈然无回还之日，到底天理何在？

鄙人又想起，先生三十八岁给外祖父孟嘉作传时，为他"道悠运促，不终远业"深感痛惜，困惑地说："惜哉！仁者必寿，岂斯言之谬乎！"

显然，先生的愤怒不是针对别的什么，而是直指苍穹，指斥"天道无亲，常与善人"是完全站不住脚的。

四

讲到对生命的思考,就要讲先生有关形影神的思想。内中可见迟暮之感与生死之虑,无时不在先生心中盘旋,乃至交战。

义熙九年癸丑,先生四十九岁。

其时,慧远在东林寺撰《形尽神不灭论》《万佛影铭》,传播神不灭教义。先生因感而发,写下了《形影神并序》。

先生所说的"形",即是肉体与生理的我,指的是情感与欲望;"影",即个体的社会声望,为名教所指的我;"神",则是超然于天地万物之上,神游于八荒六合之外的精神自我。

形、影、神三者是生命的三个组成部分,一体三面,相互依存,不可分离。是对人的三种自我认识,或说是人生观的三种境界,也可以看作纠结于先生内心的相互矛盾的三个方面。

形、影、神三者对话,既是主题为"如何面对死亡"的一场辩难,也是先生生死观最集中、最直接的表述。

他说,无论高贵、低贱、贤良、颛愚,没有不是为顾惜生命而忙忙碌碌的,其实这很糊涂啊!所以,我极意陈述"形""影"之苦恼,再由"神"辨析自然之理来加以阐释。我希望关心此事的君子,都来领会自然之心。

于此可见,先生之生性,乃至一生的追随和归宿,皆不离"自然",视自然为最高准则,也是最终裁判。

先看"形"给"影"的一段进言——

天地长久留存，不会消失，山川也没有更换之时。草木顺着自然常理，经霜阅露，时荣时谢，周而复始。人为万物之灵，却偏不如此，不得久存于世。

刚见他还在世间活着，突然就转身离去了，不再有归期。除了亲友还留下些许念想，谁会在意世上生生地少了一人呢？逝者只剩下平生的一点遗物，偶一睹之，让人忍不住伤感。

想来，我没有成仙升天的本领，一定也逃脱不了残酷的法则，归于同样的结局，不会有半点不同。

望君听我一言，"得酒莫苟辞"。尽情地饮酒吧，千万别多加推辞，错过了大好时机。

到底有没有永恒？死亡是否为人生的终极归宿？

"形"告诉"影"，天地是永恒的，而人则必死无疑。不但如此，而且生命非常短暂。死亡即是人最终的归宿，一旦死去，便永无生还之日。所以，人终归是没什么想头的，有酒就饮，有乐就行，千万别心存任何幻想。

随后，"影"以一段箴言答赠"形"——

长生久视，本是无稽之谈，养生之术也总是心劳力拙。真希望去游昆仑、华山，能羽化登仙，可此道渺茫，久已断绝。

自从我与您相遇以来，都是同甘共苦，哀乐与共。有时在树荫下歇息，像是暂时的暌违；一旦返回日光之下，终又形影相依。

这种共处，既然难以赊永，所担忧的是一朝同时黯然泯灭。形体消失了，名声也随之陨灭。百年易了，七尺难存，每念及此，便让人五内俱热。

依照儒家之说，要做到死而不朽，则"太上有立德，其次有立功，其次有立言"。多行善事，可以给后人遗留一份爱意，为何不去尽心尽力勤勉为之呢？说是酒能消忧，比起行善来，怕要拙劣得多吧。

归纳一下，"影"答辩"形"的大意是，古来，救赎死亡的尝试毕竟有限，而养生和修仙是最主要的途径。遗憾的是，都收效甚微，不能做到长生不老。靠酒来麻醉自己，显然也难以忘忧。唯一可行的是立善，可以留下好名声，让后人代代传扬，如百足之虫，死而不僵。有了好声誉的支撑，就能虽死犹生，屹立不倒。

此时，"影"和"形"业已各抒己见，却难分伯仲，各自表达了自己的生死观，也就是先生称之为的"形影之苦"，是对生死认识的迷惑，非是正见。

最后，作为三位一体的最高主宰——"神"，不得不站出来，对如是难题做出了理性的裁断。

——天地陶冶万物，不存在有何偏私，所以万物依着各自的秉性森然挺立于世间。人与天地齐肩而立，是为三才，难道不是因为此心神明之故？若块然血肉，与禽兽何异，岂足以与天地并列而三耶？

心神与形影，虽然不是一样的物性，但生下来便相互依偎，结托同体。既然有一致的善恶观，我怎能不将生死之奥义和盘托出呢？

古代三皇这些大圣人，如今又在哪里呢？彭祖享有长寿之乐，一旦大限来临，还不照样撒手离去？老少都难免一死，贤也好愚也好，概莫能外。

天天醉酒，也许能忘记一些苦恼，但纵欲足以伐生，它毕竟也是催命之物啊。

立善，常是人们所热衷之事，可是，人死了，求来之名又有何益？谁会长久地把你赞颂呢？《淮南子》有言，圣人不以行求名，不以智见誉。功盖天下，不施其美；泽及后世，不有其名。而况誉生则毁随之，善见则怨从之。

是的，在死亡面前，什么养生啊，修仙啊，醉酒啊，乃至立善啊，统统都显得无足轻重。可以说，没有任何东西可以跟死神相抗衡。一切终究会丢盔弃甲，一败涂地。夫复何言哉？

想多了，难免会耗神伤身，最好还是顺应命运的安排吧，这才是唯一能做到的。

"纵浪大化中，不喜亦不惧"，纵横驰骋于天地之间，随其播迁，不以死生祸福动其心，不以早终为苦，不以长寿为乐，不以名尽为苦，不以留有遗爱为乐，一切听从自然，泰然委顺，以全我神。

该终了时，便痛痛快快地终了，不要流连忘返，拖泥带水，枉自过多的思虑。若能如此，则可死而不亡，与天地永存。

先生设此辩论，简直是太精彩了！乃哲人之辩，神妙之辩，为先生最重要的哲思，需要我等一生来琢磨、领会，慢慢消化之。

是的，"立善常所欣，谁当为汝誉？"司马迁的《伯夷列传》显然对先生触动甚大。

史迁在列传中说，有道是："天道无亲，常与善人。"那么像伯夷、叔齐，积仁洁行，难道还不能称为善人吗？结果如何？还不是饿死了。孔子有七十二贤徒，唯独嘉许颜回最为好学，然而，颜回屡屡空腹，连糟糠都不能吃饱，终至于早夭。老天到底是如何报施善人的呢？

史迁又说，盗跖每天都滥杀无辜，割人肉，食人肝，暴戾恣睢，纠集党徒数千人之多，横行天下，竟然可以得享天年。

那些操行不轨、触犯法律之人，却终身逸乐，富裕殷实，持续几代人。再看那些择地而居的君子，出言谨慎，不走捷径，不是为了主持公道正义就不会愤怒，却遭遇祸害，此种情况不可胜数。那么，这就是所谓的天道吗？

其实，史迁之问，也是靖节先生之问；史迁的困惑，也正是靖节先生之困惑。

诗云："风雨如晦，鸡鸣不已。"虽然善恶没有报应，但善人为善，从无终止。

先生关于形、影、神三者的对话，还让鄙人联想到《列子》有关力与命之间的论争。鄙人喜欢将二者参照起来看，或许有所裨益。

列子笔下之"力"代表主动作为，"命"代表命运安排。

最后，命说，既称之为命，又何须作为？我不过是对于必然之事，顺手推一把；对于曲折的事情，不加干涉，任其所之。自寿自夭，自穷自达，自贵自贱，自富自贫，一切交由万物自为罢了，我哪管得了那么多啊？

先生诗中的"大钧无私力"，其典或许出自《列子》。

先生告诉我等，不要迷信无所不能的"力"，应投身于大化即"命"的怀抱，听任自然。但有所为，皆为虚妄。"形""影"

绞尽脑汁的思考,在"神"的面前,不都显得幼稚可笑吗?

五

永初二年辛酉,六月刘裕鸩杀零陵王不成。九月,又派兵人掩杀之。

这年,先生五十七岁,作《述酒》《拟古》诗。同年,他于寻阳江头、江州刺史王弘处送客。

前番均已陈述,兹不重复。

先生五十之后,似乎跨入了生命的另一个门槛,病患不断。及至五十七岁,渐觉气力不支,不知道哪天就不在了,他想向孩子们做个交代,便写下了《与子俨等疏》。

文章起初是交给我誊写的。说实话,这回先生的字迹潦草,涂改较多。显然,他心绪很是不宁,鄙人请教了几遍,方抄写完妥。

跟以往一样,鄙人必抢先敬诵数过。先生的训诫,缠绵悱恻,深情拳拳,催人泪下。父子之道,乃天性也,何可废乎?何况先生情过于常人,对于子嗣更多一分挂虑。

之后的一个晚上,先生咳嗽得厉害,便示意在床边侍候的翟氏,命我去村里把陶俨等五个孩子找齐,一并叫到床前。

先生将这份疏文递给老大陶俨,陶俨忙将自己三岁的幼子夹在腿间,腾出手来接着,神情忧郁地看了一遍。随后诸子一一传看。阅后,各个默然垂首,唯有老二陶俟面露不悦。

他有些生气地说，阿爷不过是咳嗽，孩儿替您好生疗治就是了，还不至于不救吧。

孩子说的是，你过去也得过这种病，要不了几天就好了。你就安心养病吧，不必多虑了。翟氏掖了一下被褥说。

鄙人最能理解陶侃的感受了，他是在跟自己怄气，为迟迟未能让父母活得体面些而沮丧。经家父这么一写，似乎他连补救的机会都快没了。他不希望临终嘱咐来得这么早，故而内心十分焦躁不安。

先生和蔼地笑着说，有道是，日中则昃，月盈则食，天地盈虚，与时消息，而况于人乎？生灭交谢，寒暑递迁，大概也是天地之常，万物之理。有生就有死，也没什么可怕的。

陶俨懂事地扯了一下陶侃的衣袖，示意他别固执。

随后，不知是担心孩儿们不能充分理解其文义呢，还是有意要加深其印象，总归先生又将疏文的意思耐心地解读了一遍。

"天地赋命，生必有死，自古圣贤，谁能独免？"

既然一切均为天定，那么人还能做些什么呢？依鄙人观察，先生的一贯态度是，尽人事，听天命。

凡事尽心尽力去做，至于事情走势如何，成败如何，则由不得自我，余下的只能听天由命了。吉凶祸福的到来，与人所行之事是否正当，不定有何关联。

也就是说，无论结果如何，都会看作是上天的安排，毫无怨言地接受下来，因为，老天自有其理。这就是人们常说的"认命"。

鄙人前面说过，先生喜欢回顾自己的一生，这回似乎受到记忆的强烈驱使，更是如此。

——我已五十有余了，少年时穷困潦倒，常因家乏而东西奔走。都怪我性子刚烈，才能短缺，与外界多有抵牾。

说来，我还算是有一定的自知之明吧，掂量了一下自己的斤两，推想做官必定会留下祸患，殃及家人。于是，我才黾勉辞去官职，过着田园生活。如此一来，另一个问题便接踵而至，难免使尔等从小便经受饥寒之苦。

也就是说，先生始终怀有这样一种心态：知其无可奈何而安之若命。时命，其来不可拒，其去不可留，故安而任之，方无往而不适。

他清醒地意识到自己的命运之后，才做出了理智的选择，并非随性和率意。当此丧乱多事之秋，危行言逊，仅免于刑戮，就算是万幸了。

先生将家中的贫乏，归咎于自己，心怀愧疚。不过，若是重新选择的话，会有另外一种结果吗？恐怕他也只能如此。

接着，先生给孩子们亲切地讲了两则小故事。

东汉王霸，字孺仲。王莽篡位后，他弃官还家。光武帝时，连征不至。友人令狐子伯做了楚相后，让儿子乘坐车马给他送信。相形之下，王霸的儿子却蓬头垢面，不知礼节。王霸羞愧难当。

他妻子看出后，就责备道："您自幼修习节操，从不顾念荣禄得失。如今，令狐子伯的显贵，同您的高洁相比，究竟谁更高一筹呢？您竟然忘记了素来的志向，而为儿女惭愧！"

王霸起身而笑，释然于怀。

生活境遇的下沉，让精神境界获得升华，未尝不是对贤者的一种补偿和慰藉。

先生感言道:"王孺仲的贤妻所说的话,总是感动我,败絮自拥,敝帚自珍,自家的孩子自己爱,为何还要羞惭呢?"

随后,先生又讲了一个老莱子之妻的故事,鄙人前面讲过,这里就不再重复了。

先生说:"遗憾的是,我没有求仲、羊仲那样的好邻居,家中又没有老莱子那样的贤妻室。怀抱这等固穷的苦心,也实在是惭愧。"

鄙人偷窥了一眼师母,以为她的脸必定会羞得通红,可她一点也不介意,表情平和如常。这么多年来,也够难为翟氏了,所谓巧妇难为无米之炊。她也是寻阳隐居世家,与先生志趣投合。至于发点牢骚,有点脸色,自然也是在所难免的,总不能苛求她像莱妇一样,做得那么纯粹吧。

也许,先生是将内人与自己视为一体,不过是自谦之语,也未可知。

接下来的这段话,脍炙人口,读来有如清风朗月,快悦于心,想必诸位兄台也都能背诵得滚瓜烂熟吧。

"少学琴书,偶爱闲静,开卷有得,便欣然忘食。见树木交荫,时鸟变声,亦复欢然有喜。常言五六月中,北窗下卧,遇凉风暂至,自谓是羲皇上人。"

少年时我曾学过弹琴和书法,酷爱闲静,打开书卷,有所心得,连吃饭也都忘了。见到树木枝叶交错,浓荫匝地,四时之鸟,鸣叫各异,我也非常愉悦。每年的五六月份,我常爱偃卧在北窗之下,遇到一阵凉风突然吹过,真是舒泰之极,便自以为是伏羲氏之前的人了。

先生的这段话,简直冠绝当世。以前只觉平淡,随着年岁的增长,愈见其和乐优美,与沂水之乐能有一比。那是先生向往的日子,并非其生活的实录。战乱、忧劳、灾害之下,哪能活得这般逍遥自在呢?

鄙人曾对"北窗下卧",颇费了一些心思。在北窗下躺着,这有何好?别说是冬天,就算是夏季,也谈不上是何享受。

为探究其义,鄙人甚至就此悄悄地体验过不止三次,好在这点每家每户也都不难做到。渐渐地,鄙人发现了其中的奥秘,证实了先生所言不欺。

的确,夏天燠热难耐之时,知了在树上聒噪不休,狗躺在大门口翕动肋部、咻咻吐舌,人们昏昏欲睡。唯独北窗之下,却如洞天福地,安闲僻静,阴凉宜人。此时,你若安躺于一张卧榻之上,穿堂风不时悠悠吹过,百骸、九窍、六藏,无一不觉舒坦。

鄙人悟出,先生的快乐其实也挺简单的。树木交荫,时鸟变声,凉风暂至,皆可转化成精神上的愉悦,也均得之于自然的馈赠,无一毫人为,与"曲肱而枕之"得自于一种舒适的姿势,能有一比,二者殊途同归。

若非用心体味,谁能得到此中之乐?首先得是心静,自然就会凉快。到头来,谁也说不清,那阵凉风是实有的,还是心生的,抑或是二者兼而有之?

起初鄙人好生奇怪,既为属纩之遗训,应是极其严肃的叮咛才是,而先生却道出了抒情般的轻松话语。宛如憧憬美好愿景，陶然自乐，竟至于旁若无人。

仔细品味，先生不过是在申明其素来的志趣罢了，其语气与其说是父对子的训诫，还不如说是友朋之间的倾心交谈。

恰因这点，鄙人妄自推测，先生内心仍有激情，不乏对未来的向往，对生命的留恋。

接着，先生话锋一转，说我见识短浅，天真地以为，这样的日子可以一直保有下去。随着时光的流逝，那些投机取巧的伎俩，于我愈加地荒疏隔膜。追念往昔的时日，渐觉邈远，不可得而有之。

鄙人明白先生这段话的良苦用心，他不仅想说明，自己所期待的生活是什么，更希望得到妻儿的谅解，家中窘迫不堪的境遇，实在与他一贯的秉性和行事方式有关。先生总是为那些不能完全由自己负责的事情，过于责备自己，他只是心有余而力不足罢了。

固然，一个人从生到死，所遭逢的一切，均是由自己事前已决定了的，但是，促使他做出决定的，又是什么呢？

先生之性情，介于狂狷之间。而其笃信好学，守死善道，危邦不入，乱邦不居，天下无道则隐，选择躬耕自资，自晦其道，实乃明智之举。

先生继续说，我患病以来，日渐衰弱。蒙亲友不弃，予以及时诊治，我估摸自己生死之大限也快到了。

此时，翟氏飞快地看了一眼陶俟，还好陶俟在平静地听着，想必他也渐渐理解了老父的苦心。

先生说,尔等从小就遭受穷困,常苦于砍柴担水等劳役,不知何时可以免除,一直牵挂于心。唉,还有什么好说的呢?

讲到这里,先生语速转缓,头低下来,双目凝视着布被。

陶侃提起茶壶,给先生茶碗里续了一些水,递给先生。先生喝了一口,将茶碗放回桌上,用手揩了一下嘴。

先生抬起头,将五个男儿一一打量,好像在轻轻地爱抚,也好像要确认一下,彼等是否都听明白了,然而,更有可能的是,要集中彼等的专注力,该强调重点了。

他接着说,尔等虽非一母所生,也应想想《论语》中"四海之内皆兄弟"这句箴言的含义。

鲍叔和管仲分配钱财,谁多谁少,无有猜忌;归生与伍举二人,就地铺上荆条,坐下就可以畅叙往事:因此管仲被囚,鲍叔推荐,得以成就霸业;伍举逃亡郑国,归生鼎力相助,得以回国建立功业。是啊,异姓之人尚且如此,何况同父兄弟呢。

先生似乎想起了什么,又补充道,颍川韩元长,汉末名士,位居卿佐,八十岁才辞世,兄弟同居不分家,直到去世。济北的氾稚春,晋代有操行的人,七代不分家,家人了无怨色。

《诗经》说:"高山仰止,景行行止。"此种境地,虽不能达到,也该诚心竭力地崇尚彼等贤德之人吧。

先生再三叮嘱,可见其期望于诸子的,是何等之殷切。

此时,鄙人忽然想起先生的曾祖陶侃死后,其子嗣为爵位之争,至于兄弟阋墙,相互残杀。好端端的一个显赫之家,闹得分崩离析,可不痛哉!惜哉!先生之所以引经据典,反复重申兄弟间的四海之义,分财无猜,无非是想后人能敦睦恺悌,至少不至于反目成仇吧,足见先生用心之良苦。

也许是用情过甚，语速加快，先生的痰火又上来了，引发一阵剧烈的咳嗽。他已无力大咳了，而是两头缩紧，整个胸腔都在突突地扩张，咳声夹带着丝丝拉拉的哨音，连空气都在震颤。

陶俨上前协助师母，一起扶住父亲，在他背上轻轻地抚拍。先生接过陶俟端来的茶碗，抿了两小口，揭了一下上衣，调整好了坐姿，安静下来。

先生顿了一下，再一次深情脉脉地看着孩子说，尔等皆须慎重啊，我也没什么可说的了。

之后，先生便不再言语了，他坐在床上半闭着眼，喘着气，好让自己平复下来。

此时，翟氏从陶俨膝下将孙儿牵过来，靠近床前。先生现出一丝病态的笑靥，将小家伙伸过来的小手握住，随后又松开。

几个孩子也酷似老父，都是沉默寡言之人。一家人一语不发，只有窗口的风，在一阵紧似一阵地疾呼。如果仔细分辨，还可听见那把无弦琴在风中轰轰然，发出奇异的鸣响。

一会儿，鄙人和陶俨配合着师母，让先生平躺下来，先后出门去了。

六

前番，鄙人说过，先生的人生态度是，尽人事，听天命。意即凡事需尽心力，无论结果如何，都将视作上天之安排，对不可更改的现实予以接受。须知"人之为，天成之"（《淮南子》），此之谓"认命"。

适才，吾等稍作休息之时，有兄台就以上观点，同鄙人作了短暂的切磋，交换了看法。先生的处世态度，这位兄台深以为然，且归纳为：改变不可接受者，接受不可改变者。

此语甚佳！前者谓生而为人，需有所进取，试图对难以接受的现状予以改观；后者谓既已作为，且恪尽其力，达成的结果再也无法更改时，则以安之如命的心态处之。

回顾先生一生之行迹，凡事岂能尽如人意？不如意者常八九。最终，先生悉皆坦然视之，嘿然受之，泰然安之。既然安危相易，祸福相生，那么就应该在接受如意之事时，也接受不如意之事，由不得你挑三拣四的。若非大智大勇之人，孰能如此？

而另一位兄台则垂询老朽，吉凶祸福，与人所行之事是否正当，并无必然关联，像是揭示了一个困惑人们已久却不无残酷的事实，将之公之于世，反倒消除了某些不切实际的幻想，让人易于坦然面对各种灾异。此论甚当，只是稍嫌笼统，可否列举一二例证，以加深理解？这一提议甚好，符合孔子举一反三之教理，老朽敬奉其命。

"天道无亲，常与善人"，先生对此早已持有怀疑态度，所以他认为"善恶不应"，根本就不存在"福善祸淫"，所谓的因果报应。善人行善，与恶人造孽，一皆出于天性。恶人无所忌惮，固然从来不会停止作恶；而善人虽无好报，亦不因此而停止行善。善人若是冲着善报来行善，便有了功利之心，便做得不够纯粹。

只有充分认识到，吉凶祸福与所行之事是否正当，原本就是两般事,而依然义无反顾地选择去做正确的事情,才是一个人立身行事所应尽之本分。

忽然想起不久前发生的一桩事体来。此事有些匪夷所思,不知是否能印证以上论点。姑且说来听听,交由诸位兄台自行判别。

约莫义熙七年,先生已于前一年移居栗里。鄙人趁早摸黑常从上京来看望先生,顺带帮忙干点农活或家务什么的。或许是移居不久,先生对上京很是留恋,时常向我打听那里的消息。哪怕是一点小事,也听得津津有味,足以慰怀。

是的,先生怀乡了。以前,他的行役诗里都是满满的乡愁。"久游恋所生,如何淹在兹?"眷恋母亲,眷恋故园。如今,移居栗里,他的离愁别绪又一次被触动了,犹如春草,更行更远还生。

这年初冬的一天,鄙人又一次从上京来到栗里。我便尽已所知,酸的辣的,点点滴滴搜罗而出,向先生一一道来。其中一个关于流民的话题,引起了先生的异常关切。

大批南渡的北人往往受到歧视,又谓之"荒伧"。进入下年以来,北方大量的流民向本地涌入。上京每天都有流民打村边经过,远远地延颈观望着村里,眼巴巴,满是乞怜,或进到村里久久盘桓,无非是想寻得一线生机。村人终因自顾不暇,不得不忍心将流民拒诸门外,使之频频回头继续流落他乡。过后村里人总不免心怀愧疚,毕竟恻隐之心人皆有之。

说来,鄙人一家也属流民,不过是先来一步罢了,否则也会像彼等一样流离失所。鄙人感同身受地同情彼等,却爱莫能助。不过是给点水喝，顶多匀出一点萝卜芋艿，还能做什么呢？最可悲的是，寒冬来临，彼等晚上像猫狗似的蜷缩村头，着实可怜。

先生听后，满脸忧戚。他俯首沉吟有时，继而问我，我等能否做点什么呢？

不等我回答，先生又说，老夫在上京的几间草屋，不如拿出来安置流民，你看可行吗？

行倒是行，可那是先生自己的草庐，日后不是还要回来住吗？

无妨，闲着也是闲着，救个急，过个渡，至少可以给他们遮风挡雨，总比露宿荒野要好吧。

说实话，先生尽管迁走了，但鄙人还当他住那儿。每当路经时，我会留意草庐门窗的动静。想保持一个完整的家园，以待先生不日之回迁。

先生怕我有所顾虑，还特地唤来陶俨当面交代，让他前往上京协助鄙人，将房子拾掇一番，多添些床铺和草席，将家中不常用的用具带去一些。

就这样，依先生仁民爱物、体恤民瘼之意，草庐作为上京首个，也是主要的临时流民安置点，遽然建立而起。并由鄙人牵头，在村里招募了三五热心志愿者，成立难民救济站，负责收纳逃亡至本村的流民，暂住一二日乃至数日不等，助其缓冲，以寻求下一步的出路。并且说服殷实人家，施舍一点米谷钱粮。流民高峰时，草庐都挤不下了，不得不调节到别的人家借宿。

上京依山，风气先寒。流民缺衣少穿，衾褥单薄，一些人眼看快扛不住,有的就生病了。当务之急是要解决取暖问题,提供一些木炭。

救济站人员商议,看来靠捐献是不行的了,村民自己用炭尚且不足,遑论其余,只得进山烧炭。有两名志愿者自告奋勇地报名,二者皆有烧炭经验,烧出的木炭质量一向堪称上好。

按照烧炭所需周期,事先约定,大概六七天后出炭,鄙人前去挑炭。午后出门前,尚有些犹疑,天色转暗,会不会下雨呢?但一想到流民难熬的漫漫寒夜,还是咬咬牙进山了。

烧炭者的窝棚搭在峡谷边亲水之处,而土窑建在几丈开外。窝棚前的竹杈上还晾晒了两三件衣服。

百米开外,有一株高大的银杏树直冲云霄,扇形的叶片全掉光了,在地面与树冠对应的地方,铺满了厚厚的一片金黄,璀璨如碎金,有不少的银杏果散落其间,也无人捡拾。

多日不见,志愿者又黑又瘦,精神却充盈。见到鄙人,彼等兴奋不迭地告诉我,今日一早就出窑了,烧出的第一窑,炭相甚好,均是杂木的,火旺且耐烧。并欣喜地说,昨晚还意外地猎获了一只肥硕的野兔,晚上准备加个餐,庆贺一番。

这一说,还提醒了鄙人,我将带来驱寒的一点醪酒,从布包里掏出来。彼等更是来劲,有些激动地说,仁弟,留下来过夜吧,明朝再走不迟。

我说,不啦,救济站还等着炭烧呢。

彼等似也想到,不宜过多挽留,毕竟起早摸黑地砍树烧窑图个啥,不也是想早点将木炭送到流民手里吗?

看看天色不早,西边的乌云翻滚得厉害,并迅速地漂移过来,好像下雨就是一时三刻的事情。我装上满满的两筐木炭,打算动身了。行前,彼等从窝棚的一侧,拎出一袋子冬笋,捎入筐内说,山上挖的,流民或许用得着。

　　大约走了一两里路,雨下下来了。山雨来得急,从雨点淅沥到大雨滂沱,只有片刻工夫。木炭不能淋雨,好在不重,我紧跑了十几步,就近躲进了一块大岩石下。

　　谁知先我而来者,已有四五人之多。石檐,或曰石洞足有一间房子般大小,容纳十余人一点也不成问题。

　　雨越下越大,以至于众人就像躲进了水帘洞中,眼前明晃晃一片白光,看不清洞外的一切。洞中则漆黑一片。水汽顺着山风,一阵阵朝洞中横扫而来,让人倍觉阴冷。

　　此时,从雨幕中又冲进两个人来,是两个村姑。身上湿淋淋的。众人赶紧扭过脸去,不好意思多看。雨水裹着青丝顺着村姑的脸庞流下来,遮没了眼帘。在雨中无法正常地呼吸,这会儿化作了"咯咯咯"的笑声,爆发出来。瞬间又止住了,显然是看清洞中尚有他人。好在是冬季,彼等透湿的衣着也并不显得过分尴尬。不过,这样下去,她俩必定会冷病的。

　　山里这个季节的活计,无非是采挖冬笋,给茶叶培土整枝,当然还有烧炭、打猎之类的。

　　待到身上起初活动出来的那点暖气,消耗殆尽后,耐不住阵阵湿气袭来,侵入襟怀,众人都不由得抱住胳膊,打着寒噤。

　　鄙人从炭筐里默默地拣出几块木炭来。立即引来一阵类似于欢呼的喧哗,众人纷纷让出一块空地来。我将木炭熟练地架在地上,之后呢?却傻眼了,呆若木鸡地站在那里,没火。谁有火啊?众人相互看看,又摇摇头。

　　一位老者是抽黄烟的,他掏了掏口袋,掏出几根火绒来。

可是，老者试着用火镰敲击火石时，却怎么也点不着，因为火绒受潮了。他有些沮丧地望着地面，像是一个犯错的孩子。众人都有些泄气，也就不指望了，继续朝洞外干瞪着眼。

老者似乎心有不甘，又去掏口袋，里里外外，角角落落搜个遍，还真让他掏出了一根火绒来，这绝对是最后一根。谁又从洞壁上揪下一团枯草，塞进木炭下方。所幸这最后一次的尝试，居然成功了，炭火烧着了。火光点亮的那一刻起，洞中的阴霾瞬时就被驱除了。

大雨持续了将近一个时辰，才停歇下来。待我等陆续从洞中走出来时，世间业已烂柯，仿佛经历了千年。地上散发着泥腥味，以及枯枝败叶的腐烂气息。山野完全黑下来了，众人结伴而行。好在我等都走惯了山路，顺着山涧往下行，应该也没问题。

此时，众人愕然地发现，河水暴涨，溪流变成了一条大河，山洪裹挟着石头和朽木，朝下游席卷着、咆哮着，浑浊的泥浆滚滚涌流。水中几块堪称庞然大物的巨石，居然移位了；有几挂小型的瀑布都被洪水填平了；就连河道也未必都在原来的位置上了。

鄙人暗自忧虑，二位烧炭的老兄，是否安然无恙。要知道，彼等的窝棚就搭建在水边啊。我心急如焚，进退维谷，除了祈求老天保佑，似乎也别无办法。

走了一段路，鄙人如芒在背，还是放心不下。抬头看天，只有不多的几颗星子，在明净的天宇上诡谲地眨闪。我不得不将木炭放下，以半跑的速度原路折回。一路磕磕碰碰，总算跑到了那条水涧边，站定，正对岸就是那棵银杏树和窝棚所在的位置。

眼前的一幕，让我惊呆了，银杏还在，窝棚则消失得无影无踪。原来的一条不宽的溪流，衍变成了一条奔涌的大河，吞噬了岸边的一切。我的兄弟呢？

天哪！我眼前一黑，远胜于夜色之黑，差点就栽进了水中。人呢，去哪里了？一颗心提得老高，紧张得呼吸不出来。我向对岸轮番高喊着两位兄长的名字，没有一点回应。

河里的石头相互撞击着，发出巨响，地面都在震动。浑浊的河水打着无数个漩涡，不时发出"咕噜咕噜"强力的吸引声，向下游汹涌流去，似乎将我的呼喊声也一丝不漏地吸走了。

次日，传来噩耗，我所担心的事情还是发生了。其中一人冲到了下游的塘堰边。许是在布满卵石的溪涧一路的颠连冲撞，变得面目模糊，不可辨识。鄱人急遽赶到现场，才认出来，他是我亲哥。他身上有一块葛巾是鄱人送的。

另一位老兄干脆就失踪了。人们顺着河道搜寻，只找到了几件换洗的衣服，挂在水边的荆棘丛上飘动。数日后，有人在一个存水湾，看到沙滩上落满了苍蝇，便断定那里有异。果真，在泥沙的下面挖出了失踪者。

原本老朽不想重提此事，毕竟时隔不久，我内心还在为此隐隐作痛。

由于不可预知的命运安排，我等所做的诸般事体，不唯毫无成就可言，而且险些连自身也搭进去了，遭受了本不该有的巨大磨难。

从情理上讲，的确难以接受。我等出于仁慈，志愿参加救济流民的活动，没日没夜地操劳，不取分文，为的是让流民好受一些，境况也不至于那么凄惨。就说两位烧炭的兄长吧，纯然是不避辛劳地奋勇当先。

可结果呢？却落得如此悲惨的下场。我等何错之有？当时，我等苦闷彷徨，唯有搓手顿足空自流泪而已。不由得生出项羽的乌江之叹来：此天之亡我，非战之罪也。

记得那次隔了较长时段，我才去了栗里。

先生坐在门前一棵弯曲的柳树下，双手扶杖，手柄抵在颔下。一见到我，就带着平静的悲伤，紧紧地抓住了我的手，用另一只手掌盖住，轻轻抚摸。我的泪水扑簌簌地滴落下来。那根手杖遂顺势倒在先生的怀里。显然，先生也知道了事故，他只是轻声地叹息了一声，命也夫！

是啊，事有必至，理有固然。除去归诸命运，夫复何言？想必先生也心痛得无法诠释所发生的变故，才发此浩叹。

然而，鄙人从先生刚毅的目光和慈祥的抚慰中，感受到一种民胞物与的巨大温暖，得到了莫大的鼓舞。我等没做错什么，完全是无辜的，且须朝着一条正当的路径，坚韧不拔地走下去，不可半途而废，如此，方不负逝者付出的生命代价。

先生的温暖有力的握手，和目光慈祥的抚慰，犹如无声的开示，给我以力量和勇气。鄙人总算明白了一个百思不得其解的道理："君子能为善，而不能必得其福；不忍为非，而未能必免其祸。"（《淮南子》）换句话说，君子能行善积德，但不一定能得福；君子不忍为非作歹，但也未必能免祸。

这一点也早就被孔夫子所论断过了。

当年，孔子一行人在陈蔡两国之间，七日不火食，藜羹不糁，弟子皆有饥色，纷纷疲病困顿，无力支身。

子路近前问孔子："我听说，行善者上天报之以福，为恶者报之以祸。夫子积德厚义，怀抱美好，行之日久，为何还处于困厄之地呢？"言下之意是，我等周游列国，匡时救弊，所行之事悉皆正当，也会遭此厄运吗？

孔子说，你有所不知，我来告诉你。你以为智者必定会得到任用吗？王子比干不是被剖心了吗？你以为忠者必定会起用吗？关龙逢不是被行刑了吗？伍子胥不是遭车裂于姑苏东门外吗？遇与不遇，关乎时运；贤与不贤，因乎才能。君子博学多才深谋远虑，不逢于时者，难道还少吗？

孔子接着说："君子固穷，小人穷斯滥矣。"君子即使穷途末路，也固守节操和本分；小人身处逆境，就容易胡作非为。当然，君子固穷也常包含，君子这种有德之人，原本就是穷困之人的意思。

先生一生穷困潦倒于上京与栗里之间，不也类似于孔子困于陈蔡之间吗？未尝见其有喜愠之容。日子越是艰辛，越见其平和。先生还不时弹拨七弦，歌以咏之，犹如孔夫子虽困于陈蔡，仍弦歌于室。若非怀抱君子固穷的节操，岂能如此淡定从容？

我等均须秉持一份安之若命的心态来处世，尽人事，听天命。总不能因为没有善报，就知难而退，放弃一贯的为人之道吧？很多的事情，我等还得当成无法避免的天意安排，来加以接受。

而今，老朽的兄长也已殉难四五十年了，我很是怀念他。有时就独自来到彭蠡湖中的大河边，一坐就是上个时辰，那是早年间家父带兄长和我去北方探访故土的起锚之地。

望着滔滔东逝的河水，老朽想哭。回忆父子三人一路胼手胝足向北行走，那么执着，不顾路途艰险、战火焚烧，一心只想赶回老家去，仿佛这就是今生唯一的使命。尽管老家的衰败景象不免令人败兴，但是我等终归是走到了，看到了，如愿了。

当时一路朝北，吃尽了苦头。兄弟俩轮番询问家父，还有多远？到了吗？显露的完全是孩子般的心急。现在看来，鄙人倒很赞赏家父那种做派：非得要做成一件事，一种不管不顾的执拗劲头。多亏了这次北方之行，为我苍白的人生，添加了一种截然不同的色彩。

怀想那回兄长啃吃鸡腿的糗事，老朽不由得哑然失笑，那时才多大呀。以前令人羞愧的事情，而今来到眼前，都变成了不可多得的记忆珍品。

七

先生写《与子俨等疏》，许是觉得自己来日无多，作为遗训而写。鄙人当时看到尊师的精神劲，就暗自臆测，他至少要活过花甲之年，看来此言真实不虚。

元嘉四年，先生六十三岁。

这年九月，重阳过后的一天，朝暾初上，照临树腰之时，鄙人念及先生卧病多日，该到室外来晒晒阳光、透透空气了。就和陶俨一道，将先生连同被褥一起，抱到门前的墙根边，在一张摇椅上躺下，接受日光的抚慰，也即古人所谓的"负暄"吧。

先生中等身材，但身体很轻，似乎也矮小了许多。先生的头颅有些无力地垂向地面，仿佛时间之手沉重地压在他的颈项上。我找来两个小木块固定椅足，使之不再摇晃。

栗里之南，有一条小溪，名叫吴陂港，流入彭蠡湖，它贯穿落星湾全境，流入大河。

先生目之所及，正好落在小溪的一段湾流上，溪水在阳光下呈银白色。间或有小舟驶过，大概是去星子镇上卖鱼虾，做点小本生意吧。

溪流两侧的稻田，青黄相间，凉风习习，稻浪滚滚，宛如逝水流波。

一片白云栖息在南面的山峦间，因停靠过久，显得有些滞重，仿佛凝固成山体的一部分，但何时离去，也是转眼间的事情，你都觉察不到。

右侧的山坡上，已出现了最早的一批黄叶或红叶，经日光映照，分外鲜活，有些蚌病成珠的味道。

山坡与平地的结合部，是一簇簇修长的蒿草，白色的花絮举在头顶，微微低伏，表明已到达生命周期的尽头。

再过去就是松林，里面磊磊的坟茔，在幽冥中穆然静卧，那里连接的即是人生的末端。

紧靠村落的菜圃、篱笆边上，匍匐着一丛丛菊花，开出的黄花，经金风的吹拂，渐显憔悴疲软。

近前的草叶上，滴滴露珠，闪烁着天蓝色的光泽，在太阳的照射下，也一一蒸发殆尽。

眼前的景致，让迟钝如鄙人者，也难免心生感伤。毕竟时值仲秋，秋主商音，商者，伤也。旷野渐露萧瑟之态，何况先生天性敏感，自然会感慨良多，起悲秋之怀。

阳光照在南墙上，暖洋洋的。先生窝在被褥里，十分虚弱，默默地看着野外，久久无语。间或伸出干枯瘦长而又贫血的手来，拢了拢衾褥，我能感觉到它微弱的体温。

一会儿，先生侧过脸来，问一旁的鄙人，仁子，你可读过曹子建的《薤露行》？

读过的，先生。鄙人说，记得开头几句似是"天地无穷极，阴阳转相因，人居一世间，忽若风吹尘"。

先生侧耳听着，微微颔首。

鄙人对东阿王曹植情有独钟，同情他的不幸遭际，他的诸多诗文，也都能记诵，《洛神赋》尤其喜爱。先生的《闲情赋》与之有异曲同工之妙。

接着，先生说，薤露，就像眼前草叶间的露水那般，经不起太阳的炙晒，转瞬就消失掉了。人生何尝不是如此啊！

鄙人默默地点头，唯有聆听木铎金声、默而识之而已。

现在先生异常衰弱，说话有时干脆就是气声。我隐隐感到，先生像迎风的烛火一般，行将熄灭。他的每一个举止，都有可能是最后的定格；每一句话语，都可能是绝响。我兴起了无比的怜惜之情，但却无力挽留。

先生又告诉我，《薤露行》和《蒿里行》都是丧歌，原本出自田横门人。田横自杀，门人哀伤而作悲歌，意谓"人命奄忽，如薤上之露，易晞灭也""人死魂魄归于蒿里"。

薤，是多年生草本植物，地下有鳞茎，可食用，叶子细长，花为紫色,民间称为"藠头",味微酸。叶子呈葱管状,上面的露珠比在草叶上更易滑落或者晒干。古人将薤露之易落,比况人生之短暂,堪称绝妙之喻。

到汉代,李延年将丧歌分作两首曲子,《薤露》送王公贵人,《蒿里》送士庶之人。让挽柩之人唱诵,遂称之为挽歌。

魏晋慕清虚,尚旷达,作挽歌者转多。魏武有《薤露行》和《蒿里行》,曹植也赋《薤露行》。晋代桓伊善唱挽词。缪袭、陆机也作挽诗。庾晞善作挽歌,每次自己摇着大铃高歌,让身边的人一起唱和,唱得如痴如醉,泪泗滂沱。一时名流达士引以为时尚。

鄙人想,此时先生内心必定充满了挽歌般的色彩,回荡着挽歌的悲调。他的目光虽然依旧敏锐,但显得十分倦怠和忧郁。

几天后的一个晚上,鄙人去探望先生,并像往年一样,送去两篓木炭,以备冬用。

先生从枕边取出一沓诗稿来,交给我,是三首《拟挽歌辞》。

鄙人事先就预感到,先生也会作挽歌的。没想到的是,先生饱受疾患折磨,竟黾勉为之,来得这么快,而且还这么整饬,几乎无须誊写。

想必先生是在思路极其清晰时写就的,也不像是即兴之词,而是酝酿良久。深思熟虑的每个字,如刻入石碑的铭文般,不可刊削。

"有生必有死,早终非命促。昨暮同为人,今旦在鬼录。

魂气散何之？枯形寄空木。娇儿索父啼，良友抚我哭。得失不复知，是非安能觉？千秋万岁后，谁知荣与辱。但恨在世时，饮酒不得足。

"在昔无酒饮，今但湛空觞。春醪生浮蚁，何时更能尝？肴案盈我前，亲旧哭我傍。欲语口无音，欲视眼无光。昔在高堂寝，今宿荒草乡。荒草无人眠，极视正茫茫。一朝出门去，归来夜未央。

"荒草何茫茫，白杨亦萧萧。严霜九月中，送我出远郊。四面无人居，高坟正嶕峣。马为仰天鸣，风为自萧条。幽室一已闭，千年不复朝。千年不复朝，贤达无奈何？向来相送人，各自还其家。亲戚或余悲，他人亦已歌。死去何所道，托体同山阿。"

这三首挽诗，表明了先生生而不悦、死而不祸的生命观。对此，时人将它与孔子的曳杖之歌、曾子的易簀之言相媲美，信哉此言！

先生开言便道，"有生必有死，早终非命促"，在这个基调上，死亡的悲哀便消解了一大半。

死亡，是生者的必然归宿，甚至也可能是唯一归宿。生也死之徒，死也生之始。日方中方睨，物方生方死。从出生的那一刻起，就渐渐向死亡走去，这就叫返本归元。《周易》说"原始反终"。

在先生看来，死亡不必是一件哀伤的事情，也不必是一桩严肃的事情，不过是一个自然和必然要进行的过程。而且，要想从这个悲惨的世界之中解脱出来，端赖于死亡的超拔。有时可以说，死亡是苦难者唯一靠得住、指望得了的救赎。

另外，这个世界终归是要留与后人的，要想拥有永不衰竭的活力，唯有生死相续，新陈代谢，方得日新月异。尤其是某些身居要津者的消亡，不啻给人世一次解救。是啊，有的人死了，不亚于放世人一条生路，也算是老天爷给苦难者格外的开恩。

极而言之，在吐故纳新面前，连圣人也都需要让路。庄子有言，圣人不死，大盗不止。

在诗中，先生展示了死亡的全过程：乍死而殓，奠而出殡，送而葬之。其间次第秩然。

全诗不落哀境，几乎让人感觉不到悲伤，甚至有几分戏谑，几分谐趣，顶多也不过是几分无奈。生不喜存，死不悲没，可见先生于生死何其达观。

你看，明明昨天晚上同为活着的人，今天早上名字已收录进鬼的名册里。此时，魂气消散，不知去向，徒留下僵硬的形体安放于狭小的棺木。

娇儿啼哭索要父亲，好友扶着我痛哭不已。得失已不再关心，是非又如何会在意？千秋万岁之后，谁还知道你的荣辱。

先前在世时没酒喝，今天斟满的酒杯，却只能徒然地用作摆设。春酒浮起的泡沫，宛如蠕动着的绿色蚂蚁。只是这诱人的美酒，我何时还能品尝？盛满菜肴的几案，摆放在我面前，持续散发着香气，我有口不能食，徒闻亲朋故旧在身边哭泣。

说实话，我可不想太闹，不习闻哭声，想安静地离去。既然我去意已定，就不想让哭声反复地将我拉回来。就像困极之人因为吵闹迟迟不得入睡，那将是非常痛苦的。

想说却不能发声，想看却目中无光。往昔在高堂上寝卧，如今却只能躺卧于荒野。荒草之间无人来眠，极目所视，只有空茫茫的一片。

一朝出门去后，再归来时，怕人瞧见，只能像鬼一样躲躲闪闪，飘飘忽忽，趁着天亮之前悄然出没。来无影，去无踪，就像一阵雾气。

荒草茫茫一片，白杨"沙啦啦"地悲歌。

严霜降临的九月天，护送着我的灵柩来到远郊，永与家别。四面无人居住，满目高坟耸立。看来，往后只能与鬼为邻了。马匹为之仰天嘶鸣，寒风为之萧然作响。

墓穴一旦封闭，就算是一千年也不会醒来。千年不再醒来，贤达之人也都为之无可奈何，谁有回天之力呢？

刚才前来送行的人，各自都回到了家里，我自己呢，则茕茕孑立，有家难归。亲戚或许还留下一些悲伤，他人呢，早就开始歌唱了，很快就将我遗忘殆尽。躯体既已回归大地，那就自自在在地安息吧。

八

想到先生所言"但恨在世时，饮酒不得足"，鄙人就不免心酸。只恨自己无能，不能稍稍满足先生这点不算过分的嗜好。

不过，鄙人又想，一生说长不长，说短不短，经历了那么多的周折，哪能事事如意。除了饮酒不得足，先生果真就没有一丝别的遗憾吗？

前番,重阳节后的一天,先生出来晒太阳,之后的几天都是秋雨霏霏。才一放晴,农人们都赶趁到茶园整枝了。

先生独自躺卧于床。好在鄙人单独将先生抱起来,也不费什么劲。像上回那样,我让先生躺在墙根的摇椅上晒日头。

虽然先生病情已笃,不能沾酒,但未必就不想酒。鄙人不甘心先生就此止酒,还是悄悄地带了点醪酒来。想来,鄙人也的确迂腐得可爱。更不可思议的是,鄙人不满足于让先生徒闻酒香,画饼充饥,还得来点实质性的东西。所以,我毫不犹豫地去厨房拿来一根筷子。然后在太阳底下看了一下,伸进酒壶,沾着酒水,将先生的嘴唇一点点濡湿。

没想到的是,奇迹发生了。先生轻轻地抿了抿,进而咂巴着嘴,试图吞咽点什么。枯木般的喉结平缓地滑动,如枯井上转动的桔槔,但听不见以往那熟悉的"咕咚"声。顷刻间,仿佛服了回春妙药,他的神采也为之生动鲜活,眉宇间逐渐舒展开来。

先生似乎做着极大的尝试,然后不得不有些泄气地放弃了。他疲弱地摆摆手,用手指抆了一下盖被,苦笑着看着我说,仁子,也难为你了。

没事的,先生。

先生试着坐直了一点,像是有话要说。

果真,先生看了看四野,将目光收回来,低头看着自己的手指,好像在内视,回溯自己的过往,并且停留在某个节点上。

他说,子贡曾问"有一言而可以终身行之者乎?",也就是说,可有足资终生奉行的只语片言吗?仁子,你还记得,孔夫子当时是怎样回答的吗?

记得的，先生，夫子说："其恕乎！己所不欲，勿施于人。"大概是这句格言吧？

是的，是"恕"，它就是仁爱之心，即与他人易位而处的体谅。

先生吞咽了一下，又说，设身处地地为他人着想，勿将自己所不愿者加诸别人，力求谅解和宽恕别人的过失，乃至罪愆，这一点，务必作为一生的准则来加以奉行。

但是，先生，这一点很难做到啊。

不错，是很难，唯其难，所以才可贵。

鄙人点头称是，尽管先生素以宽乐令终而著称，但不知今日何以突然谈及宽恕之道，想是其来有自啊。

此时，先生有些咳嗽了。我进屋倒了一碗茶，扶着先生的手，喝了几口。他的呼吸慢慢平缓下来。

太阳升高了，不知何时一条狗蜷缩在了先生的摇椅边，晒得懒洋洋的，眼睛半睁不睁的。两只雄鸡挺立在房屋东侧的桑树丫上，一递一声地啼叫，声音极其嘹亮旷远。

半晌，先生没说话，眼半闭着，头敧侧着，似乎在打盹。时间顿时停止下来，又仿佛过去了许久。忽然，他撑开眼皮说，仁子，你还没走哇？

先生，我还在呢。

先生脸色和悦，现出一丝微笑。突然想起什么似的，问道，你还记得金宝这个人吗？吾等曾提及过的。

记得的，先生，弟子不曾忘记。

金宝此人，绝对属"穷斯滥"之流。

先生临终提起此人，想必是难以放下，是想让弟子活着可得记住，别轻易放过他。

算了吧，忘记他，事已过去多年了，就让它过去好了。谁知先生语气轻缓地，作如是说。

为什么啊？鄙人差点冲口而出，难道金宝对先生伤得还不够深吗？

但当我看到先生脸上呈现出秋阳般温暖的表情，更加和易慈祥时，我的心便融化了，也变得柔软起来。幸亏，我还没有那么鲁莽，适时地制止了自己。

宽恕他吧，还有别的人。或许我等也有需要他人宽恕的地方呢，能保证我等事事都能完美无瑕、无可指责吗？先生轻轻地舒了一口气，一字一吐地补充道。

连督邮也宽恕吗？鄙人吃惊地问。

先生顿了下，似乎忘了还有"不为五斗米折腰"这回事。随后，又想起来似的，"嗯"了一声。

随后，先生便不再言语了，重新闭上眼睛，好像想说的话已说完，进入了休眠状态。

有一阵，先生寂然不动，甚至看不见胸口的起伏，鄙人惊慌不迭，忙侧耳贴近先生，倾听呼吸。

之后，先生的头晃动了一下，发出了轻微的一声叹息，好像有种疼痛在暗中折磨他，让他有不堪承受之苦。

鄙人好久才领悟到，一个人在面临死亡时，或许需要和这个世界结清关系。除一己之身外，得将其余的都撤下来，免得独行时负荷过重。

鄙人也听说，当身体某个部位被你感知到它的存在时，证明它已出现了问题。反之,当你忘掉了脚,说明鞋子是舒适的;忘了腰,证明腰带的舒适;忘其身,则百体皆适;忘记是非,意味着无有忧戚,则心常安泰。

也许,这些都是鄙人一孔之见,先生未必作如是观,宽恕就是宽恕,不是为着让自己宽心,使自己好过一点,而纯然是仁心使然。

九

同年九月末的一天,鄙人来到病榻前,先生侧身朝里睡着了,瘦弱的背脊朝外弓着。

我坐在床边的椅子上,听着先生还算匀称的呼吸,仍夹杂着丝丝的哨音。适才听师母说,先生食量减少,中午和晚餐都只吃了一点点,让人忧心如醒。

一会儿,陶俟进来,有几根头发像干草似的朝上支棱,行走时,随风俯仰。裤腿高高地挽起,脚上一条条的泥痕能看出,他刚从田间上岸。

阿爷怎么样?睡着了,还是醒的?他轻声问道。

先生睡着了。

陶俟在一张条凳上坐下来,嗒然无语,像要栽瞌睡。这个幼年时爱骑在墙头朝行人扔苦楝子、路过女孩身边时爱吹口哨的年轻人,不期竟变得有些蔫头耷脑,神情麻木。

不久,有谁在门外喊了一声,他就起身走了。

不一会,先生突然爆发了一声咳嗽,又连咳了数声,还好很快就止住了。我掖好被褥时,先生醒了,他说,仁子,是你吗?

是的,先生,您睡得可暖?

先生没回答,而是从枕边抖抖索索地拿出几张纸页来,稍稍抻平,递给我。

接过来看,是《自祭文》,乃其绝笔。我泪水止不住,"唰"地流了下来。那一刻,我意识到,先生将不久于人世,世间再无恩师了。顿时内心涌起无限深重的悲哀。

随后,我边抄边流泪,怕濡湿了稿件,不得不屡屡打住,中断了几次才誊写完毕。

祭文一般是生者为死者而作的,但先生却为自己之死作祭文,鄙人以为不祥,这回恐怕先生难逃一劫。尽管行文中不乏诙谐,但蕴含的庄重和悲伤,让人觉得非常沉重。

先生生前的特立独行,不难想象,定会招致诸多诟谇,可是,他不喜欢死后淹没于廉价的溢美之词中。就算有一口气,他也要强支弱体自祭一回。不尽然是爱惜羽毛,像庄子那样有点洁癖,而是要带着一个真实的自我归去。

现在,他终于可以撂下一切牵绊,甚至放下自我,超然而游离于自己之上,以少有的冷静打量着这个人,就像第三者那样,臧否自我,甚至像上天那样,审视自我。

正像他习惯的那样,特别是处于人生歧路,选择趋舍、去住之际,他都要将时间往回推移,回眸自己的往昔。这回,站在生死的门槛上,他理应要对人生做最后一次回望。好像在做一次甄选,把不属于自己的都剔除净尽,留在世上,而将真正属于自我的，都随身带走，不留一丝痕迹。

"茫茫大块，悠悠高旻，是生万物，余得为人。自余为人，逢运之贫，箪瓢屡罄，絺绤冬陈。含欢谷汲，行歌负薪，翳翳柴门，事我宵晨。春秋代谢，有务中园，载耘载耔，乃育乃繁。欣以素牍，和以七弦。冬曝其日，夏濯其泉。勤靡余劳，心有常闲，乐天委分，以至百年。"

于此，鄙人立即联想到庄子的那句至理名言："夫大块载我以形，劳我以生，佚我以老，息我以死。"此语实在妙不可言，往后不定还会重提，还望诸位不嫌老迈啰唆。

下面老朽谨以肤浅之见，将先生以上那段经典语言传译出来——

大地茫茫，高天悠悠，生长万物。我得以成为一个人，就其概率之小，也算是万分难得了，真是莫大的幸运。

可是，自从出生以来，就屡屡遭至命运的作弄。苦难一直如影随形地跟着我，未曾有半点起色，苦得这么纯粹，这么彻底，也实属罕见。饭筐、水瓢经常空空如也。夏季的粗麻布衣服，冬天还得穿在身上，怎御风寒？

尽管如此，我还是抱持一个乐观恬淡的心态去顺应它，随遇而安。去山谷中愉快地汲水，在山道上背柴边走边唱。于简陋的柴门之内，从早忙乎到晚。没有别的灾害来侵扰，就算是万幸，啊，就该知足了。

此外，我还能从简朴的生活里，找到自己的乐趣。

春秋更替，在园田中劳作，除草培土，作物长得分外繁茂。有时欣悦地捧读书本，有时和乐地弹奏七弦。冬天晒晒太阳，夏天洗濯泉水。勤劳耕作不遗余力，心情则常能悠闲自得。

如此乐顺天意，委随本分，安度一生，不亦乐乎。

随后，先生说——

人生充其量也不过百年，谁都百般珍惜，害怕于事无成，不放过一寸光阴。都想赢得做人的尊严：活着被人尊重，死后受到追念。

可叹的是，我素位而行，往往不同于常人。外界的宠幸，不以为是荣幸；世间的污浊，岂能将我染黑？在草庐中，我傲然独处，饮酒赋诗。能识运知命，也就无所眷恋了。

我现在这样死去，也不感到有什么遗憾。至于安享百年高寿、企羡宽裕的肥遁、由年老而得善终，也就免了吧。事实上，这些也都没什么好留恋的了。

这天，鄙人在先生身边端坐良久，也在琢磨生死之义，冥思苦想，却想不出个所以然来。师母催促我几次，我才回家。也许，我过于害怕先生的离去，因而天真地发想，只要我守着他，看着他，他就还在，就不会那么快地离去。

夜不算太深，鄙人独自走在村巷里，脚下的枯叶踩得哗哗作响。寒风顺着巷道左冲右突，不时发出凄厉的呼号。我裹紧衣衫，侧身逆风而行。隐隐听见"呦呦"的叫声，抬头看去，一行大雁划过天宇，正往南飞。

刹那间，一颗流星向西划过夜空，宛如撕开了一道轻微的裂痕，倏忽又弥合如初，像是不曾发生过什么。是的，从无出有，谓之生；自有还无，名之死。生死不过是比邻而居的兄弟，往来其间并无明显的藩篱。

此时，鄙人心中忽然冒出一组先生写的短句来："岁惟丁卯，律中无射。天寒夜长，风气萧索，鸿雁于征，草木黄落。"后面的语句呢？鄙人则讳莫如深，怎么也不敢往下想了。

十

元嘉四年丁卯，先生六十三岁。

这年十一月中旬，降了一场罕见的大雪。

栗里南村北部的庐山，潜形遁迹，洞同天地，混沌一片。不知何者为天，何者为地，如天地鸿蒙尚未开化之际。

栗里低矮的村舍，几乎被深雪夷为平地。旷野是单一的白色，只有南面流过的吴陂港，尚有一泓黑色的影线，若隐若现地从荒原上穿过，还能听见流水的哗哗声。

因为溪流接纳了温汤流出的热水，没被冰封，水面还蒸腾出热气。丝丝的水汽悬垂在溪流的上方，像丝网一般，经微风吹拂，旋转着、飘移着，消散开去，随之，散而复聚。

大雪仍在纷纷扬扬地下，让人感觉大地在快速跌落，在沉沦，下临无地，不知伊于胡底。

鄙人想起了先生仅有的一首写雪的诗。

元兴二年，十二月初，桓玄称帝。那年先生三十九岁，居忧柴桑，复又躬耕田亩，过着"寝迹衡门下，邈与世相绝"的日子。顾盼之下，竟无一相知，大白天也都蓬门紧闭。

一场经日的大雪，遮蔽了门扉。劲峭的寒风钻入襟袖，冷得人瑟瑟发抖,连粗茶淡饭都不能确保。"萧索空宇中,了无一可悦",可谓万念俱灰,了无生趣。是啊,俗话说得好,冷是风冷,苦是命苦。

而当先生遁入书本,身边的一切全翛然隐去,宛如穿越时空一般,只有古人的义烈还时时可见。他不敢与高操的圣贤相攀,只想着如何持守君子固穷的节操。

于是,先生兴不可遏,作了一首诗送给从弟敬远,状写内心的诸般感受。内中有两个名句至为传神,备为方家所推崇,以为最得雪景之精髓,那就是"倾耳无希声,在目皓已洁"。

诸位兄台不妨试想一下,雪落千里无声,即使侧耳倾听,也杳无声息;蓦然间,放眼旷野,闯入眼帘的,却是白茫茫一片、耀人眼目的雪原。经由人的瞬间醒悟,将耳目之间的壁垒打通开来,呈现出一个全新的奇妙境地来。先生的观察可谓细致入微。寥寥十字,状尽了雪之特质,使之声色毕现,并透出一股清洌的寒气。

眼下,十一月的这场大雪,几乎把每家的门窗都冰封了,屋檐垂下的冰凌长可一二尺。

一大早,鄙人在烤火时,一颗痛了三年的槽牙,竟然没有丝毫的痛觉,就连根掉落在地。顿时口内空空落落,无所依止。我隐隐感到有些不妙,连忙起身,推开柴扉,不顾姆妈的劝阻,顶着一口倒灌的寒风,一脚踏入了雪野。

往往是这样的,你越不敢想的事情,越是反复出现在意念中。当鄙人深一脚浅一脚地走在雪地里时,心里老是回旋着那个极想回避的句子来——"陶子将辞逆旅之馆,永归于本宅"

(《自祭文》)。它像影子一样追随着我,又如芒刺在背,无所逃遁。

多年后,先生早已故去,尤其是当鄙人也行将就木之时,没承想,先前那句讳莫如深的话,却成为我最喜爱的句子之一,太奇妙了!想到这句话,就会产生不少的安慰,不是痛苦和恐怖,而是温暖和解脱。就像一个漂泊已久的游子,身心满是疲惫,想到要回家了,会兴奋不迭,甚至会感到少有的痛快。

我喜欢先生自称为"陶子",单单是听上去,就让人联想到某种汁液充沛的甜美果实,熟透了,它得离开枝头,回到泥土中去。

不知是否有亏大雅君子之德,鄙人就直说了吧,很想冒昧地把先生比作桃花源里的桃子。那里的桃林,夹岸数百步,落英缤纷,也该结出像样的桃子来了。先生本人,即是自己理想结出的果实。此种比喻不知是否恰当,还望诸位兄台俯察。

先前,记得我等也曾提到过"本宅"一词。诸位若不嫌絮烦,我还想再谈点感触。鄙人一见该词,就心生笃实之感、归属之念。本宅,意味着比日常住宅更为根本,人最初即是从那里出来,也终将回到那里去。可以这样描述它:其为屋也,不怕风吹日晒,也不怕回禄惹祸,是一种完全值得信赖、最为安妥的庇护之所。一旦归去,便意味着永诀,不再出来了。

此时,于苍莽的天地间,鄙人在徒有兽迹出没的雪地里行走,好像也变成了一头迷途的野兽。歪歪倒倒,跌跌撞撞,气喘吁吁,像个醉汉似的,身上沾满了雪和泥。又像是在梦中,怎么也走不快,较平时百倍吃力地走到先生家门前。

一棵乌桕树上,落了三五只黑色的大鸟,是寻常看不见的。

以往在山里砍柴,倒也见过,它展翅盘旋于山谷的上空。有时几只大鸟还交互穿插着翱翔,发出"啊啊"的叫声,久久地回荡在山间,阴惨惨的。每到此时,鄙人都不由得加快进度,频繁地挥动着柴刀,功效也数倍于平常,仿佛有灾祸临头。

该死的东西!鄙人气愤地弯下腰去,团起一只雪球,恨恨地朝树上扔过去。这群不速之客惊慌失措地四散溃逃,在空中旋舞几周,又飞回来了。看来,彼等是不会轻易离去的。

从大门看过去,厅堂的右侧,先生仰面躺在一块门板上,脚冲着北门。这可不是先生习惯的姿势,他喜欢侧卧。而且他喜欢头朝着北面,那里有一扇窗户是他所喜爱的。是的,他喜欢"北窗下卧"。

鄙人联想到黔娄之死,缊袍不表,覆以布被,手足不能尽敛。曾子建议将布被斜着盖,黔娄之妻则回答说,斜而有余,不如正而不足。黔娄先生正因不愿斜着做人,才落到这等地步。

眼下,先生还不至于缊袍褴褛不堪,而不得不用布被来覆盖。但也好不到哪去,其实先生不就是那位安贫乐道的黔娄吗?

师母翟氏坐在先生身边,低声饮泣。两侧的女眷握住她的手,不时替她拭泪,说些安慰的话语。

厅堂的左侧,几位亲友和陶俨兄弟在商量着什么。

老二陶俟见我来了,快步从人丛里走来,低声告诉我,仁子,阿爷走了。说完便"呜呜"地哭起来。

顿时,鄙人觉得天地晦暝,急忙扶住他颤动的肩头。不知是自己需要支撑,还是想要抚慰陶俟,只感到忧伤的眼泪不住地往下淌。两人垂泪相对良久。

先生死于"痁疾",即由两日一次的疟疾,加重到连续多日的疟疾，引发剧烈的咳嗽和哮喘。天亮之前，气温极低，先生一阵猛烈的咳嗽，哮喘不已，无法止息，一口气没接上，人就没了。

先生历时三朝十帝，在这极为混乱的岁月，经受风刀霜剑，饱尝人生磨难，终于归化于自然。

鄙人知道，先生是不会这么快就走的，他的魂魄像金蝉脱壳一般，离开了躯体，升入厅堂上方的某个隐秘之处，异常冷静地看着一切。

但见自己一动不动地躺在那里，脸色渐渐暗淡，双目紧紧闭合，口不能言，目不能视，眼角还残留着一线泪痕。

他轻声地询问自己的躯体，老兄，你怎么啦？

没什么，不过是有点累了。

你要远行了吗？

是这样的。

怎么，好像还哭过？

不是哭，怎么说呢，算是喜极而泣吧。

是吗？只是喜从何来耶？

从今往后，我一身轻快。无君于上，无臣于下，亦无四时之事，纵然以天地为春秋，虽南面王之乐，不能过也。

这么说，你是哭着生，笑着死吗？

就算是吧，泪水也总得前后有个呼应吧。

那么，你且好生歇着！

好的，我困欲眠，卿可去！

他微微笑了一下，便转过头去，不再叨扰。

此时，一只黑猫，不知从哪里钻出来，从厅堂里从容淡定地悄然走过，尾巴高高地竖着，末端微微卷起，始终走在一条直线上。在室外强光的反射下，它的瞳孔也变成了一条直线。

他迟疑地注视着，直到黑猫如一道暗影倏地闪过。

大门外，他看见陶仁父子正在制作棺材，陶俟在做帮手。

彼等一道将一根杉木抬上木马。陶仁之父端详了一下木料，换了一个面扶正，打了一下鲁班尺，用锯子截成四段。然后，身子微微后仰，头颅像皮影似的啄动，手举斧子一下又一下地劈削着。木屑四散飞溅，被稀松的白雪完全吸收掉了，仿佛一口吞下，没有一点回声。

不多时，四根圆木就拼凑出一个底部来。

陶仁之父又从工具箱里，取出一只刨子来。对准一头一尾，各敲打了两下，然后眯起一只眼，瞄了一下，迈开一字步，俯下身，刨开了。鼻子里喷出两道白烟，消融在凛冽的空气中。

"哗——哗——哗——"，淡黄色的刨花便从无到有地变幻出来，一卷一卷地在木板上四下里滚动，跌落在雪地上。顿时，一股浓郁的杉木香味弥漫在空气中。

陶仁之父不时立起身来，将卡在刨子里的刨花扯出来，扔在地上。用锤子利索地在刨子的前后，各敲打了两下，接着又刨了起来，鼻子里的那两道白气，又接着呼呼地喷射出来。

以往不常见到的一些人，现在也都围绕着自己在忙乎。待到棺材做好后，就该躺进去了。那个量身定制的东西里面，不知是否有些憋闷，但无疑已免除了寒冷。

此时，他看见近处的乌桕上落了数只玄色的大鸟。嚄，一群不请自来的家伙！

大鸟漫不经心地啄食白色的乌桕种子。不时还会发生争抢，情急之下，撒开的翅膀，将枝头上的积雪扫下树来。随着雪末子一道掉下的，还有乌桕或红或黄的圆形叶片。

按照月份所对应的音律，他将先前所作《自祭文》开头的"律中无射"，改成了"律中黄钟"，并哂笑了一下说："我死去的日期，不意由九月推迟到十一月，哪算得那么准呢？"随后，默而诵之："岁惟丁卯，律中黄钟。天寒夜长，风气萧索，鸿雁于征，草木黄落。陶子将辞逆旅之馆，永归于本宅。"

遵照他的遗愿，不广发讣闻，也不收受赙赠。但对宗族、姻亲的知会，还是少不了的。

"外姻晨来，良友宵奔。"

吊香之夜，尽管该到的都到了，但是人数并不多，显得有些凄清。他想，这更符合他的意愿，他一向不喜热闹。

他仍未走远，今晚是主人，怎能缺席呢？

他的遗体已然平直地躺进了棺木，里面虽是一片漆黑，但如黑夜一般恬静安详。

之前，陶仁从家里取来一块小小的玉佩，是其妻从娘家带来的唯一值钱的物什，她知夫意，将陪嫁自愿奉献出来。陶仁悄悄地塞给了陶俨，依照风俗，放置在亡者口中，以成"饭含"之礼，意为不忍让其父虚口离去，也算是孝子尽了该尽的一番心意吧。

现在，他的魂魄，再度升入厅堂的上方。

他能看到亲朋来到棺首，焚香、作揖、跪拜，为自己祖行。

供饭供菜摆满了肴案，还有清酒，分列成一线。他都闻到美酒的香气了,不由得贪恋地多吸吮了几口,遗憾的是,再也不能饮用了。

次日一早,亲友和乡邻都踏雪前来,一起为他送殡。又一次焚香、作揖、跪拜。

挽柩的八仙中,有位身材瘦高的长者,抬头并睁大一双忧伤的眼睛,望着白皑皑的雪原,神情有点犯愁。不过,随后他说出来的话却很暖心:渊明兄生前从不多事,也不曾麻烦过谁,这点我等也是知道的;看来死后还得有此一回,那就要有劳众位乡亲了!

灵柩在众人的簇拥下,于齐声断喝之中骤然抬起,板凳被"噼啪"作响地踢倒在地,像是要截然斩断什么似的。随后,缓缓移出了家门。

他随着灵柩前行,不由得最后深情地回望了一眼,尽管"环堵萧然,不蔽风日",但"众鸟欣有托,吾亦爱吾庐",这究竟是自己的家啊!

荀子说:"故丧礼者,无它焉,明死生之义,送以哀敬而终周藏也。故葬埋,敬藏其形也。"

大意是说,丧礼没别的意思,不过是明了生死的含义,聊尽哀敬之情,以成周藏之事。所谓的埋葬,就是怀着深深的敬意,将死者的形体周密地掩藏于地下。

棺木刮擦着地上的积雪,从野草上滑过,就像一条小船从浅滩上划过,底部与青草摩擦时,发出了"沙沙"的声响。有时也被荆棘所羁绊,在众人的合力硬拽之下,荆棘或断裂,或连根拔起带走。

他能清晰地听见,棺木底部或轻或重的摩擦声,他喜欢世间以这种方式挽留他,或者送别他;他感受到雪地上犹如波浪般的起伏和颠簸,像是重温从彭泽归来时船行的感觉。

送葬的队列,在荒野中踸踔而行,像一支远征的队伍,旗幡飘飘。途中,挽柩者摔倒在坡地上,七零八落地滑倒在雪地上。棺木也歪斜地跌落一旁,幸亏没有散架。

还是那位长者,他率先爬起来,边拍打着雪泥,边带头唱起来。

其辞曰:"……人往有返岁,我行无归年。昔居四民宅,今托万鬼邻。昔为七尺躯,今成灰与尘。金玉素所佩,鸿毛今不振……"(陆机《挽歌诗》)

原始而粗嘎的嗓音里,没有半点丧歌的悲悼,有的是野性的呼号,似乎人人都在艰难地挣扎着,以寻求最终的解脱。众人像被唤醒似的,爬起来,掸掸身子,继续行进。

"丰肌飨蝼蚁,妍姿永夷泯。寿堂延魑魅,虚无自相宾。蝼蚁尔何怨,魑魅我何亲。拊心痛荼毒,永叹莫为陈……"

挽歌在一望无际的旷野间回旋。

队列在荒原上迂回而行,似乎漫无目的,像一行移动的黑点。

萧萧的树声,渐近渐响,终于来到了墓穴边。

现在,他看到了自己的墓门,赫然敞开在冬月的雪地里,如掀开了一床古铜色的被褥。他将躺在里面,盖上一层土,再盖上一层。幽明路异,人鬼道殊,谁还知道世上少了一个人呢?

他想,历来丧葬的尺度难有定准。过于奢侈呢,当以制作石椁的宋臣桓魋为耻；过于节俭呢，则要讥笑倡导裸葬的杨王孙。像我等贫士，奢华之事，今生怕是免了吧？而杨王孙的裸葬呢，不也过于惊世骇俗吗？

事先，他曾跟妻儿交代过，"遭壤以穿""不封不树"。前者是说不择地相墓，随地而葬；后者是说不起坟头，平葬而无丘垄，也不树碑立传。不留下墓葬的任何标志，让自己随着时光的流逝被自然遗忘。

也许他的诗文除外。诗文不就是我之曾存于世的墓志铭吗？

他徘徊在墓地的上空，没有了躯体的局限和约束，因而一点也感觉不到寒冷，倒是感到少有的轻快和松弛，就像是一缕风，一道光。庄子的逍遥游大概就是如此吧，"足乎己，无待于外"，即无待于物，无须仰仗外界之物支撑自己，完全是自足的。

他看见茫茫雪野之中，一块林间空地上，新鲜的黄土掘开后，又旋即平复如初，与周边的白雪形成鲜明的反差，显得分外的醒目。

是的，大块载我以形，劳我以生，佚我以老，息我以死……

在墓地，人们并没有过多的延宕，事先周详的准备，足以确保众人仅需点到为止，赶快撤离坟场。

此时，他听见戴着玄冠的道士吹响了箫笛。声音时而低缓，时而悠扬，颇有穿透力。边吹边倒退着走，同时不忘侧身看路。他知道，笛声犹如一道符咒，是为了阻止亡魂跟随队伍回家的。

这，多少有点绝情！是吧？不过，他早已脱去世情，不由得哂笑了一下，对自己说，难道你还想回去吗？

是的，他不会像出嫁之女那样，哭哭啼啼闹着要回娘家。

一旦出来了，就绝无回头之路可走。

人们纷纷离开墓地，连未亡人翟氏也被双脚架空地离开了现场。走在后面的人，脚步难免有些零乱，似乎害怕被什么从身后攫住，拽走。

想起从前写过的"亲戚或余悲，他人亦已歌"，他微微笑了一下，谅哉斯言！

旷野，重新安静下来。只剩下他自己，被黄土分成了两半，一半在地下，一半在空中；或者说，一半在里，一半在外。

他在墓地盘桓良久，觉得无事可做，又无处可待。无酒也无茶，连个坐处都没有。施施然，有点百无聊赖。

他看了看白茫茫的四野，又看了看北面白皑皑的庐山，瞬间就明白了自己将何去何从。

"山泽久见招，胡事乃踌躇？直为亲旧故，未忍言索居。"那都是过去的事啦。现在可好了，我只身一人，了无牵挂，再也不用虑及亲旧的生计或感受了，想去哪里就可以去哪里，完全是一个自由之身。终于，我可以了却去匡庐独住的愿望啦。

他朝着那抔新鲜的黄土看了一眼，拱手作别道，老兄，你且好生待着吧，告辞了！

他是最末一个离开墓地的人。他一边走，一边轻声地、不无痛惜地自叹道，人生实难，死如之何？

鄙人分明记得，曾于某个秋日的黄昏，先生和弟子怡怡然，一起探讨人生之奥义。

有弟子忽然问道，假如人可以再活一遍的话，我等是否都愿意尝试呢？门生你看着我，我看着你，仿佛福从天降，想到要多拿多占，获得意外之财，而怪不好意思地笑了。随后都纷纷点头，眼睛发亮，仿佛指日可待，真的会有那么一天似的。

这位提问的弟子心细，似乎深怀报恩之心，不想让先生错过这样的福分。他忙问道，倘有来世，先生可否愿意再续世缘呢？

可是，先生光是笑着，不置可否。

门外苍翠的青山，方始转色。蓝天显得无限旷远，没有穷尽。

先生的诸位门生皆默然不语，有点大惑不解。似乎还在耐心地等待，甚至有点恳求，期待先生能够首肯，答应再活一次。

先生的心意，也许只有鄙人最能领会。他或许是想说，譬如登山，好容易登顶了，早已疲累已极，让你再来一遍，你还会干吗？

是啊，人世走一遭，确如观景览胜，不可不来，不可再来。

可是，如果先生果真持此观点，以结束对话，势必会让众弟子扫兴，进而对人生滋生消极情绪，以为过去之种种皆非，悉皆不堪回首，来生又能如何呢？继而无所适从。

谁知，过了一会，先生说道，二三子，老夫不想表态，并非以生为附赘县疣，以死为决疣溃痈，决非对人生表示怀疑和失望，进而加以否定，莫作是说。

先生歇了一下，又说，恰恰相反，是想提醒尔等，把握当下，过好每一天。而不要对虚幻的来生，抱有天真的幻想，应作如是观。

先生毕竟是一位不世出的哲人，他写的诗歌多一波三折，富有起伏变化。真应了那句话，文似看山不喜平。

哲者，折也，意味着转折、反转、跳跃、多变，意味着峰回路转，柳暗花明。起初先生笑而不言，似觉消沉，相比他随后说出来的观点，不过是先抑后扬，行不言之教而已。他一直是门生的精神支柱，是力量的化身，绝不会如此颓废，让门生产生失望情绪。

是的，只有珍惜眼前的一切，才谈得上真正地拥有未来。错过当下，也会错过未来。通向未来得有一条像样的路，否则何以抵达呢？

话题既已展开，鄙人忽然想起了张湛所注的《列子》中的一段对话，不免要拿来引用，算是事后对先师那段话作些补注吧。

——孟孙阳问杨朱，有人看重生命，爱惜身体，希望不死，能做到吗？

杨朱说，理无不死。

能做到长生久视吗？

理无久生。生命不因看重就可久存，身体也不因爱惜就能厚生。况且，为何要长生呢？五情好恶也好，四体安危也好，世事苦乐也好，变易治乱也好，古今都没什么不同。该听的都听了，该看的都看了，该经历的也都经历了，一生都嫌太长，何况久生之苦，谁又能忍受得了呢？

孟孙阳便说，照这么说，早死倒胜过长生咯？践履刀锋，赴汤蹈火，不就可以早如所愿了？

杨朱说，不对。既然活着，尽量去满足其愿望，以等待绝不爽约的死亡；将死之时，但当任其化迁，无所顾恋，以归于陨灭。既然什么都是变动不居的，那就没什么理由不去顺应这种变化，为何要人为地去干预它的快慢呢？

鄙人有些吃力地翻译了这段对话，无非是想有助于诠释先师的想法，不至于误读。我特别怀念的是，当我表达某种识见时，能看到先师会心的一笑，这是对我最好的勖勉。

十一

人生实难，死如之何？

记得，鄙人首次读到它，是在《左传》"成公二年"中。子反是楚庄王之弟，跟随庄王攻打陈国，俘获夏姬。楚庄王想纳之为妾，被申公巫臣劝阻道，大王召集诸侯，是为了讨伐罪人，如果纳她为妃，就是贪图美色了。楚庄王打消了此念。之后，子反却要娶夏姬，巫臣以为不祥，劝谏说，人生实难，其有不获死乎！句意为，为人于世实非易事，你若娶夏姬，将会尝到不得好死之恶果。

而先生化用的这句话，"人生实难，死如之何？"又作何理解呢？

有说，人生实在艰难，死去又怎么样呢？有说，人生实难，死与之相比，哪个更难？有说，人生实属不易，死又有什么呢？还有说，人生既然实在艰难，不如死去了事。

嵇康曾喟然长叹："吾知富贵不如贫贱，未知存何如亡尔！"也可以参照解读。

鄙人也不知哪一种更准确,也许哪一种都对。对于莫衷一是的观点,鄙人一贯奉行孔子的做法,那就是存而不论,付之阙如。

"人生实难,死如之何?"这样便好,不必阐释。只是鄙人一看见先生这句话,心中便涌起了无限的悲悯情怀。

鄙人终身孺慕先生,而此时则是心疼先生,经受了这么深重的磨难,以至于在临终之时,死无所畏,或许因为比死更可怕的,是生之艰难吧。

死无所畏,先生固然如此,但果真生无所恋吗?鄙人想起先生死后眼角的那点泪痕,觉得先生尽管感到人生实难,但依然热爱生命,所以才非常看重死。人世间尽管污秽不堪,但至少还有值得留恋的地方。

约莫为先生做完最后一个斋七,丧事也算是告罄了,鄙人感到自己如弃儿一般,天涯孤旅,孑然一身。正当怅然若失,无所适从欲还家时,给师母叫住了。

师母说,这些天来,把先生的东西稍稍整理了一下,自然是无一长物,想来都令人心酸。虽说如此,但孩子们各自都挑了一件物品作为留念。

陶俨说,我挑了一件家父的夹层背心。

阿爷说我不爱文术,我偏偏要了一套文房四宝,哪怕留与后人也好。陶侒对我说。

师母接着说,仁子,你与先生之间,虽是以师生相称,但情同父子。你也来挑选一件吧,也好留个念想,不枉师生一场。余下的,都烧去给先生好了。

先生所给予我的，已经太多了。我之生命虽得自父母，但生命存在的意义，则完全由先生所赋予。

鄙人时刻提醒自己，勿要辱没"人子"这一尊师赐予的称谓，坦坦荡荡，光明磊落，仰不愧于天，俯不愧于人。

人者，仁也，这两个字原本就是通用的。一言以蔽之，我是否最终完成了由"人子"向"仁子"的转变？也即由一个自然之人，到一个道德之人的重塑，成为一个有情怀的人。我想，这恐怕也是先生殷殷寄望于我之所在。

彼时，鄙人尚未从先生仙逝所带来的悲痛中走出来。经师母一说，我自然地扫视了一下室内，的确四壁萧然，无一长物。要说还有何物堪与"斯文"二字稍稍匹配的话，除了一些书籍，就剩下那把七弦琴了。

七弦琴，是古琴，又称瑶琴。孔子困于陈蔡之时，随身携带不时弹拨的，大概就是这类古琴了。它最早现身于《诗经·关雎》，内有"窈窕淑女，琴瑟友之"。

眼下，先生遗下的这把古琴，早已弦徽不具，成了十足的光板一块，除了将这种材质轻薄的梧桐木构，劈作引火的柴火之外，还能做什么呢？

琴无弦，则不成曲；仅有弦，亦不能悲。琴弦不过是抒发忧愤的工具，而非忧愤的内在原因。可见能够抒发忧愤之情的主因，还在弹琴者身上。而先生已去，留之何益？

其实不然，只要琴在，就宛若先生还在。

先生的这把无弦琴，虽或听之不闻其声，视之不见其形，但在鄙人看来，此乃无乐之乐，乐之至也，充满天地，包裹六极。有道是，有声之声，不过百里；无声之声，施于四海。

一如先生之教,尽在不言之中,道无不在,广布于世间,流传于千古。

若蒙师母慨允,鄙人倒是极愿将此琴收藏下来,无须重具弦徽,保有原貌即可,以避免焚琴煮鹤之事发生。替陶家保管好,适当时候交给适当之人,以期代代相传,也好存个念想。

正于沉默之际,陶俟说,仁兄,我来替你挑吧。平常你最喜先生的诗文,不如就从诗稿中选一件吧。

他那粗糙皴裂的双手,伸进了一只箧笥中,从诗文原稿中翻找了一下。纸张相互摩擦,发出"喊喊喳喳"的响声。他瞄了一眼,抽出一沓来,说,就这件长的吧。

鄙人小心地接过来一看,是《感士不遇赋并序》,这是先生的一篇长文。这是迄今为止,我等极少提及的一件佳作。

好在每一篇都有誊写件,不至于影响今后的结集出书。鄙人看到,面容慈祥的师母在一旁颔首,也就敬纳了。至今它还保留在鄙人舍下,成为最珍贵的传家宝。

我等不妨重温一下其中的名句吧。

"自真风告逝,大伪斯兴,闾阎懈廉退之节,市朝驱易进之心。怀正志道之士,或潜玉于当年;洁己清操之人,或没世以徒勤。"

自从淳朴的风气消逝,虚伪的风俗大兴,里巷民间懈怠了廉洁退让的操行,朝廷不断激发侥幸升迁的心态。心怀正义、志在道德的士人,或者正当有为之时,就隐居起来;洁身自好、操守清高的人,或者枉自劳苦终生,一直到老。

"密网裁而鱼骇,宏罗制而鸟惊;彼达人之善觉,乃逃禄而归耕。"

密密的渔网制成,游鱼惊骇不已;宏阔的罗网织就,飞鸟心惊难定。那些通达之人感觉敏锐,于是就逃避俸禄,甘愿回家从事农耕。

"宁固穷以济意,不委曲而累己。"

宁可君子固穷,以成全自己的心志,也不委曲求全,而作践自己。

"拥孤襟以毕岁,谢良价于朝市。"

怀抱孤芳自珍的情怀,度尽余生;谢绝朝廷许以的高价,宁愿不售。

先生当晋宋易代之际,名位未显,功业未光,而介石之操,如海月皎空,晴云映岳。有嵇叔康之愤,而不及于祸;有阮嗣宗之达,而不至于放。其高风峻节,有不可及者。

多年来,这篇《感士不遇赋并序》鄙人至多每年取出来看个一两回,不可贪着。在周遭无人之时,让它照照太阳吹吹清风,绝不轻易示人。毕竟它是先生的手书,倘若陶俨兄弟手上的诗文稿件全都散佚了,或许这就是先生留下的唯一的真迹了。

既然诸位兄台对先生如此尊崇,鄙人感佩不已,也就愈加地不敢自密,再无独享之理了。等到哪天天晴日朗,鄙人会从箧笥中取出来,然后盥手焚香,请诸位一道来欣赏一番吧。

尾声

不觉间已进入尾声了。此时此刻,我想说的是,由衷地感谢诸位兄台的热心捧场!其实,老朽也自知,非为讲述有何可取之处,实乃为先生之魅力所感召。先生若九泉有知,定会感到一丝欣慰。

关于先生的追述,老朽可以确定的是从哪里开始,但不知道在哪里打住。古人说,靡不有初,鲜克有终。此言信哉!我还想要有一个结尾,但这却是件不甚容易之事。它似乎是可有可无的,又好像不得不为之,但愿不会画蛇添足。

就如先生爱回顾平生一样,我等也不妨梳理一番先生一生大致的行状。

设想先生若以简短精辟之语,来为自己一生作结,他会怎么说呢?恐怕还是那句"云无心以出岫,鸟倦飞而知还"吧!

吾本无意于仕进,既已阴错阳差,就该见机而止,迷途知返。不与乱国俱灭,不与暴君偕亡。这也是孟子所说的,可以仕则仕,可以止则止,可以久则久,可以速则速。

要是再具体一些，带点自嘲意味的呢？或许就是："若论平生功业，江州荆州彭泽。"要说此生还谈得上有何功勋的话，不过是江州之耻、荆州之役、彭泽之归罢了。

可以想见，先生晚年之心绪何等苍凉！一颗宛如死灰枯木般的寂寞之心，无以慰藉。可是，话又说回来，谁又有资格来安慰先生呢？所幸，那些曾经的历程虽让他饱受苦难，但也成就了他。

其实，一个人的一生，充其量也不过是由寥寥几个地名组成而已。

江州，先生长养于斯，初仕于斯。虽说短得不能再短了，但志意多所耻，不堪吏职。

荆州，是先生出仕最远最长，也是最纠结的地方，苦于无尽的行役，一心"静念园林好，人间良可辞"。

当然，我等还可以提一提，其就任镇军参军的京口，这可能是先生最为不齿之地。"望云惭高鸟，临水愧游鱼"，于此，他充满了巨大的羞愧之感。

而彭泽呢，看似先生功业的顶点，然而心为形役，违己交病，仅仅八十余天，一任县令就"无疾而终"。伴之以涅槃的是，一代隐逸之宗横空出世。于此，他骨气奇高，成就了文人节操的最高峰。以致人们亲切地称他为"陶彭泽"。一个不怎么起眼的小县，拜先生之所赐，竟可闻名遐迩。

我等还可以罗列几个地名，如上京、栗里、西畴、东林隈，是先生起居劳作之地；而斜川、曾城、东篱、南山、醉石、桃花源，与其说是实有其地，还不如说是先生诗意的符号，是其恬淡自然、率真素朴的秉性之外化。

总之，田园山水是他人生最澄明如澈之地，于此他委顺天命，从心所欲。

纵观先生一生之轨迹，可以说并不复杂，然而在此不大的时空里，他却创造了无限的可能性，几乎包裹了整个宇宙。这是因为他心若不羁之舟，遨游八荒之外，其精神和思想所达到的高度、广度和深度，不可限量，让人唯有望洋兴叹而已。

老朽想起了陪侍先生去康王谷时的情景。

那个奇异的夜晚，先生默默地伫立在川流不息的庐山河畔，四野一片漆黑，耳边净是山泉奏响的淙淙之声。先生于幽深的夜色中瞩目良久，不知作何遐想。

事后鄙人才知晓，先生是在探寻生存的出路，或者更准确地说，是在构想人类理想社会。他找到了，就是桃源之梦。

彼时，鄙人感受到了一种来自宇宙深处的深沉而神秘的力量，不由得全身战栗。你永远不知道，宇宙有多大，有多远，相较之下，人显得何其渺小。在那个夜晚，鄙人心中油然生起一种庄严敬畏之感。我不知道所敬畏者何，高天、厚土、暗夜？还是与之默然而立的先生？均是吧。

由窗外淙淙的流泉，老朽又想起了先生的那把七弦琴。其美妙的乐音，出于柴门，依于流水，接于白云，岂是区区乡曲之地所能限阈得了的？即便成了一把无弦琴，它也能思接千载，挥斥八极。

是的，大音希声，大象无形。它所指陈的，分明就是先生本人，行无为之事，传不言之教。尽管先生仙逝三十多载，但他弦歌不绝，一直在无声地弹拨，无时或停，不绝如缕，穿越去来。

后记

昔者,拙作《庐山往事》甫梓行时,三联女史黄新萍莅赣首发。仆语之曰,窃慕陶已久,尚怀立传之想。幸其未始错愕,且莞尔笑曰,善哉,吾将迟之矣!

兹言方出,顿生悔吝。陶传岂我辈蓬蒿者所能为哉?何可出此妄语?然既已放言,乃墙头走马,止可前行耳。蒙萍师不弃,常畀勖勉。

先师有遗训:及时当勉励,岁月不待人。仆再三图之,竟迟迟不得着笔。

丁酉年九月末,仆方始僦居康王谷,祈灵于匡山,且欲钩深诣微于《桃花源记》耳。越明年,翕翕然若有所获焉。

庚子五月,若谷偕炜唯于高丽喜得一子,乞名于予。因名之曰"心远",取义"心远地自偏"也。自量与渊明结缘益深。今生若不撰成此传,不唯有亏先师,亦复愧对胤息也。

壬寅中秋方逝,白露沾裳,鸿雁于飞。内子秋荣谓予曰,一岁将去,汝当泚笔矣。次日,仆乃固扃鐍,谢交游,唯陶传是务。百日草创之,逾载修饰之,润色之,方成帙。

后记

癸卯六月朔日，仆喜告萍师。伊笑曰，吾闻尔声，料必有善事，果不诬矣！

先是，乙酉岁，先生千六百四十年诞日，于山南置酒高会，嘉宾充庭。会隙同游柴桑栗里，披览陶氏旧谱，往游斜川焉。

时维深秋，果蓏输香，一行欣登醉石。但见山巅不容寸土，亦无枝叶荫翳，唯余人形凹痕巨石，隐伏于土丘之间。浔阳文伯王一民一时兴起，高卧其上，作渊明醉酒状，颇得其神肖。朗朗笑语，播散于野，而曾城山犹宛然在望。时京师名家摩罗、江右雅士练炼二君在焉。

嗣是，又观山南徐老新杰之陶展。其一生爱陶，著《说陶》，惜未付梓。山南杨国凡先生颇迷陶，著《诗经新译》《四书讲读》数种，亦恨未行世。今二老惜已登遐矣。山南复有希波刘先生，至心研陶，尽其私力于康王谷允构栋宇，冀还桃源之原貌也。

山南，背匡庐，面彭蠡，可谓风物闲美，鸾翔凤集。前有名贤熏陶，元亮、元德是也；后有真儒过化，茂叔、考亭是也。宜其文风独迈，素盛江右。至若山南慕陶者麇集，所作功业夥矣，则仆莫不敛衽，敬赞其德。

仆才不称情，覆瓿之作多有讹舛，望方家原宥为感！

癸卯月二十八日振雪谨记于浔阳鹤问湖畔

陶渊明生平简谱

晋哀帝兴宁三年乙丑（365） 出生

渊明生，名渊明，字元亮，入宋更名潜。寻阳柴桑人。

曾祖侃，晋大司马，长沙桓公。祖茂，武昌太守。父逸，有说为安城太守。

母孟氏，征西大将军长史孟嘉第四女。

太元十六年辛卯（391） 二十七岁

长子俨生，作命子诗。

太元十八年癸巳（393） 二十九岁

起为州祭酒；不堪吏职，少日自解归。

太元十九年甲午（394） 三十岁

州召主簿不就，躬耕自资。

原配陈氏卒。

太元二十一年丙申（396） 三十二岁

继娶翟氏。

隆安二年戊戌（398） 三十四岁

仕桓玄。

隆安三年己亥（399） 三十五岁

在江陵幕府。

五子佟生。

隆安五年辛丑（401） 三十七岁

正月五日，与二三邻曲同游斜川，作《游斜川诗》。七月赴假还江陵。

冬，母孟夫人卒。

元兴元年壬寅（402） 三十八岁

居忧柴桑。作《孟嘉传》。七月，庐山东林寺慧远结白莲社。

元兴二年癸卯（403） 三十九岁

居忧柴桑，复躬耕，有始春怀古田舍诗、《劝农》诗。

元兴三年甲辰（404） 四十岁

作连雨独饮、停云、时运诗。

始作镇军参军。

义熙元年乙巳（405） 四十一岁

三月为建威将军参军，使都经钱溪。作杂诗九、十、十一三首。

还居上京。南康志曰，近城五里，地名上京，有渊明故居。

八月，补彭泽县令，十一月，自表解职。作《归去来兮辞》。

义熙二年丙午（406） 四十二岁

作《归园田居》诗。又作《归鸟》诗、《责子》诗。

义熙四年戊申（408） 四十四岁

作《读山海经》诗。

六月中，上京宅遇火。

义熙六年庚戌（410） 四十六岁

作《五柳先生传》。

九月中，于西田获早稻。

移居栗里南村，作《移居》诗。

义熙七年辛亥（411） 四十七岁

春，与殷晋安别。

义熙八年壬子（412） 四十八岁

有酬刘柴桑诗。

义熙九年癸丑（413） 四十九岁

作《形影神并序》诗。作《止酒》诗。

义熙十年甲寅（414） 五十岁

作《杂诗》前八首。

义熙十一年乙卯（415） 五十一岁

颜延之在寻阳，与渊明情款。

义熙十二年丙辰（416） 五十二岁

作《饮酒》诗。作示周掾祖谢诗。

八月中于下潠田舍获

义熙十三年丁巳（417） 五十三岁

诏征著作佐郎不就。

还游旧居。

义熙十四年戊午（418） 五十四岁

作怨诗楚调。有诸人共游周家墓柏下诗。赠长沙公诗。

元熙二年、宋武帝永初元年庚申（420） 五十六岁

江州刺史王弘欲识之，不能致。

所著文章义熙前书晋氏年号。自永初后唯题甲子。

作《读史》诗。作《咏贫》诗。

永初二年辛酉（421） 五十七岁

作《述酒》诗，作《与子俨等疏》。作《拟古》诗。

永初三年壬戌（422） 五十八岁

作《桃花源记并诗》。

冬，与庞参军卜邻。

作《感士不遇赋》。作《闲情赋》。

少帝景平元年癸亥（423） 五十九岁

有咏二疏、三良、荆轲诗。

景平二年文帝元嘉元年甲子（424） 六十岁

颜延之为始安郡，经寻阳，日日造饮。

作《九日闲居》诗。作《答庞参军》诗。

元嘉三年丙寅（426） 六十二岁

有会而作。作《乞食》诗。

江州刺史檀道济往候之。

元嘉四年丁卯（427） 六十三岁，卒

作拟《挽歌辞》三首。作《自祭文》。

是年复将征命，会卒，时年六十三，谥号"靖节先生"。

葬庐山南。

主要参考书目

杨伯峻:《春秋左传注》,中华书局2018年版。
田余庆:《东晋门阀政治》,北京大学出版社2012年版。
吴云:《骨鲠处世:吴云讲陶渊明》,天津古籍出版社2009年版。
沈德潜:《古诗源》,中华书局1977年版。
顾随:《中国古典文心》,北京大学出版社2015年版。
班固(著)、颜师古(注):《汉书》,中华书局2005年版。
罗大经:《鹤林玉露》,中华书局1997年版。
王佐良(译):《荷尔德林诗集》,人民文学出版社2016年版。
叶嘉莹:《好诗共欣赏:叶嘉莹说陶渊明杜甫李商隐三家诗》,中华书局2007年版。
刘师培:《刘师培中古文学论集》,中国社会科学出版社1997年版。
杨伯峻:《论语译注》,中华书局1980年版。
司马迁:《史记》裴骃(集解),中华书局2012年版。
房玄龄:《晋书》,中华书局2005年版。
李延寿:《南史》,中华书局2005年版。
沈约:《宋书》,中华书局2005年版。
陈寿:《三国志》,裴松之(注),陈乃乾校点,中华书局2005年版。
胡不归:《读陶渊明札记》,华东师范大学出版社2007年版。
袁珂:《山海经校注》,巴蜀书社1992年版。

朱光潜：《诗论》，安徽教育出版社1997年版。

刘义庆（著）、余嘉锡（笺疏）：《世说新语笺疏》，上海古籍出版社1993年版。

杨勇：《世说新语校笺》，中华书局2019年版。

陶潜：《搜神后记》汪绍楹（校注），中华书局1981年版。

鲁枢元：《陶渊明的幽灵》，上海文艺出版社2012年版。

戴建业：《澄明之境——陶渊明新论》，华东师范大学出版社1999年版。

田晓菲：《尘几录——陶渊明与手抄本文化研究》，生活·读书·新知三联书店2022年版。

刘奕：《诚与真——陶渊明考论》，上海古籍出版社2023年版。

张炜：《陶渊明的遗产》，中华书局2016年版。

顾农：《归去来——不一样的陶渊明》，中华书局2023年版。

孟二冬：《陶渊明集译注》，中华书局2019年版。

逯钦立（校注）：《陶渊明集》，中华书局1979年版。

袁行霈：《陶渊明集笺注》，中华书局2003年版。

杨勇：《学术论文集》，中华书局2006年版。

龚斌：《陶渊明集笺》，上海古籍出版社2011年版。

唐满先：《陶渊明集浅注》，江西人民出版社1985年版。

郭维森、包景诚：《陶渊明集全译》，贵州人民出版社1992年版。

王质：《陶渊明年谱》许逸民（校辑），中华书局1986年版。

魏耕原：《陶渊明论》，北京大学出版社2011年版。

徐正英：阮素雯，《陶渊明诗集》，中州古籍出版社2012年版。

王叔岷：《陶渊明诗笺证稿》，中华书局2007年版。

李华：《陶渊明新论》，北京师范大学出版社1992年版。

袁行霈：《陶渊明研究》，北京大学出版社1997年版。

钱志熙：《陶渊明传》，中华书局2012年版。

李长之：《陶渊明传论》，天津人民出版社2007年版。

刘勰（著）、黄叔琳（注）：《增订文心雕龙校注》，中华书局 2012 年版。

叶嘉莹：《叶嘉莹说陶渊明饮酒及拟古诗》，中华书局 2007 年版。

方东树：《昭昧詹言》，人民文学出版社 1961 年版。

朱熹（著）、黎德靖编、王星贤（点校）：《朱子语类》，中华书局 2020 年版。

司马光：《资治通鉴》，中华书局 2012 年版。

葛晓音、吴小如等：《陶渊明诗文鉴赏辞典》，上海辞书出版社 2019 年版。

杜景华：《陶渊明传》，百花文艺出版社 2005 年版。

[日] 井上靖：《孔子》，北京出版集团公司、北京十月文艺出版社 2010 年版。

[日] 白川静：《中国古代文学——从〈史记〉到陶渊明》，四川人民出版社 2018 年版。

顾颉刚：《孟姜女故事研究集》，上海古籍出版社 1984 年版。

张恨水：《孟姜女》，吉林文艺出版社 2002 年版。

陈寅恪：《魏晋南北朝史讲演录》，贵州人民出版社 2012 年版。

苟小泉等：《陶渊明哲学思想研究》，社会科学文献出版社 2019 年版。

蒋勋：《蒋勋说文学——从〈诗经〉到陶渊明》，中信出版社 2014 年版。

钱志熙：《陶渊明经纬》，北京大学出版社 2019 年版。

曹明纲：《陶渊明谢灵运鲍照诗文选评》，上海古籍出版社 2002 年版。

傅华东：《陶渊明诗》，长江出版社、崇文书局 2014 年版。

刘中文：《唐代陶渊明接受研究》，中国社会科学出版社 2006 年版。

钟优民：《陶渊明论集》，湖南人民出版社 1982 年版。

陈庆元、曹丽萍、邵长满编选：《陶渊明集》，凤凰出版社 2014 年版。

梁启超：《评历史人物·汉宋卷》，华中科技大学出版社 2018 年版。

阮籍：《阮籍集校注》，陈伯君（校注），中华书局 2015 年版。

嵇康：《嵇康集校注》，戴明扬（校注），中华书局 2015 年版。

杨伯峻:《列子集释》,中华书局2012年版。

朱熹(注):《诗集传》,中华书局2013年版。

王弼(注)、楼宇烈(校注):《老子道德经注》,中华书局2012年版。

郭象(注)、成玄英(疏):《庄子注疏》,中华书局2011年版。

郭庆藩(撰)、王孝鱼(点校):《庄子集释》,中华书局2013年版。

刘文典(撰):《淮南鸿烈集解》冯逸、乔华(点校),中华书局2022年版。

王先谦(撰):《荀子集解》沈啸寰、王星贤(整理),中华书局2012年版。

张华:《博物志外七种》,上海古籍出版社2016年版。

北京大学、北京师范大学中文系等编:《陶渊明资料汇编上下》,中华书局2012年版。

冯友兰、李泽厚:《魏晋风度二十讲》,华夏出版社2009年版。

李剑锋:《陶渊明及其诗文渊源研究》,山东大学出版社2005年版。

杨义、邵宁宁(选注):《陶渊明》,岳麓书社2005年版。